散文中的北京

Beijing in Prose

张莉 主编

北 京 出 版 集 团
北京十月文艺出版社

北京为何如此迷人

——《散文中的北京》序言

张　莉

《散文中的北京》收录了二十七位作者关于北京的散文佳作，从许地山、张恨水、郁达夫、郑振铎、王统照、老舍、俞平伯、废名、沈从文到杨朔、林海音、汪曾祺、邓友梅、肖复兴、叶广芩、史铁生、刘一达、宁肯、彭程、祝勇、周晓枫、邱华栋、乔叶、袁凌、徐则臣、石一枫、侯磊；这些作品，从《想北平》《苦念北平》《北平的四季》《上景山》《陶然亭的雪》，到《颐和园的寂寞》《老北京的夏天》《我与地坛》《紫禁红》，其中既有北京的日常生活、北方风物，也有京味京腔、北京美食；既有烟火气十足、喧腾繁华的北京，也有四季分明、郁郁葱葱的北京。我希望此书能呈现北京百年风貌，呈现不同时代作家对于北京生活的书写和理解，能带领年轻作者和读者们一起领略不同作家书写北京的方法。

要特别说明的是，这本《散文中的北京》，与《人生有所思：给青少年的散文读本》《我认出了风暴》《我们在不同的温度沸腾》一起，共同构成了我的散文系列编纂计划。虽然由不同的出版社出版，但它们都代表了我对散文写作的基本认识和理解。《人生有所思：给青少年的散文读本》是在百年散文发展史的脉络里编选适合青少年阅读的散文作品，《我认出了风暴》中，我以九位风格不同的作家勾勒当代散文美学的蜕变，《我们在不同的温度沸腾》中，我希望收录深具女性精神的散文作品，用以呈现当代女性散文的美学变革。而《散文中的北京》收录的则是百年来散文中的北京风貌。

为什么要收录散文中的北京而非小说或其他文体呢？主要原因在于散文这一文体的特殊性。它自由、日常、随性，是更能和时代生活产生密切关系的文体。散文强调情感的真实、事件的真实、人物的真实，而正是对真实的强调，才使北京风貌得以在散文中更为真实地保存下来。某种意义上，正是这些久远而切近的北京记忆，亦古亦今、不断变动的北京才得以在文字中留存，也才能引起我们的共情。

为阅读方便，我把二十七篇散文分成了“北京的思与情”“北京的人与事”“北京城的风景”三部分，在我眼里，这些作品虽然起笔和侧重点有所不同，但都着重地讲述了北京的美妙和难忘，讲述的是北京为何如此迷人。

“我所爱的北平不是枝枝节节的一些什么”

散文是一种有情的写作。所谓有情，既指作品本身的情感性，同时也指的是写作动机。只有有情感，才可以对此人、此事、此物写下感悟。在“北京的思与情”里，呈现了作家们之于北京的深切情感。

老舍的《想北平》是散文名篇，也是本书的第一篇。北平之于老舍意味着什么呢，“我所爱的北平不是枝枝节节的一些什么，而是整个儿与我的心灵相粘合的一段历史，一大块地方，多少风景名胜，从雨后什刹海的蜻蜓一直到我梦里的玉泉山的塔影，都积凑到一块，每一小的事件中有个我，我的每一思念中有个北平，这只有说不出而已”。因为最初的知识与印象都得自北平，“它是在我的血里，我的性格与脾气里有许多地方是这古城所赐给的”。北平的美好是墙上的牵牛，是墙根的靠山竹与草茉莉，是青菜、白菜、扁豆、毛豆角、黄瓜、菠菜，是“雨后，韭菜叶上还往往带着雨时溅起的泥点”。远在异乡想念北平的老舍先生，念起的不是那些轰轰烈烈的大场景，那些北京城里寻常的风物与微小构成了他真正长久的思念。

《北平通信》中，废名想念北平，想念的是夏天的大雨，是雨中在郊外走路，雨一下子就下得那么大了，“城里马路岸上倒成了‘河’，雨过天青小孩们都在那里‘蹚河’，也有虾蟆来叫一声两声了”，当然，他也想念那“天篷鱼缸石榴树”，那是北平人生活的寻常。沈从文的《北平的印象和感想》写于1946年，是他在多年后重回北平后的感慨，文字中虽然写满了对北平现状的忧虑，但他还是惊讶于那成群白鸽，“敢在用蓝天做背景寒冷空气中自由飞翔”。

林海音形容自己之于北平的情感是“苦念”。怎么能不苦念呢，“童年、少女，而妇人，一生的一半生命都在那里度过。快乐与悲哀，欢笑和哭泣，那个古城曾倾泻我所有的感情，春来秋往，我是如何熟悉那里的季节啊！”她的回忆里盛满春天中山公园的芍药牡丹，“雨后的红墙和黄绿琉璃瓦”，雨后在北海划船。秋天则是“看红叶，听松涛，或者把牛肉带到山上去，吃真正的松枝烤肉吧”，在北平的初冬里，朋友们围炉夜话后买一个赛梨的萝卜来消夜，也是她美好记忆的一部分。

与老舍、废名、沈从文、林海音不同，邓友梅看到的是日新月异的北京。“站在高处一看，北京城高楼林立，交通道立体交叉，霓虹灯五光十色，喷气机腾空入云，别是一番景象。不管你对旧北京外观的改变有多少怅惘，也不能不对新北京的建设者怀有敬意。”邱华栋笔下的北京，更是进入了加速度，“在这新旧交相混杂的文化气氛中，有更新的因子在这里创造新的文化。这是一座古筝与摇滚交相混杂的城市，这种节奏让老年人在立交桥下扭起了秧歌，让年轻人的肉体像带电一样在午夜狂跳迪斯科。这就是北京，它总想把你带到太阳出发的地方”。对于世纪初的人们而言，北京如同一个“梦想的培养基”，“适合各种梦想像植物和细菌那样的东西，在这样的培养基上茂盛地生长”。祝勇《王者之城》则带领我们在更久远的今昔之间游走，“安贞门、健德门，大都北城墙上的这两座高敞大门，如今也变成了北京10号地铁线上的站名。高峰时期的上班族们匆匆走出地铁站，抬头仰望空荡荡的天空，无暇去顾念这座大城的沧海桑田”。

在乔叶那里，新时代北京的美好在于“大城中的小时光”，“比如去人艺看话剧，去美术馆看展，去单位附近的国家大剧院听音乐会……黄昏时分，我常会跟着熙熙攘攘的人流绕着大剧院散几圈步，水面浅浅的人工湖里有一群野鸭子定居了似的在嬉戏，成了大剧院的一景。周围没有高楼，晴天时，巨幅的晚霞映着波光潋滟，绚丽如画。有时阴天欲雨，大朵大朵的乌云压在头顶，则是另一番雄浑壮阔”。看起来，侯磊带我们去看的是以往胡同生活的日常。备煤、蜂窝煤、摇煤球儿、笼火大法、封火、搪炉子、刷烟筒、土暖气，这些名词几乎快从大部分北京人的日常生活中消失了——虽然散文着重于胡同人家的家务，但却从另一个角度写出了几十年北京人民生活的“沧海桑田”。

“我晒到了北纬39度的阳光”

每个城市都是有气息、有味道的，北京的味道是什么呢？我想，肯定是京味。想到京味，首先会想到京味文学，或者京味文化，也会想到胡同，想到北京话。关于北京的散文中，何为京味、何为北京滋味的文字构成了重要的部分。

《胡同文化》中，汪曾祺谈到了胡同文化和四合院，其实也谈了北京的市民气质和北京文化形态。“胡同、四合院，是北京市民的居住方式，也是北京市民的文化形态。我们通常说北京的市民文化，就是指的胡同文化。”汪曾祺对于胡同文化是如何理解的呢。“胡同文化是一种封闭的文化。住在胡同里的居民大都安土重迁，不大愿意搬家。”“北京人易于满足，他们对生活的物质要求不高。”“北京人爱瞧热闹，但是不爱管闲事。”“北京胡同文化的精义是‘忍’，安分守己、逆来顺受。”这一理解透辟而切中，他看到了北京风景变化所带来的精神变革。

叶广芩所写的则是“颐和园的寂寞”，那与当年明月、与家庭变故息息相关。情感流淌在这部作品里，是令人落泪的场景：“我和父亲手拉着手向颐和园的东门走去，那天的月亮又圆又亮，照着我和父亲以及我们身后那些金碧辉煌的殿宇。那晚，父亲穿着深灰色的春绸长袍，白色的胡子在胸前飘着，一手拄着他的藤拐杖，一手拉着我，一老一小的身影映在回家的路上。”那一场景如此难忘，“我年纪虽小，已经感到了雾的迷蒙，山的孤寂，夜的恐怖……但我至今不能忘记在我人生之路上给予我理解和爱的人们，这种刻骨铭心的记忆将伴我终生，珍藏至永远！”

肖复兴笔下的北京味道是“老北京的夏天”，老北京的夏天里有许多关于端午、关于七夕的美丽传说，而夏天总能让这些美丽的传说生龙活虎起来；北京的夏天里，有冰，“冰窖厂一直存活到北平和平解放之后，那里还在存冰、卖冰”。北京夏天的美味莫过于奶酪、酸梅汤、果子干。尤其是那家卖果子干的店家，“柿饼的霜白，杏干的杏黄，枣的猩红，梨片和藕片的雪白，真的是养眼。关键是什么时候到那里吃，果子干上面都会浮着那一层透明如纸吹弹可破的薄冰”。

刘一达的《咂摸京味儿》是专门讨论何为京味的文字。在他那里，“京味儿不是单摆浮搁的东西。想知道吗？你至少要在北京的胡同里住上三年五年的。当然，京味儿像是槟榔，生嚼不灵，您得细细地咂摸，它才有味儿。”石一枫在《我眼中的京味文学》中谈到北京的太大太多变，这也意味着京味不再也不可能是不变的。他看到了老舍京味文学中的时代性和总体性，京味不只是一种腔调，其实还是一种视野和足够宽广和深邃的总体性视野。

作为老北京人，宁肯的《我与北京》里，写下了他对一个变化中的北京的接受，“北京的新潮建筑至少在‘超想象’上继承了北京古老的传统，如果说以前的‘巨大’有着严整性、确定性，如故宫、历史博物馆、人民大会堂，那么以‘鸟巢’‘巨蛋’为代表的新兴建筑又增加了北京的不确定性、不可把握性，它们昭示了北京不仅是中国的，也是世界的，甚至是世界之外的”。

彭程在《家住百万庄》里，写下的是另一种北京的家常。那已经是三十年前了，“初夏的阳光明亮灿烂，轻风摇动树冠，在地面上洒下跳荡的光影。楼房不是在别处看到的那样横平竖直地排列着，而是纵横围合，错落有致，掩映在绿树丛荫中。每个楼门都是木质门窗，阳光照射在红色的油漆上，格外鲜艳。有的楼门上方的屋檐上长了杂草，随风摇曳。楼门两旁，往往用木棍或者栅栏围起来一个长方形的小园子，里面栽种着花草菜蔬。在楼群中穿行，仿佛处处相似，但又处处不同”。他甚至闻到了槐花的香气，“一簇簇洁白的花瓣累累垂垂，挂满了树冠。一阵微风拂过，一股带着甜丝丝味道的浓烈香气扑面而来，让我不禁有片刻的恍惚”。而三十年倏忽远去，再一次来到百万庄，则看到的是一对年轻恋人步态矫健，笑声清朗。“一瞬间，曾经刻骨铭心的青春感受，久已消逝的美和梦想，从记忆的深处飞快地上升、浮现，就仿佛身旁正在开花的梧桐树的浓郁香味，骤然间充塞了全部感官。”

对于徐则臣而言，初到北京体验的味道恐怕是奔跑。“在北京都得小跑着生活，慢了就要受指针的罪，那家伙比刀锋利，拦腰撞上咔嚓一下人就废了。”今天看来，这种味道也许对一位作家不无裨益，“在我想也许我得在这里生活之前，生活已经开始了，海淀、北大、硅谷、中关村、蔚秀园、承泽园、芙蓉里、天安门，有一天我无意中回头，发现它们正排队进入我的小说”。

在《北漂纪》中，袁凌写的是一个人在北京的迁徙。从这里到那里，这位青年一直在奔波生活。我尤其喜欢他在京郊所看到的风景：“我初到燕城苑的那个秋天，它无所事事地开着大片的苜蓿花。……秋深的时候，收割机开进了苜蓿田，田野四处飘散新鲜草茬的气息，刈割过的草地空空荡荡，散落着从收割机后身断续吐出的草捆，在运走之前会晾上好几天，让我想到英国乡村草场的情形。经过一个冬天的沉寂，春天苜蓿宿根自行发芽抽枝，开放花朵，引来蜜蜂嘤嗡和养蜂人在附近落脚，等待秋天的刈割。”苜蓿是写北京的作家们很少提及的植物，它盛开在北京的郊外，构成了另一种北京味道。它代表了北京味道的丰富、开阔和芜杂。袁凌无疑是北京过客，但他所书写的这样的过客生活深具时代性，作品写出了大多数外地青年在北京的漂泊感。

“像这一种最深沉的情调”

读这些散文时，你不得不想到，每一位作家写北京时都有他的取景器。取景器的不同使每一位作家所见并不一样。于是，同是写北京风景，触动人心的细节和风光便也迥异。

对于郁达夫而言，故都的秋固然是好的，但是在《北平的四季》中，他写下的北京冬天尤其令人向往，“酒已经是御寒的妙药了，再加上以大蒜与羊肉酱油合煮的香味，简直可以使一室之内，涨满了白蒙蒙的水蒸温气。玻璃窗内，前半夜，会流下一条条的清汗，后半夜就变成了花色奇异的冰纹。……在阳光照耀之下，雪也一粒一粒的放起光来了，蛰伏得很久的小鸟，在这时候会飞出来觅食振翎，谈天说地，吱吱的叫个不休”。还有另一种乐趣，“溜冰，做雪人，赶冰车雪车，就在这一种日子里最有劲儿。……像这一种可宝贵的记忆，像这一种最深沉的情调，本来也就是一生中不能够多享受几次的昙花佳境，可是若不是在北平的冬天的夜里，那趣味也一定不会得像如此的悠长”。

许地山则喜欢景山。“无论那一季，登景山，最合宜的时间是在清早或下午三点以后。晴天，眼界可以望朦胧处；雨天，可以赏雨脚的长度和电光的迅射；雪天，可以令人咀嚼着无色界的滋味。……然而在刮大风的时候，若是你有勇气上景山的最高处，看看天安门楼屋脊上的鸦群，噪叫的声音是听不见，它们随风飞扬，直像从什么大树飘下来的败叶，凌乱得有意思。”

“五月的北平”对于张恨水构成吸引力。“洋槐树开着其白如雪的花，在绿叶上一球球的顶着。……柳絮飘着雪花，在冷静的胡同里飞。枣树也开花了，在人家的白粉墙头，送出兰花的香味。”而人们的院子里，则长满了树木，“如丁香、西府海棠、藤萝架、葡萄架、垂柳、洋槐、刺槐、枣树、榆树、山桃、珍珠梅、榆叶梅，也都成人家普通的栽植物，这时，都次第地开过花了。……石榴花开着火星样的红点，夹竹桃开着粉红的桃花瓣，在上下皆绿的环境中，这几点红色，娇艳绝伦。北平人又爱随地种草本的花籽，这时大小花秧全都在院子里拔地而出，一寸到几寸长的不等，全表示了欣欣向荣的样子。……在绿荫满街的当儿，卖芍药花的平头车子整车的花蕾推了过去”。还有北京风味小吃，“卖冷食的担子，在幽静的胡同里叮当作响，敲着冰盏儿，这很表示这里一切的安定与闲静。渤海来的海味，如黄花鱼、对虾，放在冰块上卖，已是别有风趣。又如乳油杨梅、蜜饯樱桃、藤萝饼、玫瑰糕，吃起来还带些诗意”。

在《卢沟晓月》里，王统照记下的是凄冷的晓月，“每月末五更头的月亮，白石桥，大野，黄流，总可凑成一幅佳画，渲染飘浮于行旅者的心灵深处，发生出多少样反射的美感”。郑振铎的《北平》，谈起的则是沙尘暴之后的风景。“风渐渐的平静起来。太阳光真实的黄亮亮的晒在墙头，晒进窗里。那份温暖和平的气息儿，立刻便会鼓动了你向外面跑跑的心思。鸟声细碎的在鸣叫着，大约是小麻雀儿的唧唧声居多。——碰巧，院子里有一株杏花或桃花，正涵着苞，浓红色的一朵朵，将放未放。枣树的叶子正在努力的向外崛起。——北平的枣树那末多，几乎家家天井里都有个一株两株的。柳树的柔枝儿已经是透露出嫩嫩的黄色来。……你开了房门，到院子里，深深的吸了一口气。啊，好新鲜的空气，仿佛在那里面便挟带着生命力似的。”

俞平伯的风景是“陶然亭的雪”。和朋友去陶然亭，踏着雪，“穿粉房琉璃街而南，炫眼的雪光愈白，栉比的人家渐寥落了。不久就远远望见清旷莹明的原野，这正是在城圈里耽腻了的我们所期待的。……雪固白得可爱，但它干净得尤好。酿雪的云，融雪的泥，各有各的意思；但总不如一半留着的雪痕，一半飘着的雪花，上上下下，迷眩难分的尤为美满”。

杨朔则喜欢“香山红叶”。“我们上了半山亭，朝东一望，真是一片好景。莽莽苍苍的河北大平原就摆在眼前，烟树深处，正藏着我们的北京城。也妙，本来也算有点气魄的昆明湖，看起来只像一盆清水。万寿山、佛香阁，不过是些点缀的盆景。我们都忘了看红叶。红叶就在高头山坡上，满眼都是，半黄半红的，倒还有意思。可惜叶子伤了水，红的又不透。要是红透了，太阳一照，那颜色该有多浓。”当然，在这篇散文里，他看到的不仅仅是作为景色的香山红叶，他更看到了刘四大爷，——“曾在人生中经过风吹雨打的红叶，越到老秋，越红得可爱。”

谁能忘记史铁生的地坛呢？自从《我与地坛》发表后，地坛便与史铁生的名字永远连在了一起。地坛里有时间，“四百多年里，它一面剥蚀了古殿檐头浮夸的琉璃，淡褪了门壁上炫耀的朱红，坍圮了一段段高墙又散落了玉砌雕栏，祭坛四周的老柏树愈见苍幽，到处的野草荒藤也都茂盛得自在坦荡”。史铁生笔下的地坛是静而美的，令人遐想万端：“譬如祭坛石门中的落日，寂静的光辉平铺的一刻，地上的每一个坎坷都被映照得灿烂；譬如在园中最为落寞的时间，一群雨燕便出来高歌，把天地都叫喊得苍凉；譬如冬天雪地上孩子的脚印，总让人猜想他们是谁，曾在哪儿做过些什么，然后又都到哪儿去了；譬如那些苍黑的古柏，你忧郁的时候它们镇静地站在那儿，你欣喜的时候它们依然镇静地站在那儿，它们没日没夜地站在那儿从你没有出生一直站到这个世界上又没了你的时候；譬如暴雨骤临园中，激起一阵阵灼烈而清纯的草木和泥土的气味，让人想起无数个夏天的事件；譬如秋风忽至，再有一场早霜，落叶或飘摇歌舞或坦然安卧，满园中播散着熨帖而微苦的味道。味道是最说不清楚的，味道不能写只能闻，要你身临其境去闻才能明了。味道甚至是难于记忆的，只有你又闻到它你才能记起它的全部情感和意蕴。所以我常常要到那园子里去。”

某种意义上，地坛的味道便是北京的另一种味道，幽深而让人别有所感。正是在这里，史铁生成为了史铁生，他有许多顿悟时刻：“我在这园子里坐着，我听见园神告诉我，每一个有激情的演员都难免是一个人质。每一个懂得欣赏的观众都巧妙地粉碎了一场阴谋。每一个乏味的演员都是因为他老以为这戏剧与自己无关。每一个倒霉的观众都是因为他总是坐得离舞台太近了。我在这园子里坐着，园神成年累月地对我说：孩子，这不是别的，这是你的罪孽和福祉。”

本书中的最后一篇，特意挑选的是周晓枫的《紫禁红》，这部作品固然写的是今天的北京，但又与旧日北京有着多重对话。她也写着中山公园，“中山公园是北京最有平民乐趣的名胜古迹，以至令人感觉不到它是个名胜古迹。举办各种花展、书展、热带鱼展，这里还有音乐堂、来今雨轩餐厅。上世纪80年代这里的英语角和恋爱角格外有名，集中了要在前途和爱情上碰碰运气的人。绿树红墙下走走，散漫随意，可以想想小得不值一提的心事。日常的情欲也是得当的，看长椅上那些情侣，一个塌陷在另一个怀里，把公共场所变成私属的乐园。所以我很难把中山公园当作一个古迹，尽管它的态度的确像是温和老者，已失去刺探他人秘密的兴趣”。她也写景山、万寿山、雍和宫、十三陵墓道、恭王府戏台，都早已与往日不同。尤其令人感慨的是白塔，与一首著名的歌曲构成了互文关系：“让我们荡起双桨，小船儿推开波浪。水中倒映着美丽的白塔，四周环绕着绿树红墙。小船儿轻轻，漂荡在水中，迎面吹来了凉爽的风。”这首歌是欢快的，既有美好的童年回忆也有令人愉悦的未来憧憬，——在《紫禁红》里，多种时间交织，多种声音交织，北京由此令人难忘。

北京的变与不变

阅读这些散文是美妙的，有如坐上了时光机一般，随着作家们游览北京，感受它的四季风光流转，品味它的风味美食；来到充满烟火气的四合院，见证北京生活的变迁。作为读者，会想到不计其数的定居或旅居于此的人们，会想到一百多年来，中国乃至世界领域有那么多著名作家在这里居住、生活，也会想到这座大城的包容性和开阔性，今天，北京与巴黎、纽约一起都构成了世界意义上的文学之都。

读这些散文也会想到话剧《茶馆》《北京人》《窝头会馆》，会想到小说《骆驼祥子》《月牙儿》《四世同堂》《贫嘴张大民的幸福生活》，以及被改编的同名影视剧，还会想到歌曲《前门情思大碗茶》《北京一夜》，想到《北京一夜》，当然，更会想到当年家喻户晓的《北京欢迎你》，十二年过去，今天的北京早已成为了“双奥之城”。不同的艺术形式都在记录北京的美妙与迷人，百年来的散文则与这些形式构成了一种互补和共振。

北京变化太大了，是读这些散文的最大感慨，当然，感叹变化时也会觉得这座城市有些内在元素并没有变。——字典里或者词条里的北京，有着它固有的内涵，而真正的北京是鲜活、生动、丰富的，也是不断生长的。读这些散文，会看到更为真切的北京，那是既古典又现代的北京，是有情有义的北京，是有声有色的北京，是有趣有味的北京，尤其是，在这里，我们会看到浩大北京的“毛细血管”，比如那些花草瓜果，那些日常点滴，那些人情事理……正是这些毛茸茸而富有质感的细节，才是北京之所以是北京的底色。

2022年6月13日，枫蓝

目　录

北京的思与情

想北平

老　舍

设若让我写一本小说，以北平作背景，我不至于害怕，因为我可以捡着我知道的写，而躲开我所不知道的。让我单摆浮搁的讲一套北平，我没办法。北平的地方那么大，事情那么多，我知道的真觉太少了，虽然我生在那里，一直到廿七岁才离开。以名胜说，我没到过陶然亭，这多可笑！以此类推，我所知道的那点只是“我的北平”，而我的北平大概等于牛的一毛。

可是，我真爱北平。这个爱几乎是要说而说不出的。我爱我的母亲。怎样爱？我说不出。在我想做一件讨她老人家喜欢的事情的时候，我独自微微地笑着；在我想到她的健康而不放心的时候，我欲落泪。言语是不够表现我的心情的，只有独自微笑或落泪才足以把内心揭露在外面一些来。我之爱北平也近乎这个。夸奖这个古城的某一点是容易的，可是那就把北平看得太小了。我所爱的北平不是枝枝节节的一些什么，而是整个儿与我的心灵相粘合的一段历史，一大块地方，多少风景名胜，从雨后什刹海的蜻蜓一直到我梦里的玉泉山的塔影，都积凑到一块，每一小的事件中有个我，我的每一思念中有个北平，这只有说不出而已。

真愿成为诗人，把一切好听好看的字都浸在自己的心血里，像杜鹃似的啼出北平的俊伟。啊！我不是诗人！我将永远道不出我的爱，一种像由音乐与图画所引起的爱。这不但是辜负了北平，也对不住我自己，因为我的最初的知识与印象都得自北平，它是在我的血里，我的性格与脾气里有许多地方是这古城所赐给的。我不能爱上海与天津，因为我心中有个北平。可是我说不出来！

伦敦，巴黎，罗马与堪司坦丁堡[①]，曾被称为欧洲的四大“历史的都城”。我知道一些伦敦的情形；巴黎与罗马只是到过而已；堪司坦丁堡根本没有去过。就伦敦，巴黎，罗马来说，巴黎更近似北平——虽然“近似”两字要拉扯得很远——不过，假使让我“家住巴黎”，我一定会和没有家一样的感到寂苦。巴黎，据我看，还太热闹。自然，那里也有空旷静寂的地方，可是又未免太旷；不像北平那样既复杂而又有个边际，使我能摸着——那长着红酸枣的老城墙！面向着积水潭，背后是城墙，坐在石上看水中的小蝌蚪或苇叶上的嫩蜻蜓，我可以快乐的坐一天，心中完全安适，无所求也无可怕，

① 今译：“君士坦丁堡”，土耳其最大城市伊斯坦布尔的旧称。

像小儿安睡在摇篮里。是的，北平也有热闹的地方，但是它和太极拳相似，动中有静。巴黎有许多地方使人疲乏，所以咖啡与酒是必要的，以便刺激；在北平，有温和的香片茶就够了。

论说巴黎的布置已比伦敦罗马匀调的多了，可是比上北平还差点事儿。北平在人为之中显出自然，几乎是什么地方既不挤得慌，又不太僻静：最小的胡同里的房子也有院子与树；最空旷的地方也离买卖街与住宅区不远。这种分配法可以算——在我的经验中——天下第一了。北平的好处不在处处设备得完全，而在它处处有空儿，可以使人自由的喘气；不在有好些美丽的建筑，而在建筑的四周都有空闲的地方，使它们成为美景。每一个城楼，每一个牌楼，都可以从老远就看见。况且在街上还可以看见北山与西山呢！

好学的，爱古物的，人们自然喜欢北平，因为这里书多古物多。我不好学，也没钱买古物。对于物质上，我却喜爱北平的花多菜多果子多。花草是种费钱的玩艺，可是此地的“草花儿”很便宜，而且家家有院子，可以花不多的钱而种一院子花，即使算不了什么，可是到底可爱呀。墙上的牵牛，墙根的靠山竹与草茉莉，是多么省钱省事而也足以招来蝴蝶呀！至于青菜，白菜，扁豆，毛豆角，黄瓜，菠菜等等，大多数是直接由城外担来而送到家门口的。雨后，韭菜叶上还往往带着雨时溅起的泥点。青菜摊子上的红红绿绿几乎有诗似的美丽。果子有不少是由西山与北山来的，西山的沙果，海棠，北山的黑枣，柿子，进了城还带着一层白霜儿呀！哼，美国的橘子包着纸，遇到北平的带霜儿的玉李，还不愧杀！

是的，北平是个都城，而能有好多自己产生的花，菜，水果，这就使人更接近了自然。从它里面说，它没有像伦敦的那些成天冒烟的工厂；从外面说，它紧连着园林，菜圃与农村。采菊东篱下，在这里，确是可以悠然见南山的；大概把“南”字变个“西”或“北”，也没有多少了不得的吧。像我这样的一个贫寒的人，或者只有在北平能享受一点清福了。

好，不再说了吧；要落泪了，真想念北平呀！

《宇宙风》杂志于1936年第16期推出宇宙风“北平特辑”征稿启事，以期在华北事变、北平告急的背景下刊发文人对于故都北平的文化、生活的怀念与眷恋的文章。老舍的《想北平》作为其中一篇，发表于1936年6月《宇宙风》杂志的第19期。

老舍是一个地道的“老北京”。写下这篇散文之时，老舍身在青岛。当时，中华民国与日本签订了丧权辱国的《何梅协定》，华北已陷入危难。在《想北平》中，老舍流露出对北京的特殊情感：“说不出”的爱。他的爱是具体而微的，落在“小蝌蚪”“嫩蜻蜓”“香片茶”上；他爱那个在“园林，菜圃与农村”之中富于野趣的、平民的北平。老舍说“每一小的事件中有个我，我的每一思念中有个北平”，的确如此，北平与老舍之间是血脉相通的——老舍爱母亲、爱北平、爱祖国是相通的，老舍先生也成为北京文化永远的代言人。

——王禄可

北平通信

废　名

亢德先生：

《宇宙风》要在六月里出一个北平专号，我觉得这很有意义，我们住在北平爱北平的人还不藉这机会好好的来鼓吹北平的空气么？所惜我自己是有心而无力，关于北平实在想多写点文章，没有办法只好向海上的朋友作北平通信了。我并不能说我知道北平知道怎么多，连北平话都不会说，怎么能说知道北平呢？我大约是一个北平的情人，这情人却是不结婚的，因此对于北平可说一点也不知道，也因此知道北平的可爱，北平人自己反不知。这样说来，我同北平始终还是隔膜的。就我说，我是长江边生长大的，因此我爱北方，因此我爱江南。北平之于北方，大约如美人之有眸子，没有她，我们大家都招集不过来了。我们在北平总看不见湿意的云，“朝为行云暮为行雨”此地人读之恐无动于衷，《高唐》一赋是白赋的了，此刻暮春已过初夏来了，这里还是刮冬天的风，我从前住在北平西郊的时候，有时要进城，本地人总是很关心的向我说，“今天不去，明天怕刮风”，我听了犹如不听，若东风吹马耳，到了第二天真个的每每就刮起风来了，于是我进城的兴会扫尽了，我才受了“今天不去明天怕刮风”这句话的打击，想到南边出门怕下雨。现在我倒觉得出门不怕下雨，而且有点喜欢，行云行雨大有行其所无事之意，这正是在这里终年不见湿云之故，夏天北平的大雨对于我也没有过坏的记忆，雨中郊外走路真个别有风味，一下就下得那么大，城里马路岸上倒成了“河”，雨过天青小孩们都在那里“蹚河”，也有虾蟆来叫一声两声了，——这样的偶叫几声，论情理应该使路旁我们江南之子起点寂寞，事实上却不然，不但虾蟆我们觉得它实在是喜欢，小孩们实在是喜欢，我也实在是喜欢了，记得小时我在家里每每喜欢偷偷的把和尚或道士法坛上的锣或鼓轻轻的敲打一下，声音一发作，我自己不亦乐乎又偷偷的跑了，和尚或道士，他们正在休息，似乎也乐得这个淘气的空气，并不以为怎么“犯法”，这个淘气的空气很有点像我在北平看小孩们蹚河，听蛙鼓一声两声。我想未必关于个人的性情，倒很可以表现北平的空气。北平在无论什么场合，总不见得怎样伤人的心。我只记得在东城隆福寺或西城护国寺白塔寺庙会看见两样人物有点难为情，其一是耍叉的，一位老汉，冬天里光着脊梭，一个人在高台上自己的买卖范围里大显其武艺，抛叉入云，却不能招拢一个顾客来，我很替他寂寞，但他也实在只引起幽默的空气，没有江湖气，不知何故。再有一男子一女子仿佛是两口子伸着脖子清唱的，男的每唱旦，女的每唱生，两人都不大有气力，男的瘦长，面色苍白，唱完之后每每骂人没有良心，“我这也不容易嘞!”因为听唱的人走了不给钱。这两人留给我的印象算是最凄凉的，但我也实在没有理由去批评他们，虽然我心里有点责备而且同情于那位男子。总之北平总是近乎素朴这一方面。我还是来说我对于雨的空想。我如果不来北平住下十几年，一定不是现在这个雨之赞美者，自己也觉得很可笑。宋人词有句曰，“隔江人在雨声中”。这个诗境我很喜欢，但七个字要割去上面的两个字，“江”于我是没有一点感情的。“黄鹤楼上看帆船”，虽然在那里住了六七个年头，扬子江我也不觉得它陈旧，也不觉得它新鲜，不能想到它。上面我说我是长江边生长大的，其实真是我的家乡仿佛与长江了无关系，十五岁从家里出来同长江初见面尚在江西省九江县，距家九十里，更小的时候除了小学地理课程外不知有大江东去也。我说“隔江人在雨声中”七个字我只取其五个，那两个字大概是以一把伞代替之，至于这个雨天在什么地方，大约就在北平西直门外三贝子花园随便一个桥上都可以罢。从前做诗的时候，曾有意捏造了一首诗，是从古人的心事里脱胎出来的，诗题曰“画”，其词如左[①]：

① 原文直行，故曰：“左”。

嫦娥说，

我未带粉黛上天，

我不能看见虹，

下雨我也不敢出去玩，

我倒喜欢雨天看世界，

当初我倒没有打把伞做月亮，

自在声音颜色中，

我催诗人画一幅画罢。

这总不外乎住在大平原的地方不云不雾天高月明因而害的相思病，没有雨乃雨催诗，所谓“点点不离杨柳外，声声只在芭蕉里”是也。天下岂有这样一尘不染的东西么？因为雨相思，接着便有草相思，这真是一言难尽的，我还是引一首歪诗来潦草塞责，这首诗是最近在梦里头做的，我生平简直没有这个经验，这一回部有诗为证，因此也格外的佩服古槐居士的“梦遇”，那天清早我起来就把铅笔记录下来，曾念给槐居士[①]听：

芳草无情底事愁　朝阳梦里泣牵牛

旧游不是长江水　独自藤花鹦鹉洲

① “古槐居士”“槐居士”，即俞平伯。

事情是这样的，我梦见我到了鹦鹉洲，从前在武昌中学里念书的时候并没有去鹦鹉洲玩过，这回却到了鹦鹉洲，所谓鹦鹉洲者，便如诗里所记，别的什么东西都没有。后来我把这诗一看，便发现了破绽，看草色应该是春天的光景，然而花有牵牛，岂非秋朝么？我在南边似乎没有见过牵牛花，此花我看得最多又莫过北平香山一带，总而言之还是在沙漠上梦见江南草而已。我在北平郊外旷野上走路，总不觉得它单调，它只是令我想起江南草长。最近有一件不幸的事件发生，即是在知堂先生处得见《燕京岁时记》这一册书，书真是很可取，只是我读了一则起了另外一点心事，其记五月的石榴夹竹桃云：

> 京师五月榴花正开，鲜明照眼，凡居人等往往与夹竹桃罗列中庭，以为清玩。榴竹之间，必以鱼缸配之，朱鱼数头，游泳其中，几于家家如此。故京师谚曰，天篷鱼缸石榴树。盖讥其同也。

凡在“京师”住得久的人，我想都得欣赏“天篷鱼缸石榴树”这七个字，把北平人家描写得恰好。此七个字一映入我的眼帘，我对于北平起了一个单调的感觉，但这七个字实在不能移易，大有爱莫能助之概。原来我爱北平的街上，（除了街上洋车拚命的跑），爱北平的乡下，爱北平人物，对于北平的人家，“几于家家如此”，则颇有难言之感。我还想把北平街上我所心爱的人物说一点，这群人物平常不知道干什么，我也总没有遇见一个相识的，他们好像是理想中的人物，一旦谁家有喜事或丧事的时候他们便梦也似的出现，都穿上了彩衣，各人手上都有一份执事，有时细看其中有一名就是我们世界一位要饭的老太太，难得她老人家乔妆而其实是本面也在这队伍里滥竽，我总不觉得他们也会同我们说话的，他们好像懒于言语，他们确是各人有各人的灵魂，其不识不知的样子之不同，各如其囚首垢面。他们若无其事的张目走路，正如若无其事的走路打瞌睡，他们大约只贪赌博，贪睡觉，在没有走上十字街头以前，还在红白喜事人家的门墙之外的时候，他们便一群一群的作牧猪奴戏，或者好容易得到一块地盘露天之下一躺躺一个黑甜，不知从那里得了一道命令忽然大家都翻起身来干正经的去了，各人有各人一份执事，作棺材之先行，替新姑娘拿彩仗。我的话一定有人不相信的，其实情形确是如此，我知道这些市民都是无产阶级，我由这些人又幻想“梁上君子”，——这是说我有点思慕他们，他们决不会到我家里来，而我又明白他们的身份，故我思慕此辈为君子，一定态度很好。十年以前我同一位北大同学谈到北平杠房的人物，他对于我的话颇有同感，他另外还告诉我一件有趣的事情，我曾记录下来作了一点小说材料，他说他有一回在北大一院门口看见人家出殡，十六人抬一棺材，其中有一人一样的负重举步，而肩摩踵接之不暇他却在那里打瞌睡。敢情北京人是真个有闲。匆匆不多写。

废名，五月四日于北平北河沿

废名的《北平通信》写于1936年5月4日，刊登在《宇宙风》杂志1936年第19期上，后被收录在1936年宇宙风杂志社出版的《北平一顾》中。

废名于1929年在重新改组的北平大学毕业，而后在国立北京大学担任讲师。写下这篇文章时，废名已返回他的故乡湖北黄梅县。因此，废名是以一个外乡人的姿态回望曾经旅居的北平城。文章中，废名坦言自己是北平“不结婚的情人”，他喜爱的是“淘气的空气”，是寻常人家里的“天篷鱼缸石榴树”，是胡同里的匆匆闲人。在废名笔下，回忆中的北平是幻美的光影，是山水田园诗般的存在。

——王禄可

北平的印象和感想

沈从文

——油在水面，就失去了黏腻性质，转成一片虹彩，幻美悦目，不可仿佛。人的意象，亦复如是。有时平匀敷布于岁月时间上，或由于岁月时间所做成的幕景上，即成一片虹彩，具有七色，变易倏忽，可以感觉，不易揣摩。生命如泡沤，如露亦如电，唯其如此，转令人于生命一闪光处，发生庄严感印。悲悯之心，油然而生。

十月已临，秋季行将过去。迎接这个一切沉默但闻呼啸的严冬，多少人似乎尚毫无准备。从眼目所及说来，在南方有延长到三十天的满山红叶黄叶，满地露水和白霜。池水清澄明亮，如小孩子眼睛。一些上早学的孩子，一面走一面哈出白气，两只手玩水玩霜不免冻得红红的。于是冬天真来了。在北方则大不相同。一星期狂风，木叶尽脱，只树枝剩余一二红点子，挂枝柿子和海棠果，依稀还留下点秋意。随即是负煤的脏骆驼，成串从四城涌进。从天安门过身时，这些和平生物可能抬起头，用那双忧愁小眼睛望望新油漆过的高大门楼，容许发生一点感慨：“你东方最大的一个帝国，四十年，什么全崩溃下来了。这就是只重应付现实缺少高尚理想的教训，也就是理想战胜事实的说明，而且适用于任何时代任何民族。后来者缺少历史知识，还舍不得这些木石砖瓦堆积物，重新装饰它们，用它们来点缀政治，这有何用？……”也容许正在这时，忽然看到那个停在两个大石狮子前面的一件东西，八个或十个轮子，结结实实，一个钢铁管子，斜斜伸出。这一切，虽用一片油布罩上，这生物可明白，那是一种力量，另外一种事实——用来屠杀中国人的美国坦克。到这时，感慨没有了。怕犯禁忌似的，步子一定快了一点，出月洞门转过南池子，它得上那个大图书馆卸煤！还有那个供屠宰用的绵羊群，也挤挤挨挨向四城拥进。说不定在城门洞前时，正值一辆六轮大汽车满载新征发的壮丁由城内驶出来。这一进一出，恰证实古代哲人一生用千言万语也说不透彻的“圣人不仁”和“有生平等”——于是冬天真来了。

就在这个时节，我回到了一别九年的北平。心情和二十五年前初到北京下车时相似而不同。我还保留二十岁青年初入百万市民大城的孤独心情在记忆中，还保留前一日南方的夏天光景在感觉中。这两种绝不相同的成分，为一个粮食杂货店中收音机放出的京戏给混合了，第一眼却发现北平的青柿和枣子已上市，共同搁在一辆手推货车上，推车叫卖的“老北京”已白了头。在南方，时常听人作新八股腔论国事说：“此后南京是政治中心，上海是商业中心，北平是文化中心。”话说得虽动人，并不可靠。政治中心照例拥有权势，商业中心照例拥有财富，这个我相信。因为权势和财富都可以改作“美国”，两个中心原来就和老米不可分！至于文化中心，必拥有知识才得人尊敬，必拥有文物才足以刺激后来者怀古感情因而寄希望于未来。北平的知识分子的确不少，但是北平城既那么高，每个人家的墙壁照例又那么厚，知识能否流注交换，能否出城，不免令人怀疑。历史的庄严伟大，在北平文物上，即使不曾保留全部，至少还保留了一部分。可是这些保留下来的，能不能激发一个中国年轻人的生命热忱，或一种感印、思索，引起他对祖国过去和未来一点深刻的爱？能不能由于爱，此后即活得更勇敢些、坚实些，也合理些？若所保留下来的庄严伟大和美丽缺少对于活人的教育作用，只不过供游人赏玩，供党国军政要人宴客开会，北平的文物，作用也就有限。给予多数人的知识，不过是让人知道前一代满人统治的帝国，奴役人民三百年，用人民血汗建筑有多大的花园，多大的庙宇宫殿，此外实在毫无意义可言。一个美国游览团的团员，具有调查统治中国兴趣的美国军官眷属，格利佛老太太、阿丽思小姐，可以用它来平衡《马可波罗游记》所引起她灵魂骚乱的情感。一个中国人，假如说，一个某种无知自大的中国人，不问马夫或将军，他也许只会觉得他占领征服了北京城，再也不会还想到他站到的脚下，还有历史。在一个虽有历史却无从让许多人明白历史的情形下，北平的文化价值，如何使中国人对之表示应有的关心尊敬和重视，北平有知识的人，教育人的人，实值得思索，值得重新思索，北平的价值和意义，似乎方有希望让人稍稍明白！

北平入秋的阳光，事实上也就可以教育人。从明朗阳光和澄蓝天空中，使我温习起住过近十年的昆明景象。这时节的云南，雨季大致已经过去，阳光同样如此温暖美好，然而继续下去，却是一切有生机的草木枯死。我奇怪北平八年的沦陷，加上种种新的忌讳，居然还有成群白鸽，敢在用蓝天做背景寒冷空气中自由飞翔。微风刷动路旁的树枝，卷起地面落叶，如对于我的疑问有所回答："凡是在这个大城上空绕绕大小圈子的自由，照例是不会受干涉的。这里原有充分的自由，犹如你们在地面，在教室或客厅中……""你这个话可是存心有点……""不，鲁迅早死了。讽刺和他同时死去了已多年。"可是你必然完全同意我说及的事实。这个想象的对话很怪，我疑心有人窃听。试各处看看，没有一个人。街上到处走的是另外一种人。我起始发现满街每个人家屋檐下的一面国旗，提醒我这是个节日，问铺子里人，才知悉和尊师重道有关，当天举行八年来第一回的祭孔大典。全国将在同一日举行这个隆重典礼。我重新想起苏州平江府那个大而荒凉的文庙，这一天文庙两廊豢养的几十匹膘壮日本军马，是不是暂时会由那一排看马的病兵牵出，让守职二十年饿得瘦瘪瘪的苏中苏小那一群老教师，也好进孔庙行个礼，且不至于想到用讲堂做马厩而情感脆弱露出酸态？军马即可暂时牵出，正殿上那些无法计数身份不明的蝙蝠，又如何处理？中国孔庙廊庑用来养马的，一定不止平江府，曲阜那一座可能更甚。这也正说明，北平、南京，师道在仪式上虽被尊敬，其他地方的教师，却仍在军马与蝙蝠之中讨生活，其无从生活也可想而知。

我起始在北平市大街上散步。想在地面发现一二种小小虫蚁，具有某种不同意志，表现到它本身奇怪造型上、斑驳色彩上，或飞鸣宿食性情上。毫无满意结果。人倒很多，汽车、三轮车、洋车、自行车上面都有人。街路宽阔而清洁，车辆上的人都似乎不必担心相互撞碰。可是许多人一眼看去样子都差不多，睡眠不足，营养不足。吃得胖胖的特种人物，包含伟人和羊肉馆掌柜，神气之间即有相通处。俨然已多少代都生活在一种无信心、无目的、无理想情形中，脸上各部官能因不曾好好运用，都显出一种疲倦或退化神情。另外一种，即是油滑，市侩乡愿官僚侦探特有的装作憨厚混合谦虚的油滑。他也许正想起从什么三郎小村转手的某注产业的数目，他也许正计划如何用过去与某某有田、有岛活动的方式又来参加什么文化活动，也许还得到某种新的特许……然而从深处看，这种人却又一律有种做人的是非与义利冲突，羞耻与无所谓冲突而遮掩不住的凄苦表情。在这种人群中散步，我当然不免要胡思乱想。我们是不是还有方法，可以使这些人恢复正常人的反应，多有一点生存兴趣，能够正常地哭起来笑起来？我们是不是还可望另一种人在北平市不再露面，为的是他明白“羞耻”二字的含义，自己再也不好意思露面？我们是不是对于那个更年轻的一辈，从孩子时代起始，在教育中应加强一点什么成分，如营养中的维他命，使他们生长中的生命，待发展的情绪，得到保护，方可望能抗抵某种抽象恶性疾病的传染，方可望于成年时能对于腐烂人类灵魂的事事物物，能有一点抵抗力？

我们似乎需要“人”来重新写作“神话”。这神话不仅是综合过去人类的抒情幻想与梦，加以现世成分重新处理，还应当综合过去人类求生的经验，以及人类对于人的认识，为未来有所安排，有个明天威胁他，引诱他。也许教育这个坐在现实滚在现实里的多数，任何神话都已无济于事。然而还有那个在生长中的孩子群，以及从国内各地集中在这个大城的青年学生群，很显明的事，即得从宫殿、公园、学校中的图书馆或实验室以外，还要点东西，方不至于为这个大城中的历史暮气与其他新的有毒不良气息所中，失去一个中国人对人生向上应有的信心，要好好地活也能够更好地活的信心！在某种意义上说来，这个信心更恰当名称或叫作“野心”。即寄生于这一片黄土上年轻的生命，对社会重造国家重造应有的野心。若事实上教书的、做官的、在一切社会机构中执事服务的，都害怕幻想，害怕理想，认为是不祥之物，绝不许与现实生活发生关系时，北平的明日真正对人民的教育，恐还需要寄托在一种新的文学运动上。文学运动将从一更新的观点起始，来着手，来展开。

想得太远，路不知不觉也走得远了些。一下子我几乎撞到一个拦路电网上。你们可曾想得到，北平目前还有什么地方没有不固定性的铁丝网点缀胜利一年后的古城?

两个人起始摸我的身上，原来是检查。从后方昆明来的教师，似不必需要人用这种不愉快的按摩表示敬意。但我不曾把我身份说明，因为这是个尊师重道的教师节，免得在我这个“复杂”头脑和另一位“统一”头脑中，都要发生混乱印象。

好在我头脑装的虽多，身上带的可极少，所以一会儿即通过了。回过头看看时，正有两个衣冠整齐的绅士下车等待检查，样子谦和而恭顺。我知道这两位近十年中一定不曾离开北京，因为困辱了十年，已成习惯，容易适应。

北平的冬天来了，许多人都担心御寒的燃料会有问题。然而，北平十分严重的缺少的不仅仅是煤。煤只能暖和身体，却无从暖和这个大城市中过百万人的疲惫僵硬的心！我们可曾想到在一些零下三十度的地方，还有五十万人在冰天雪地中打仗？虽说那是离北平城很远很远地方的事，却是一件真实事，发展下去可能有二十万壮丁的伤亡，千百万人民的流离转徙，比缺煤生火炉严重得多！若我们住在北平城里的读书人，能把缺煤生大火炉的忧虑，转而体会到那零下三十度的地方战事如何在进行，到十二月我们的课堂即再冷一些，年轻学生也不会缺课，或因缺少火炉而生埋怨。因为读书人纵无能力制止这一代战争的继续，至少还可以鼓励更年轻一辈，对国家有一种新的看法，到他们处置这个国家一切时，绝不会还需要用战争来调整冲突和矛盾！如果大家苦熬了八年回到了北平，连这点兴趣也打不起，依然只认为这是将军、伟人、壮丁、排长的事情，和自己全不相干，很可能我们的儿女，就免不了会有一天以此为荣，参加热闹。为人父或教人子弟的，实不能不把这些事想得远一点，深一点！

一九四六年八月九日作

《北平的印象和感想》发表在1946年9月22日的《经世日报·文艺》上，发表时名为《新烛虚》，后来在《上海文化》1946年第9期上改名为《北平的印象和感想》。抗战胜利后，1946年，国立西南联合大学三校迁回原址，时任西南联大中文系教授的沈从文重新回到北平，此时，距离沈从文1922年第一次来到北平求学，已经过了二十五年。经历了八年沦陷，北平虽在气候与景观上并无巨变，然而自日军侵略之后，整个北平乃至国家的民众精神依旧低迷，这种背景下，沈从文写下了这篇散文。

在复杂心境之下，沈从文笔下的北平，不再仅仅指涉一个现实的城市空间概念。“北平”成为了一种文化象征。借助北平，沈从文表达了一种国民反思与文化理想：知识分子应该首先重建对理性、知识、文化的尊重，以人道精神、人文关怀抚慰战争带给民众的精神创伤。

——王禄可

苦念北平

林海音

不能忘怀的北平！那里我住得太久了，像树生了根一样。童年、少女，而妇人，一生的一半生命都在那里度过。快乐与悲哀，欢笑和哭泣，那个古城曾倾泻我所有的感情，春来秋往，我是如何熟悉那里的季节啊！

春光明媚，一骑小驴，把我们带到西山，从香山双清别墅的后面绕出去，往上爬，大家在打赌，能不能爬上“鬼见愁”的那个山头！我常常念叨“鬼见愁”那块地方，可是我从来也不知道它究竟在哪里。

春天的下午，有时风沙也很大，风是从哪儿吹来的呢？从蒙古那边吹来的吗？从居庸关外那边吹来的吗？春风发狂，把细砂送进了你的眼睛、鼻子和嘴里。出一趟门，赶上风，回来后，上牙打打下牙试试，咯咯吱吱的，全是砂子，真是牙碜。“牙碜”是北平俗话，它常被用在人们的谈话里。比如说：

“瞧，我这两天碰的事儿都别扭，真是，喝凉水都牙碜!”——比喻事不顺心。

“大姑娘哪兴这么说话，也不嫌牙碜!”——比喻言语粗鄙。

“别用手指甲划玻璃好不好，声儿听着牙碜!”——形容令人起寒战的感觉。

“这饭怎么吃着这么牙碜！掺了砂子啦!”——形容咀嚼不适的感觉。

春天看芍药牡丹，是富贵花。中山公园的花事，先是芍药，一池一畦的开，跟着就是牡丹。灯下看牡丹，像灯下观美人一样，可以细细的品赏，或者花前痴望。一株牡丹一个样儿，一个名儿，什么“粉面金刚”、“二乔”、“金盆落月”。牡丹都是土栽，不是盆栽，是露天的，春天无雨不怕，就是怕春风。有时一夜狂风肆虐，把牡丹糟蹋得不成样子。几阵狂风就扫尽了春意，寻春莫迟，春在北平是这样的短促呀!

许多夏季的黄昏，我们都在太庙静穆的松林下消磨，听夏蝉长鸣，懒洋洋地倒在藤椅里。享受安静，并不要多说话，仰望松林上的天空，只要清淡的喝几口香片茶。各人拿一本心爱的书看吧，或者起来走走，去看看那几只随着季节而来的灰鹤。不是故意到太庙来充文雅，实在是比邻中山公园的情调，有时太嫌热闹了，偶然也要躲在太庙里享受清福。但是太庙早早就要关门了，阵地不得不转移到中山公园去，那里有同样的松林，同样的茶座，可以坐到很久，一直到繁星满天，茶房收拾桌椅，我们才做最后离园的客人。

最不能忘怀的是“说时迟，那时快”的暴雨；西北的天空忽然乌云密布，一阵骤雨洗净了世间的污浊，有时不到一小时的工夫，太阳又出来了，土的气息被太阳蒸发出来，那种味道至今还感到熟悉和亲切。我喜欢看雨后的红墙和黄绿琉璃瓦，雨后赶到北海划小船最写意。转过了北池子，经过景山前的文津街，是到北海的必经之路。文津街是北平城里我最喜爱的一条路，走过那里，令人顿生怀古幽情。

北平的春天，虽然稍纵即逝，秋日却长，从树叶转黄，到水面结冰，都是秋的领域。秋的第一个消息，就是水果上市。水果的种类比号称“果之王国”的台湾并不逊色，且犹有过之。比如枣，像这里的桂圆一样普遍，但是花样却多，郎家园、老虎眼、葫芦枣、酸枣，各有各的形状和味道，却不是单调的桂圆可以比的了。沙营的葡萄，黄而透明，一掰两截，水都不流，才有“冰糖包”的外号。京白梨，细而无渣。鸭儿广，赛豆腐。秋海棠红着半个脸，石榴笑得合不上嘴。它们都是秋之果。

北平的水果贩最会吆唤，你看他放下担子，一手插腰，一手捂着耳朵，仰起头来便是一长串的吆唤。婉转的唤声里，包括名称、产地、味道、价格，真是意味深长。

西来顺门前，如果摆出那两面大镜子的招牌——用红漆一面写着“涮”，一面写着“烤”，便告诉人，秋来了。从那时起，口外的羊，一天不知要运来多少只，才供得上北平人的馋嘴咧！

北平的秋天，说是秋风萧索，未免太凄凉！如果走到熙熙攘攘的西单牌楼，远远的就闻见炒栗子香。向南移步要出宣武门的话，一路上是烤肉香。到了宛老五的门前，不由得你闻香下马。胖胖的老五，早就堵着房门告诉我：“还要等四十多人哪！”羊肉的膻，栗子的香，在我的回忆中，是最足以代表北平季节变换的气味了！

每年的秋天，都要有几次郊游，觅秋的先知先觉者，大半是青年学生，他们带来西山红叶已红透的消息，我们便计划前往。星期天，海淀道上寻秋的人络绎于途。带几片红叶夹在书里，好像成了习惯。看红叶，听松涛，或者把牛肉带到山上去，吃真正的松枝烤肉吧！

结束这一年最后一次的郊游，秋更深了。年轻人又去试探北海漪澜堂阴暗处的冰冻了。如履薄冰吗？不，可以溜喽！于是我们从床底下捡出休息了一年的冰鞋，弹去灰尘，擦亮它，静待升火出发，这时洋炉子已经装上了。秋走远了。

这时，正是北平的初冬，围炉夜话，窗外也许下着鹅毛大雪。买一个赛梨的萝卜来消夜吧。“心里美”是一种绿皮红瓤的，清脆可口。有时炉火将尽，夜已深沉，胡同里传出盲者凄凉的笛声。把毛毯裹住腿，呵笔为文，是常有的事。

离开北平的那年，曾赶上最后一次“看红叶”，冰鞋来不及捡出，我便离开她了。飞机到了上空，曾在方方的古城绕个圈，协和医院的绿琉璃瓦给了我难忘的最后一瞥，我的心颤抖着，是一种离开多年抚育的乳娘的滋味。

这一切，在这里何处去寻呢？像今夜细雨滴答，更增我苦念北平。不过，今年北平虽然风云依然，景物还在，可是还有几人能有闲情对景述怀呢！

林海音曾在北平生活了二十五年。此后，林海音大量的文学作品都表达出对北平的怀念之情，散发着浓浓的乡愁气息，其中短篇小说《城南旧事》尤为典型。

在《苦念北平》中，林海音以清浅、雅致的笔调串联起北平四时的物象，让每一个季节都在她的笔下摇曳生姿。在她的回忆中，北平变得温润而富有诗意，就连沙尘、京白、吆喝也变得颇具雅趣。北平是林海音的第二故乡，这些怀念北平的文字不仅仅承载了她的童年记忆，更是她在海峡另一端面向过去的精神回望。

——王禄可

漫说北京

邓友梅

前些天，有位好友想重建天桥，要借我保存的几张旧北京照片作参考。照片放的年头太多，泛黄了，但还清楚。一张是前门箭楼旁边一个戴毡帽穿大棉袄的壮年人，拉着一串骆驼，漫天风沙，几堆残雪；另一张是故宫东华门外停着的一溜儿洋车，一个车夫正坐在车簸箕上啃锅饼。朋友说这两张照片很有老北京的风韵，并且说："这合起来一看，不就是一部《骆驼祥子》吗？"

不错，的确是有点风韵。不过，这韵味在一边看看还可以，亲历一下就觉着不值得留恋了。骆驼是运煤的，洋车是拉人的，这两张照片都和"行"字有关。在"行"的方面，老北京实在没什么可夸口的。先说道路，有皇上的时候，皇上出门讲究"黄沙铺路，净水泼街"。您琢磨一下，皇上走的路不过如此，老百姓走什么路呢？到解放那年，已是民国三十八年，北京城铺了现代路面的地方仍不过几条眼前的通衢大道，大部分地方还是"无风三尺土，有雨一街泥"。或者按老舍先生的说法，是“刮风赛香炉，下雨是墨盒子”。车也有，可实在难坐。北京解放不久，市里要开个会，叫我把一份通知送到人民印刷厂去。我住灯市口，工厂在南菜园，这点路我来回走了一天。电车只通到天桥，从天桥到南菜园一片土路，又赶上下雨，麻烦就大了。陶然亭一带地势低洼，说它像墨盒子是抬举它，实际上是粥锅，一脚下去泥水直没到膝盖。返回来到天桥时，下午三点多钟，雨还没停，电车倒先停了。有三轮，我一个月十几元的大灶包干，坐得起吗？硬走到天安门，站在路边等公共汽车。那时候刚从南京调来几辆公共汽车，走得比人还慢。车一停下就开不动，司机踩了油门，车先上下颠，然后左右晃，足晃半分钟才能走动，有心脏病的人绝不敢坐。就这样二十分钟也不来一辆。我旁边一个小伙子就哼了一首歌，把当时的流行歌曲《秋水伊人》换了词：

> 望穿秋水，不见汽车的踪影。
> 更残漏尽，孤雁两三声。
> 满心的希望，只换得眼前的凄清，
> 几时你才来呀，汽车呀？
> 几时你开过长安街的泥泞？
> 那心急的人群，睁大的眼睛，
> 都盼望早点能回家，
> 不再喝西北风！

如今北京的“行”虽然仍不理想，可究竟不用去一趟南菜园走一整天了。连小胡同都铺了柏油路面，骑自行车不必担心陷进墨盒，等电汽车也不至于急得唱《秋水伊人》了。要记住这可是北京市人口增加了几倍以后的情况。如果北京人口仍然是一百五十万，有现在这些设施，其交通程度未必比东京差。

在吃穿住方面北京的变化就更大，有一次我在国外碰到个离乡很久的老北京人，他问我北京有什么变化？我说北京东城盖了长城饭店等摩天大楼，西城建了电视大楼、西苑饭店，北城正在建亚运会建筑群……他听了一半就说，完了，我不去了，这哪儿还像北京呢？我一想：可不，和四十年前相比是不大像了，可北京还是北京，北京要是四十年一点没变，中国还有什么希望？以前的北京不准建高楼，再高也不能高出太和殿去。街上树也多，站在景山顶上往下一看，一片树海中露出几处灰色瓦顶。走下山来步入树林，那里是一栋栋四合院连成的小胡同。这四合院可大有讲究，是什么人家，一看瓦顶就知道，是筒瓦，是片瓦，有没有脊兽这都大有区别。青灰瓦顶下，珠红走马板，一对石狮中间，两扇大门，门上对联，门下石阶；打开大门，迎面是影壁，影壁前山石盆花，影壁上透雕吉祥二字；抬头看，门洞顶彩画藻井，低头瞧，大漆春凳，转身向左，往风屏门内看，墙中间一座玲珑精致垂花门，石榴树下隐隐现现金鱼浮动，蓝天之上，高高低低鸽铃鸣空……一片宁静、平和、典雅的美。好不好？好！可这只是北京生活的一部分。您走几步再瞧，就在故宫旁边不远处，狭窄的小巷里，人们就过的是另外一种生活，北京人有句老话，叫“南贫北贱”，北城这一带住了不少下层市民，靠拉洋车，拣破烂，缝穷为生，住的破砖头房，一刮风乱晃，小雨小下，大雨大下，雨停了屋里还下，高个儿还直不起腰来。如今北京人住得虽然还是挤，几户人挤在一个小院里的有，三代人合住一间屋的也有，可不见在马路边抱蹲的了。说实话，衣食住行，现在人们对住的意见最大，北京人也确实住得拥挤艰难，政府也感觉压力沉重。有什么办法呢？四十年间，北京人口膨胀得比气吹吹的还快。四十年北京住房增加了好几倍，可人口增加得更多。不从计划生育方面打主意，天王菩萨也没辙。

盖房子难，拆房子也不易。北京是几百年的国都，建筑格局有一定规范。在修建北京新建筑时，稍有疏忽，就会造成难以挽回的损失。比如把许多挺好的四合院拆掉，盖楼房，竖烟筒，以至于现在想找条完整的小胡同和四合院供人参观和怀旧都困难。这就值得三思。一个城市如同一个人一样，总要有自己的面貌，说到摩天大楼，人们想的是纽约；讲到竹楼，就联想起西双版纳；北京的特征就是四合院和小胡同。没有了四合院还算什么北京呢？楼房要盖，但不一定要盖得遍地开花，把旧建筑全挤在楼缝里。旧房子该拆，但不一定非拆得这么杂乱和随意。比如，我知道有栋王府的院落在某宾馆范围内，前几年还保存得很好，后来忽然挂起个“房屋危险，禁止参观”的牌子。我问一位知情人，挺好的房子怎么忽然危险了？他说，宾馆领导想把它拆了盖大楼，增加客房，多挣点钱，怕参观的人多了，引起文物部门注意，一挂上个文物保护的牌子，就拆不成了！果然，不久那院子就拆了，并且盖起了楼。而同时另一单位却正在花钱建造一个假王府作旅游点。您说把真的老宅院拆了，花钱盖假古董供人参观，这何苦呢？当然，这只是前进中的失误，毕竟我们建设了一个现代的北京城，这才是主要的，现代化的建设，需要一个与它相适应的环境，骆驼虽美，却代替不了波音747，我那位朋友虽然对前门旁骆驼的照片赞不绝口，美国请他去开会，他还是乘飞机，不愿骑骆驼。如今，站在高处一看，北京城高楼林立，交通道立体交叉，霓虹灯五光十色，喷气机腾空入云，别是一番景象。不管你对旧北京外观的改变有多少怅惘，也不能不对新北京的建设者怀有敬意。我只希望建设得合理一点，构想得更周到一些。

北京是个文化古城，千百年下来，传统文化对人们的影响既深远又广泛，潜移默化，甚至渗透进生活方式中。比如，以前生活较好的人家，庭院中要有点缀，不可少的三样东西是天棚、鱼缸、石榴树。与此相适应，就产生了以养鱼为生的金鱼池居民，以种花为业的草桥花乡和大大小小的棚铺。

如今人们住进了楼房，用不着搭天棚了，棚铺便成了个历史名词，这行业的人全转业到建筑行业去搭脚手架去了。如今人们生活安定了，仍要养花，而且城市绿化发展极快，花乡就更加兴旺了。养鱼业也已恢复。只是棚铺这一行永远消失了。好在有些老工人仍健在，偶尔有地方要搭棚，建筑公司自有人承担建造。家庭种植花木，最宜种海棠，月季，取其“月月吉祥”，“棠棣之花”之意。忌种梨桑因与“离丧”谐音。如今四合院少了，没地方种树，种花的习惯仍保留下来，最多种的还是月季、海棠。只不过原来种的是木本西府海棠，现在地方狭窄，改种草本秋海棠了。更值得高兴的是公共绿地成倍增加，北京人有了较多的活动空间，池边可以打拳，树下便于遛鸟。打拳有打拳的学问，遛鸟有遛鸟的讲究。打拳遛鸟之后，肚子空了，就需要吃。说到吃，可又是北京的拿手。旧北京只早点一项，就有说不清的花样，炒肝、包子、面茶、烧饼、豆汁、焦圈、炸馓子、老豆腐……不仅好吃，而且便宜。连拉洋车的也吃得起。至于正餐就更说不清了，满汉全席、鲁菜、苏菜、烤鸭、全羊，中档的有东来顺的涮羊肉，王广福斜街的炒疙瘩，灶温的一窝丝……吃饱了还要喝，于是北京的茶馆业也遍布全城。人们进茶馆不光为了饮茶，还可以在那里会朋友，谈生意，交换信息，调解纠纷。茶馆又是曲艺表演最合适的场所。老实说，许多劳动市民的历史知识，倒是在茶馆里从说书艺人那儿学到的。与此同时，茶馆也培养了大批曲艺人。今天健在的许多名家，有的就是从茶馆开始的艺术生涯。但是前些年因为各种原因，打拳遛鸟的人绝迹了，早点也只剩下了烧饼、油饼儿。中档饭馆公私合营改变成“一道汤”，失去了自己的风格特色。再加上个别服务人员那副造反派脾气，饭馆成了北京人望而却步的所在。改革开放以来，许多消失了的东西重新恢复了，服务质量也大有改善。由大碗茶公司重建的大茶馆，更是生意兴隆。而且由于个体户与合资企业的发展，饮食行业显得比从前更加丰富多彩，只不过价钱也已非昔日可比了。大众食品，一改叫“风味小吃”，进入大雅之堂，立即身价百倍，使人们大为感慨。还有，人们在恢复应该和可以恢复的东西的同时，把一些本该消亡的东西也恢复了，这虽然能满足一些怀旧者的心愿，其实未必能长期生存，大可不必勉强。文化是有时代性的。即使原来是好东西，时代变了往往也会衰退。我喜欢京戏，不会唱京戏还算北京人吗？尽管如此，我仍然对它的前景难以乐观。当代青年的文化心理，审美趣味，娱乐手段已和我们这辈人不尽相同，京戏再想重现当年的黄金时代，怕要费些力气。新的时代又自会有新的艺术来满足它。我只希望京戏会作为中国的艺术国宝保留下来，或者它本身革新，随时代前进，但那又是另一种新东西了。

四十年来北京发生了极大变化，现在仍在变化中。从发展趋势来看，我想它会越变越好。再过四十年，北京会以一个既保有传统特色，又是高度现代化的城市矗立在世界上。这绝不是梦想。

1989年8月21日北京

邓友梅的《漫说北京》写于1989年8月21日，并于同年发表在《瞭望》杂志第41期上。此时，改革开放所带来的城市化浪潮已然渗透进北京城市生活的方方面面。作为北京作家，邓友梅敏锐察觉到北京的生活样貌与文化品格在日常生活细微处的改变，也让今天的我们看到了彼时身处北京的作者面对变化流露出的“现场感”。

在《漫说北京》里，邓友梅以平易近人、流畅清脆的语调，从交通、景观、建筑、吃食、娱乐等层面，将北京四十年的变迁娓娓道来。在文末，他展望四十年后的北京，对未来发出祝愿与期盼。而如今，三十多个春秋已过，“既保有传统特色，又是高度现代化的城市”的新北京正在我们眼前。

——王禄可

北京的杂驳

邱华栋

北京是一种抵达，一种投奔。每当我走在北京的大街小巷中，看到斑驳的阳光凝聚在那些陈旧的胡同中的老墙上时，一种快感立即就会溢满我的全身。到处都是新鲜的刺激在向我涌来。每天你都可以看见不同的人，但第二天就互相忘记了对方。这座城市如同缓慢转动的磨盘一样，耐心地磨碎了每个人的心灵。可一旦你找到了一个理由、一个角色留在这里，那么你就会有一个新的开始。这简直像是新的一日，像上帝张开手大声说道："我需要光！"于是"唰"的一下子，光就来了。

这座城市有其巨大的包容性，它什么都能吸纳，以便有一天再将你标价出卖。如果你努力了，你头上的草标价码就会高一些；如果你完蛋了，那你只配睡在过街通道里。北京有沙龙吗？有！沙龙可太多了，但完全是中国式的，与欧洲和美洲的那些贵妇人当主角的沙龙不同。北京天天都有各种沙龙在召开，这种沙龙活动就在家里进行，政治、经济、文化、新闻，各种各样的沙龙像旋涡一样，每到夜晚就漂浮在黑暗的城市河流之上。一会儿，一个脑袋就钻进来，过一会儿再来一个，不用多长时间，那些脑袋就构成了一个圈子，于是“沙龙”便形成了。大家或者围坐在一张桌子边，策划某个活动，哪怕是阴谋也是这样形成的，第二天一开始就会有人在陷阱中哀号。这样的小圈子到处都是，而不同的圈子与圈子之间还有交叉，有相叠与相割，如同无数个不同圆心的圆，无穷地展开去。而每一个圈子都分核心与外围组织，如同肿瘤一样有最活跃的细胞，也有最边缘的细胞。城市人际关系的复杂与封闭，造成了某种神秘，因此每一个圈子边上又有一群边缘人，这些边缘人又在构成新的圈子，如此循环往复，无休无止。而一个纯粹的外乡人来到北京，如果你真的打算干点儿什么的话，那么不久你就会凭着聪明与智慧，进入这类狗屎圈子，然后就借助这种圈子进行活动，并去抓住那些由圈子提供的机会。这就是这座城市充满活力的景观！谁也别想笼罩一切，机会是大家的，饭每一个人都要吃。到处都是大人、要人、名人、老同志、巨星与红星、准名人与新秀。一个新秀一旦有了机遇，那么等着你的就是这些东西，你的名字会慢慢膨胀起来，像流行病一样挂在很多人的嘴上，后来红得发紫，然后突然腐烂。很多人都让人大吃一惊，有的人如同从十米高台上往下跳一样，“扑通”一声吓人一大跳，可有的人却永远也浮不上来了，他被慢慢淹死了。

城市就意味着机会，意味着每一个人来了的话都可以捞上一把，只要你真的努力伸出手去，至少连苍蝇都会落上几个。这敞开的城市如同怀抱，一些人扑进来，又有一些人走出去，到处是旋转的新鲜气息。这巨大的城市海洋容纳着每一条鱼，所有的动物在其中游弋。而北京这样一座三千年古城的道路还在扩展，更多陈旧的东西在衰亡，而新的道路又在建设，到处都耸立着气势恢宏的建筑。在这新旧交相混杂的文化气氛中，有更新的因子在这里创造新的文化。这是一座古筝与摇滚交相混杂的城市，这种节奏让老年人在立交桥下扭起了秧歌，让年轻人的肉体像带电一样在午夜狂跳迪斯科。这就是北京，它总想把你带到太阳出发的地方。一旦你认准这是一个好地方，那么你就赶紧扎下根来，固守住一个角落，然后四处出击。即使你想做一只蜘蛛也行，找个地方慢慢张开你的网，就会有猎物撞上门来；即使你想守株待兔，也早晚会碰到兔子撞死在你脚下一动不动。我这么说可能有点儿神了，可就有一天，在一位作家的家庭沙龙上，一个诗人靠一句“一份功绩，油然而得”的广告词——这是为一家石油公司所做的广告，就挣到了八万块钱！这不是天上往下掉馅饼又是什么?！穷诗人有时候照样也能发点儿横财，更别说别的家伙了。北京真是一个巨大的海洋，有多少怀揣梦想的人在这里游个不停。一不留神，你就发现你已经在大海里了，于是你就畅快地游了起来。你成了一条真正的城市中的鱼，一条大狗鱼。

北京在长高，我认为这是中国最雄阔的城市，也是亚洲的一座中心城市，其文化地位不亚于东京与首尔。只要你占领了北京，你就占领了文化制高点，你进可走向世界，退可俯瞰全国。你可以鼻孔朝天走路，因为你是天子脚下的人。你天生与众不同，高人一等，馅饼从天上掉下来、馒头顺水漂过来，你只需要伸出手去抓住，就有你的吃的。北京！北京如同一个梦想的培养基，适合各种梦想像植物和细菌那样的东西，在这样的培养基上茂盛地生长。

《北京的杂驳》发表在《海上文坛》2005年第7期，此时距离邱华栋来到北京已经过了十三个年头。作为北京的“外乡人”，邱华栋在这篇文章中写下的是高速运转的城市化进程中的北京，是浸润着外来者漂泊与奋斗、沉迷与空想等情感体验的北京。

在《北京的杂驳》中，邱华栋写出了一个接纳包容、瞬息万变却又离奇荒谬的北京印象：北京培育着每一个外来者不断膨胀的梦想，但同时每一个外来者又会被更大的梦想野心吞噬——北京就是在这种梦想与野心的交织中从未停下自己更新的步伐。

——王禄可

王者之城

祝　勇

一

故宫，意思是过去的宫殿。中国历史悠长，经历过无数次王朝鼎革，也就有了无数座过去的宫殿，因此“故宫”这个词，不是今天才有。《汉书》里写：“公卿白议封禅事，而郡国皆豫治道，修缮故宫。”[①]“故宫”这个概念，至少在汉代就有了。“故宫”的意象，也在唐诗宋词里出出入入，像唐代刘禹锡曾在《踏歌词》里写：“桃蹊柳陌好经过，灯下妆成月下歌。为是襄王故宫地，至今犹自细腰多。”宋代蔡襄《经钱塘故宫》写：“废苑芜城裹故宫，行人苑外问秋风。当时歌舞何年尽，此意古今无处穷。”

中国的王朝史里，夹杂着一部浩瀚的宫殿史，只不过宫殿一如王朝，都有着各自的命运与劫数，留到今天、完整如

① ［东汉］班固：《汉书》，第981页，北京：中华书局，2000年版。

初的，只有这一座明清紫禁城，正如在明朝初年的岁月里，工部郎中萧洵能够看见的，只有一座元朝的故宫。

那个时候没有照相技术，元朝故宫的影像，都留在萧洵的文字里，打开他的《故宫遗录》，依然清晰可望，仿佛岁月不曾带走那座浩大宫殿的一片瓦、一粒沙。那是一座地球上从来不曾出现过的宫殿，不只规模浩大，如萧洵在《故宫遗录》里记载的，皇宫（大内）“东西四百八十步，南北六百十五步”，换算成今天的单位，东西宽约740米，南北长约1000米，而且临水而建，水叫太液池（今中南海与北海），水天浩渺，浮光掠影，如同一面巨大的镜子，映照着王朝的兴衰。水中有岛，名琼华岛，那里是忽必烈的深爱之地，以至于会舍弃奢华的宫殿，住在山顶上修建的广寒殿里，很多年后，成为明朝内阁首辅的张居正记下这么一笔：“皇城北苑有广寒殿，瓦壁已坏，榱桷犹存，相传以为辽萧后（即萧太后）梳妆楼。”[①]

入主华夏的蒙古族人，就围绕着这片水，建起了自己的宫殿——自那时起，北京作为国家首都的历史，延续了七个世纪[②]。在东岸，建了皇宫（大内），它的午门（崇天门），大

---

① 转引自《单士元集》，第四卷《史论丛编》，第一册，第95页，北京：紫禁城出版社，2009年版。

② 辽、金皆曾定都北京，但辽、金并未一统天下，自公元1272年定都北京（称大都）至今，北京成为全国首都已700余年，其间只有明初迁都北京以前，以及中华民国1928年到1949年的21年中，国都定在南京。

约就在今天故宫太和殿（初建时名奉天殿，明嘉靖时改称皇极殿，后不一一标明）的位置，而宫城内部，则形成了以南部的大明殿和北部的延春阁两大建筑为主体的建筑群；而在西岸偏南，修建了隆福宫，偏北则修建了兴圣宫——这两座宫殿，分别是皇太子和皇后居住之所，与决定帝国命运的宫城隔水相望。黎明时分，水上时常流散着一束束紫青色的雾，高低错落的宫殿群，在烟雾中若隐若现。宫城角楼风铃的声音会隐隐约约地传来，让藏在苇丛里的鹭鸶、白鹤，悚然惊飞。

也就是说，有过三座巨大宫殿，在太液池的两岸铺开阵势，三足鼎立，而后来的明清紫禁城（今故宫），把帝后的寝宫收拢在皇宫的北部，形成“前朝后寝”的格局。元朝在三座宫城和御苑的外围又筑起一道皇城，周围约20里，皇城的城墙叫“萧墙”，也叫“红门阑马墙”，顾名思义，宫禁之内，严禁骑马。皇城的正门叫棂星门，穿越长达700步的千步廊，与元大都的正门丽正门（今天安门南）遥遥相望。

祸起萧墙，转眼间，血流成河，江山易主。

那被威尼斯人马可·波罗惊叹过的高大城墙，如今只残存西段、北段遗址，共12公里。

安贞门、健德门，大都北城墙上的这两座高敞大门，如今也变成了北京10号地铁线上的站名。高峰时期的上班族们匆匆走出地铁站，抬头仰望空荡荡的天空，无暇去顾念这座大城的沧海桑田。

明洪武五年（公元1372年），一个名叫宋讷的官员写下一首诗，叫《过元故宫》，诗曰：

郁葱佳气散无踪，
宫外行人认九重。
一曲歌残羽衣舞，
五更妆罢景阳宫。[①]

繁华过处，似水无痕，再浓重的悲哀，再深长的故事，亦仿佛可以吹散在天地之间，不会留下痕迹。[②]

…………

二

关于北京紫禁城的始建时间，史料中有永乐五年（公元1407年）和永乐十五年（公元1417年）两种记载。实际上，永乐五年和永乐十五年，是北京紫禁城营建的两个阶段。第一个阶段是“密议”阶段，那时大明王朝建立还不到40年，

① 转引自《单士元集》，第四卷《史论丛编》，第一册，第96页，北京：紫禁城出版社，2009年版。

② 安意如：《再见故宫》，第124页，北京：光明日报出版社，2012年版。

就已经营建了凤阳、南京两座皇城，朱棣一上台就营建第三座，如此密集的浩大工程，必将受到朝臣们的反对，因此，他纵然贵为皇帝，也只能曲线救国。诏书说“建北京宫殿”，并没有说是建紫禁城，也可以理解为对元故宫（也就是从前的燕王府）修修补补，作为他北狩的驻跸之所。而元朝的琼楼金阙，无疑又为北京紫禁城的营建意图提供了最佳的隐蔽手段，使大规模的采料行动和最初的营建得以瞒天过海。只不过这一王朝机密，当时只有少数人知晓，其中就包括总揽工程事宜的泰宁侯陈珪。

永乐七年（公元1409年），朱棣北狩，住在燕王府内，调动军队征讨鞑靼和瓦剌，此后大部分时间住在北京，除了军事目的以外，督造紫禁城的意图明显。由于他居住的旧宫殿同时也是新宫殿的建筑工地，因此，永乐十四年（公元1416年），太液池西岸的元隆福宫和兴圣宫进行翻修，以便朱棣在紫禁城建成以前居住。这一年，朱棣回南京待了几个月，目的也是腾出元故宫大内，让新宫殿的建设工程全面展开。①

根据故宫博物院前辈单士元先生的考证，元朝的故宫，是在永乐十三到十四年（公元1415—1416年）之间被拆除

① 参见白颖:《燕王府位置新考》，原载《故宫博物院院刊》，2008年第2期。

的[1]。这个时间点，刚好在第二个阶段——永乐十五年紫禁城建设全面开工以前。开篇提到的萧洵，就在这时抵达北平。他担负的使命，正是拆除元故宫。建筑学家林徽因称他为“破坏使团”。然而，作为“强拆队”的一员，肩负破坏使命，遍览元故宫之后，却唤醒了他对这座故宫的无限热爱与惋惜。他写《故宫遗录》，就是要让那光辉璀璨的元代皇宫，在文字和记忆里永垂不朽。

在嘈杂的拆除声中，那个曾属于元朝的世界消失了，一个以光明命名的朝代，化作一片琼楼玉宇，刷新着曾经属于元朝的空间记忆。挖护城河的河泥，也堆成一座镇山（明称万岁山或煤山，清代称景山），以镇住前朝的“王气”，确保大明王朝的千秋万岁，也成为这座崭新皇城的几何中心。因此，与元朝故宫相比，明紫禁城的位置向南稍稍错开了一里左右。

朱棣一生摧毁过很多事物，但他始终没有舍得拆掉自己住过的燕王府。那曾经的旧宫殿，混迹于新皇宫里，像一株老树，生根发芽。为了保存燕王府，新宫殿只能整体横移。由于燕王府西侧为太液池，西移已无空间，于是，新宫殿的中轴线因而只能向东推移了150米，在今天我们熟悉的那个位置上，尘埃落定。

---

① 转引自《单士元集》，第四卷《史论丛编》，第一册，第136页，北京：紫禁城出版社，2009年版。

旧宫殿（燕王府）代表着他的来路，新宫殿（明紫禁城）代表着他的去处。从旧宫殿到新宫殿，他死去活来，折腾了二十年（自公元1399年靖难之役到1420年紫禁城落成），尽管空间上的距离，只有150米。

这是一次艰难的抵达。

随着新中轴线的确立，被保留下来的燕王府三座大殿，也就成了紫禁城西路的重要建筑。

为了与东路的文华殿对称，在燕王府三座大殿的南侧，又加盖了一座武英殿。这座加盖的建筑，夹在仁智殿与御河之间，离御河只有咫尺之遥。这布局，在今天看来也十分局促。

只不过在今天的故宫西路，已不见当年燕王府的仁智、大善、仁寿三座大殿，它们与武英殿的空间关系，已被岁月抹去。

中轴线的东移，使紫禁城从此不再依傍太液池。这刚好暗合着大明王朝“从‘逐水草而居’的元人民风，回到汉文化尚中正平稳的农耕格局上”[1]。

三

从永乐十五年算起，紫禁城的建造，只用了三年多时间。

---

① 赵广超:《紫禁城100》，第12页，北京：故宫出版社，2015年版。

即使从永乐五年算起，也只有十三年左右。更何况北京紫禁城，是明朝初建的半个多世纪里，继凤阳、南京之后建造的第三座皇宫了。在没有起重机、没有塔吊的明代，如此众多的宫殿，有可能在如此短的时间建成吗?

与西方古建筑偏爱石材相比，中国古人更偏爱木构建筑。木建筑有很多优点，比如取材方便、施工便利——当然，这只是相对而言。其实，木材的获取也堪称艰辛。不同于民居的就地取材，紫禁城所需木材，大多生长在南方的深山里，伐木工把它们砍伐下来，“出三峡，道江汉，涉淮泗”[①]，从扬州入大运河，由差官一路押运到通州张家湾，再经三十里旱路，运到北京朝阳门外大木厂和崇文门外神木厂存放并进行预制加工。

诏书下达后，工部尚书宋礼就风尘仆仆地奔向湖南两广辽阔的深山密林，还要造船和疏浚水道，再回来，已是十三年后。

中国古人早就在建筑中使用了标准化结构，比如廊、柱、斗拱、台基，都可提前做好预制件，到现场组装。建筑就像家具，榫卯相合，天衣无缝。所以，木作又分为大木作和小木作。大木作负责建筑结构，小木作负责装修和家具。室内与室外、居住与生活，在木质的香气中浑然一体。北京五大

① ［明］吕毖:《明朝小史》，卷三。

厂，即崇文门外的神木厂、朝阳门外的大木厂、顺治门外东边的琉璃厂、顺治门外南边的黑窑厂、城内的台基厂，都是生产和存放预制建筑材料的加工厂。

比如斗拱，作用是分解大屋顶的压力，同时具有美观功能，为了方便制造和施工，式样已趋于统一，尺寸也走向规范化，甚至成了衡量其他建筑构件的基本单位，将拱的断面尺寸定为一“材”，这就是中国古代建筑的材分制度。“材”，成了衡量柱、梁、枋等构件的基准量词，进而可以推算出宫殿房屋的高度、出檐的深浅等数字。这种材分制度业已形成在当时世界上堪称先进的“模数制”。学者认为，“中国传统营造，是唯一将模数（module）彻底实践出来的建筑系统。在唐代已见端倪，在宋代已经成熟。很难想象，一座房子，一套家具，一组屏风，一张画轴，一个窗，说玄一点，包括透过窗牖所见的院子风景，都和模数有关”。[①]而紫禁城，又是整座北京城的模数。[②]一千多年来，中国人就是这样，通过小小的模数控制了空间，进而控制了时间。

即便如此，我们依然不能否认，紫禁城的营建是中国古代建筑史上的一次壮举。所有的工匠，在联袂完成影响未来六百年历史的经典之作。其中主要有八个专业团队，分别是

---

① 赵广超:《紫禁城100》，第83页，北京：故宫出版社，2015年版。

② 赵广超:《紫禁城100》，第305页，北京：故宫出版社，2015年版。

瓦作、木作、石作、土作、油作、搭材作、彩画作、裱糊作，共称“八作”。

单士元先生说：“当时参与施工的各工种技师，有人估计为10万，辅助工为100万，亦无各工同时并举、流水作业之可能。故宫上万间木结构房屋所用木材共有若干立方米……原来从深山伐下的荒料大树，经过人工大锯，去其表皮成为圆木，或再由圆木变成方材，柱、梁、檩、枋均刻榫卯，尺七方砖、城砖等均要砍磨。今日维修古建工具已新异，每日一人亦只能砍磨成10块，从数万到数千万治砖过程，亦非短时间能完成。”①

没有这种“模数制”，不仅朱棣重建北京紫禁城不可想象，像长城这样的“超级工程”就更会成为痴人说梦。正是这种“模数制”，让秦始皇，以及历朝历代热衷于修筑长城的帝王——当然也包括朱棣，心里有了底气（尽管在秦代，还没有形成系统的“材分制度”）。因为长城，就是由一个个可以无限复制的标准件组成的。这些标准件包括墙身、敌楼、烽燧等。因此，长城如同紫禁城一样，并非一个单体建筑，而是一个复杂的建筑综合体。由此，我们可以破解长城得以在一个朝代甚至一个皇帝的任期内完成（或重建）的秘密。

假若有一个人真的从嘉峪关走到居庸关，再走向苍茫云

---

① 单士元：《故宫札记》，第211页，北京：紫禁城出版社，1990年版。

海间的山海关，这漫长的行旅中，他的视觉一定不会疲倦，因为长城是依托地势而建，而自西北、华北再到东北，地形的巨大变化，使得结构单调的长城处于永无休止的变化中。这就是长城的神奇之处——它匍匐在大地上，像一幅展开的手卷，潜伏着太多的曲折，包含着无限的可能——可以攀上陡坡，也可以跌入谷底；可以高悬于悬崖，也可以蛰伏在黄土中。中国建筑里，放置了太多关于空间的悬念，又对这些悬念，给予了最圆满的解答。

四

朱棣最早是在永乐四年（公元1406年）下诏，于永乐五年开始营建北京宫殿，但永乐五年之后，营建北京宫殿的记载却在史料中消失了，像一段隐秘，蛰伏在时光的背后，直到永乐十五年六月，有关兴工的记载才重现于史籍，造成历史学界为紫禁城始建年代争论不休。

真实的情况应该是：自永乐五年至永乐十五年这十年间，宫殿的地下工程已悄然进行，构成一条“看不见的战线”。

明朝后来的权臣严嵩说：“作室，筑基为难，其费数倍于木石。”[①]一语道出打地基的难度。在辉煌的紫禁城浮出地平

① 《明世宗实录》，卷四四七。

线之前，打地基的工程更加艰巨。三大殿的三层石台基，面积25000平方米，基高7.12米（不包括栏板高度），要托起如此重量的建筑，地基的深度也在7米左右。仅这一处，开挖的总土方量，也应在20万方左右，而整座紫禁城地基最深的地方，达到16~17米[1]。故宫的考古实勘证实，整座紫禁城是建筑在一个完整的人工地基垫层上，这些地基垫层分片构筑，又彼此连接，因此有了一个好听的名字“满堂红”。更不用说在这地基之上，还有纵横交错、条理分明的排水系统，使整片建筑足以抵拒所有的暴风骤雨。

从元故宫大内到明紫禁城，地基的位置发生了偏移，建筑规格却基本一致，比如元大内东西宽744米，南北长953米，明紫禁城东西宽753米，南北长961米，宽度和长度，分别只多了9米和8米，对于如此浩大的宫殿而言，几近于零。元代宫殿的面阔、进深、高度，也都与明代相合，这一方面得益于工部郎中萧洵所著《故宫遗录》、尚书张允测绘的《北平宫室图》，留下了元大内的一手史料。

建筑形式上，明紫禁城与元大内更是如出一辙。从元大内崇天门与明代午门、宫城四隅的角楼，三台之上建的正殿，都可以找到惊人的对应关系。明紫禁城，几乎就是元大内的翻版。那个消失的元故宫，依然活在明代紫禁城里。甚至明

① 参见孟凡人：《明代宫廷建筑史》，第127页，北京：紫禁城出版社，2010年版。

紫禁城的许多构件，都直接用拆下来的元故宫构件。因此，那些消失的建筑，并没有真的消失，只是换了一种方式，活在另一个身体里。

我们当然不希望前朝的宫殿被肢解，希望中国历史上所有伟大的宫殿都完整地进入下一朝代，如秦代阿房宫、汉代未央宫、唐代大明宫，都能像西方的石质建筑那样，具有穿透时间的力度。但木的哲学并非如此，木建筑告诉我们，这世上没有永恒，即使西方石建筑也不能永恒，那些文明的废墟无不证明这一点，只有生命的接力，才能实现真正的永恒。层层叠叠的斗拱，正像是木头上开出的花。

在这座紫禁城的身前，有元朝的百年宫殿，在它背后，是五百多年的修修补补、不断重建，直到我书写此文的时候，大修仍在继续，在它六百岁生日时，才真正完成，把一个壮美的紫禁城，留给下一个六百年。因此，真正的紫禁城，并不是在朱棣主持的那三年，或者十几年中完工的，这是一项持续了六百年的工程。就像横亘在大地上的长城，不是哪一朝哪一代建成的，这一巨大工程始于先秦时代，前仆后继地，持续了两千多年。敦煌莫高窟，自南北朝至元朝，也经历了一千年层层累聚。中国古代建筑，不是一次性完成的，也不会成为一个死的标本，而是一个不断生长、新陈代谢的生命体。

我们的文明，就是在永恒的接力中，层层递进，生生不息。正如一个生命的终结，恰恰是另一个崭新生命的开始。

《王者之城》节选自祝勇的《故宫六百年》，发表于2019年第6期的《当代》杂志上。祝勇是一名故宫研究者，在空间感和时间感的纵深过程中，去复现故宫这座王者之城的种种辉煌与落寞，是祝勇在这篇文章中采取的策略。明朝初年，工部郎中萧洵曾为元朝故宫写过一本《故宫遗录》。然而今天，萧洵笔下的故宫早已化为一抔黄土。当年的新宫倒成了如今的故宫。站在历史的不同坐标点上回望，祝勇用纸笔和萧洵完成了一次跨时空的对话。

——霍安琪

北京的“某”

乔　叶

某次聊天，和朋友说到熟悉的城市，想了想，除了郑州，竟也就是北京了。熟悉的机缘一是因为来北京学习的机会多，一两个月的，三五个月的都有，最长的一段是在北师大读硕士，集中上课期是一整年，其余两年里也来回跑了有十几趟。短期学习就更多了，三五天的，七八天的，不胜枚举。近年来，因为工作的缘故，又要隔三岔五来开会，北京便成为我频率最高的出差地。去年年底，我工作调动到了北京，对于人到中年的我，这座大城又开始延伸出了根的属性。之前的熟悉是过客身份的熟悉，之后的熟悉就是家常的熟悉了。颇有些梦幻似的，我开始在北京过起了日子，可不就是家常吗？

北京大，大北京。说到北京的大，在朋友圈里总能听到异曲同工的吐槽，比如说，一般而言，一天只能去一个地方，只能去约见一个人，只能去办一件事，想要提高效率不大现实，因为不好顺路，拐一个弯轻易就能多拐出去一二十公里。

不过说实话，对这大，我虽然嘴上也跟着吐槽，却没有什么腹诽，反而有些喜欢。一是因为大，恰可以被迫着专注。一天的计划里，去哪里就是去哪里，去见谁就是去见谁，心无旁骛。二是在这大城中的被湮没感，很对我的胃口，虽然这听起来仿佛有些矫情。“唯有王城最堪隐，万人如海一身藏”，这诗其实是有些傲骄的。在王城还想隐的，一定是不太好隐的人。而如我这样的人，进了人群就找不着，想不隐也不成，因此也恰恰享受到了真自在。常常地，在大街小巷中与那些平朴的面孔擦肩而过时，不由得会想象一下他们的故事。这些藏在如海王城中的人们，都经历了些什么呢？也渐渐理解了为什么绝大多数的北京土著待人接物反而是朗利谦和的、不卑不亢的——见的世面太多了。

不过，既然是过日子，只有大自是不行的。所谓的小日子小日子，日子总是小的，总是得往小处过的。好在这大城中从来都不缺小。比如，初春去北师大听讲座，京师学堂前的玉兰花开得洁白耀眼。悄悄在某间教室外站了一会儿，瞄到神采奕奕的老师在讲城市文学。曾几何时，作为一名老资格的学生，我也有过这份惬意，混迹在年轻学子中听着课，窄窄的桌面上摆放着咖啡和茶。再晚些天去，牡丹园的牡丹正姹紫嫣红，启功先生的塑像立在花丛中，一脸慈祥的笑意。国际写作中心是我经常去的地方，凭借着莫名其妙的好运气，还数次与莫言先生邂逅。在学校里消磨到了傍晚，溜达到附近的小西天，在中国电影资料馆随机地看场电影是个不错的选择，完美的一天就这么过去了。

只要有闲，这大城中的小时光简直可以说是享之不尽。再比如去人艺看话剧，去美术馆看展，去单位附近的国家大剧院听音乐会……黄昏时分，我常会跟着熙熙攘攘的人流绕着大剧院散几圈步，水面浅浅的人工湖里有一群野鸭子定居了似的在嬉戏，成了大剧院的一景。周围没有高楼，晴天时，巨幅的晚霞映着波光潋滟，绚丽如画。有时阴天欲雨，大朵大朵的乌云压在头顶，则是另一番雄浑壮阔。

夏初时，一老友因老家有事需要回去长住一段，委托我帮她照顾花花草草，我便有了去房山小住的契机。她的房子在窦店镇的于庄，这大概是北京最典型的乡村了吧，不过，到底是北京，村也不像村，那样貌在别的地方起码也得是个繁华的镇。别墅区、花园洋房、成片的时尚小区，鳞次栉比。基本的生活配套设施也很完善，甚至还有几家宠物医院。好几趟公交线从市内直通到这里，我从核心的西城区到这里只需要转一趟车，一个半小时。

只要在房山住，我便每天都去小区对面的于庄市场买菜，里面也是色色齐全，物美价廉。老板们各种口音，其中有一位一开腔我就知道了。河南的？对，河南的。河南哪里？鹤壁。我老家是焦作，咱们都是豫北呢。是啊，都在黄河北。老乡就这么认下了，结账的时候送了我一小把香菜。隔段时间再去，他问：姐，可长时间没来了呀。嗯，出差啦。生意好吗？唉，撑不着饿不死，就那样。

也会常去小区旁边的郊野公园快走或者慢跑。所谓的郊野公园，倒也实在是郊野得很，紧邻着真真切切的庄稼地，有玉米地，也有菜地。豆角、西红柿、黄瓜、茄子应有尽有，鲜灵灵地垂挂在那里，我总是得格外忍耐，才能克制住去采摘它们的冲动。

在这里我还发展出了意外的社交活动：有了几位能搭话的熟人。最先搭话的是位老先生，夸我走得快，脚下生风。问每天走多久？走多少米？我一一答了。过两天是两位老太太，我越过她们时，听到她们夸：看看人家这身板儿，多直溜！嘿，这步子，飞一样。折返时走了个对过，她们早早地把跑道腾出来，给我让路：您先过。这也太客气了，我只好停下来和她们聊了几句。有一次遇雨，一位老太太带着遮阳伞，亲昵地喊着说可以捎带着把我送到小区门口，反正都在这一片住嘛，捎带脚。我受宠若惊地谢绝了，飞奔而去。所谓的熟，熟的只是一张脸，其他的什么一概不知道。这恰恰也是我中意的分寸：比陌生人多一点点亲切，宛若白水里有一丝丝蜂蜜的甜，刚刚好。

此地还有一些古风古韵的小摊。比如理发的，用旧纸板贴着最朴素的广告：五元一次，没有微信。老爷子坐在一把木椅子上，束着并不白却还挺干净的围裙，旁边立着一个脸盆架，盆里盛着清水，架子上搭着毛巾。每次路过都担心他有没有生意，有一次终于看见他在给人剃头，心里松了一口气。还有一次居然看到一个胳膊刺青的少年坐在那里，成为了他的顾客，两人的形象反差映照，也是有趣。

十字街口还常有老太太在卖青菜，待你走近便会问：两块钱一把，要不要？才离地，好着呢。品种不多，韭菜、小白菜、菠菜，大致就是这些，偶尔会改点儿样，多出些嫩玉米，五块钱三穗。或者是离核大桃子，十块钱三斤。有时候也会有卖花的，茉莉、文竹、白掌、绿萝等，比菜稍微贵一些，都是些好搬好运好养的。我有时买，有时不买。更多的时候不买，只是停留片刻，闲话几句就好。

去房山次数多了，就觉得这里并不远。东城西城是北京，这里又何尝不是北京呢？

朋友聚会也是小日子的重要内容。有大聚会，是海吃海喝脑满肠肥的狂欢。也有单个儿的约见，比如盛夏时节，去一个闺密家里。进了屋，我先啃了一个西红柿，又吃了一个香瓜，然后喝着红茶，靠着厨房的门看她在那里笨手笨脚地忙活。她买了一只烧鸡，做了两道菜：油焖茄子，香菇炒洋葱。品相不佳。还有一个西红柿鸡蛋汤，我要她往汤里放点儿醋，她坚决不肯。

为什么？

因为我不习惯呀。

那首先也应该尊重客人嘛。

我没把你当客人。再说，汤盛到碗里，你可以单放醋。

好吧，这么不被尊重的客人确实也不是客人。就这么吃吧。

边吃边聊。菜的味道不怎么样，调料倒是美味无比——就是胡说八道。和她每次见面的基本内容就是一起毒舌，骂骂这个，骂骂那个，当然最主要的是嘲笑对方和鄙视自己。她说，昨天很想给我发个微信，因为很想要去看一个歌舞剧，一看票价是五百多一张，顿时就舍不得了。她恨着自己小家子气，又实在舍不得花钱，同时还那么想看剧，纠结了好一阵子。她问我，要是你，你舍得吗？我说那还用说吗？当然不舍得啦。两个人就傻子般哈哈大笑起来。

就是这样，和她会说很多不体面的话题。说完了，就格外痛快，像一次彻底的排毒。——必须承认，能和你袒露或者能让你袒露内心深处那些丑陋不堪的人，才能称得上是密友。密友的存在，也许就是为了把彼此变得透明、变得单纯、变得幼稚、变得不知羞耻。在他们这里，重要的不是包裹什么，而是剥掉什么；不是炫耀什么，而是卑微什么；不是修饰什么，而是清洗什么。

午饭后告辞，她送我到地铁站。路上继续有一搭没一搭地扯东扯西，扯什么都开心。刚回到家，她的电话就来了，说她那边下雨了，我跑到窗边，看着沉重的天色，说我这边阴得厉害，还没有下。话音没落，玻璃窗上就画出了长长的雨线。就这样，在离得不远的地方，我们各自对着窗外，看着雨，以庸俗的文艺腔感叹着雨，雨越大，我们越有兴致，就像两个小女孩，或者说老女孩——外壳老，可是内心小的女孩。

“我真爱北平。这个爱几乎是想说而说不出的……我所爱的北平不是枝枝节节的一些什么。”老舍先生在《想北平》一文中如此表白。可我所爱的北京就是枝枝节节的一些什么啊。

网络上有几句诗偶尔听过，不知怎的就记下了：

> 红衣佳人白衣友，
> 朝与同歌暮同酒。
> 世人谓我恋长安，
> 其实只恋长安某。

琢磨起来，觉得挺有意思。“长安”在此可以指代你的任何钟爱之地。“某”呢，则可以指代这个地方你心心念念着的一切。如此说来，北京的“某”对我而言可是太多了。当然，说了归齐，“某”的精髓还是在于人。试问一下：北京，或者这世界上的任何一个地方，对我来说究竟意味着什么？很显然：如果不是因着那些宝贵的朋友和亲人，那地方再美再好，又有什么驻留的意义呢。

《北京的“某”》写于2021年8月，发表在《人民日报》（海外版）2021年9月4日第07版。

对乔叶而言，北京的“某”，不是大而空泛的概念，是枝枝节节的生活片段，是心心念念的朋友与亲人。在这篇文章里，乔叶还原了北京作为一座城市普通、亲切的一面——所有人都可以在这座“大”城市里过着属于自己的“小”日子。温暖的日常生活温暖了作者，也打动了读者。

——吴旦

冬日取暖

侯　磊

20世纪50年代的北京，女人做家庭主妇，丈夫或许是位老工人、老技术员，或某个行业的老师傅，每月挣七十六块钱。——这已不算少，夫妇俩若是养活五个孩子，那么就在吃补助的边缘。主妇们还来开居委会的会，在胡同里做广播体操。若夫妇都是1949年进城的革命干部，各挣一百多块，同样养五个孩子，能拿“老莫”（莫斯科餐厅）当食堂。吃一顿老莫要三至五元，普通人是不会去想的。平房的狭窄和贫穷，限制了大杂院中人的思维。想的是如何处处省钱，对人力和时间在所不惜，生活都过得琐碎如芝麻。

胡同中的日子看似逍遥自在，却又时刻操劳，因为你在胡同的内里。你的每一件事，每一秒的呼吸都在其中。

北京多风也多土，平房的桌椅家具容易落土。人的标准动作便是常年拿着鸡毛掸子，在座钟、胆瓶、帽筒、杌凳之间……每天一阵乱掸，或投投搌布擦抹桌案。与其他各地不同，这里遵循的不是经济效率，而是在规矩、秩序与习俗的规训下，形成了做家务的行为艺术、表演与穷讲究。住平房就是活儿多，要过得滋润就得雇厨子老妈儿。而活儿最多的时候，是冬天。

多数的家务都维系在一件事上：吃。早晨起来先要喝茶，如果在外买完早点到家，吃完早点收拾收拾，10点去买菜，11点回来做饭，择菜洗菜，12点准时吃饭。刷碗在午后一点半到2点。睡个午觉或者洗洗衣服，打打毛衣，下午四点半再继续外出买菜做饭，6点钟吃饭。晚上，给孩子大人缝缝补补，做衣服、纳鞋底子。买菜必须去菜市场，现吃现买现做，不接受超市里的半成品和快餐。一不吃切面，二不吃挂面，要吃手擀面，那您就挽挽袖子亲自下厨去。在没有冰箱的年代，中午的剩饭剩菜用罩子罩上，以防止苍蝇来瓜分。晚上所有的剩菜回锅炒一遍，防止有哈喇味儿。

这一日三餐的基础，都建立在火上，先烧火才能做饭，而火上是永远要坐着水壶，以便随时可洗漱和沏茶。那么家务所围绕的根本，是挑水、备煤、笼火及其外围一切事务，人忙得跟身处“总理各国事务衙门”一般。好几段相声都跟笼火有关：《摇煤球》《教子有方》等。孩子从小都跟着大人笼火，人人都得会笼火，否则，那就是少爷。

在冬日里，这一切变得尤其重要且复杂，让人觉得笼火的目的，表面上为了取暖，实则促进了人类进化。

备 煤

过去管生炉子叫笼火，北京是农历的十月初一添火，二月初一撤火，如同现在从公历11月15日至来年3月15日供暖气。在没有煤气罐、电暖气、热得快和微波炉的年代，火炉子冬天打坐在北方平房室内的中心，全天的每一刻都可能被它拴住了。（那时候夏天也要靠它烧水做饭）

它装着烟筒，好像背上插着杆旗子。为了它，要把玻璃窗上掏个圆洞，将烟筒捅出窗外，再装个拐脖儿，烟筒下面挂个小斗，以接滴下来的烟油子，若是滴在地面上，会冻成一个馒头形的烟油鼓包，与房檐下悬挂的冰凌相对。屋内要有风斗，保证随时与外界通风，还不至于被风灌到屋内，不能冻着也不能熏（念xùn）着——煤气中毒。小学时的手工课上，老师教做风斗，也教过做套袖、扎风筝。熏着的事时有发生，五年级时，班里有位女同学在家被熏死了。噩耗于中午传来，下午全班整整哭了一节课，那空着的位子，很快被撤掉了。她比我们大一岁，有人说她很贱招儿，有人说她很勤快，我记得她总是借给我铅笔，甚至还帮我提过裤子。

清朝、民国以来，烧火用铁炉子，早先烧块状的硬煤。北京的煤分北山——位于门头沟，和南山——位于房山两处，门头沟的煤容易着但不经烧，房山的煤耐烧但容易碎。过去煤铺的广告，总是写“南山高末，北山红煤”。最好的是大同、阳泉一带的山西煤，由骆驼从京西拉来的。硬煤可分为烟儿煤和无烟儿煤。烟儿煤易碎，无烟儿煤很硬。硬煤之于煤球，好似腌咸菜的大粒儿盐和精盐，而炭，那就是加碘盐了。大饭庄子专有伙计伺候炉灶，买煤运煤，开火封火，以保证需要时火冲。被改为领导宅子或国家机关的大四合院后，都有各自的炉房炉工。院落附近有卸下来的硬煤煤山，总有孩子爬上爬下地玩，拿煤块互砍，但从没产生过莫言笔下人饿得吃煤块的那种想法。想象中，那些人肯定吃的是烟儿煤，因为无烟儿煤硬得砸不动。小时候有过这样的事：两个男孩拿煤砍着玩时，正好有个女孩路过，煤块把女孩的一只眼砍瞎了。商议的办法，是两个男孩每家各出了一万块钱，总共两万块，就代表着女孩眼睛的价值了。

上小学一二年级时，在教室靠里一组的第一个座位前头是个大火炉子，蜂窝煤比家用的要大。老师上课时脚冷了，就把脚伸到炉膛口取暖。那位坐第一个的同学烤火十分方便。可早上班主任一进教室，就命他将课桌拉到一米开外：“以前有一学生，穿了件棉猴儿（棉大衣）上课，一会儿上着上着，怎么不对味儿了？我赶紧把他棉猴儿撇外面去了，那腿啊，都给烫了。”

这段安全教育讲完，抬头看窗外，还是北京的深冬里早7点那黑洞洞的天。

蜂窝煤

冬天时，在门洞里，院子的墙根下，大白菜和蜂窝煤如黑白双煞一般相互反衬着。大白菜上都蹭着煤末子。人人都是蜂窝煤、蜂窝炭和大白菜的鉴定行家。论火力，烟儿煤、煤球都大于蜂窝煤。如果蜂窝煤不好的话，烧乏的煤能保持完整的形状。80年代有老外来琉璃厂淘古玩，见屋内有烧过且完整的乏煤，竟然掏钱要买。店家一时兴起开起了玩笑："二百美子（美金），拿去。"老外拍出钱来，拿出纸张包着"文物"就走了。店家跑出来，愣没追上。

20世纪五六十年代，有几年买煤也凭本，买了多少由送煤工填写，每年都换新的。一些胡同里有煤厂、煤铺，我每天早市买菜的中剪子巷，还有初中骑车上学路上的前、后永康胡同那里，都曾经有煤厂。在一个大铁皮棚子下，里面有各种机器哐当哐当地轧蜂窝煤。据说蜂窝煤是日本传来的，便感觉煤厂阴森得像731部队。蜂窝煤讲究是哪里的什么煤，要掺入不同比例的黄土或石灰，掺少了容易碎，掺多了烧着发硬。

炭不是木炭，是蜂窝炭的简称，和蜂窝煤同一造型，块头略小，厚度稍薄，颜色更浅，像烘干的绿茶。它里面有锯末，容易点燃。冬天，有蹬着三轮板儿车的师傅上门送煤送炭。20世纪90年代蜂窝煤每块一毛五，炭则是两毛。后来便赛着涨价，蜂窝煤四毛，炭五毛；蜂窝煤五毛，炭一着急，直接涨到了一块。

从小就知道蜂窝煤会“喘气”，因为冬天要搬煤。

搬煤是我能为母亲、奶奶所做的为数不多的与取暖相关的家务活儿。冬天，堆起来的蜂窝煤最外面的一层，外壁上挂着一层白霜，是煤里的湿气结成的冰，煤之间都会冻在一起。用铁皮簸箕搬，要摞起三四层，大的簸箕一层能装四块，码三层，三四一十二，上面再顶一块。小的簸箕一层呈三角状也可码放三块。每次在院子里、屋檐下倒腾蜂窝煤时，都戴上黑乎乎的劳动手套。大人还说，搬起时要上体正直，用胳膊劲儿而不用腰劲儿，以免把腰给闪着。

摇煤球儿的

买来的硬煤都会带上不少煤末子，一倒一地，几乎家家都会自制煤球儿。煤末子倒上水掺点黄土泥，全部沤湿了，如和稀泥一般，和好摊在窗根下，再划成小方块，或干脆下手去攥成煤球儿，就当练做氽丸子了。听一位老哥讲，六七十年代论斤买煤球儿，约莫是一百斤一块二。胡同里有拎着花盆、走街串巷吆喝摇煤球儿的师傅，可以请到家中来摇。上小学时，能有小半个操场都在晒煤末子，总是请一位黑脸大汉来摇煤球儿，他的脸如同一截黑树皮，不知该管他叫大叔还是大爷。

这位大汉满面尘灰烟火色，一身破旧的蓝布工作服，腰上围着黑得看不出颜色的围裙，戴着深色的套袖。过去他们都是河北定兴人。摇煤球儿有个笸箩，笸箩下接个花盆，用来接漏出来的煤末子。摇元宵的笸箩下面有轱辘，只用手来回摇，而摇煤球儿要弯腰半蹲着，以自己的腰为轴，用两膀的力气来摇晃。在粮食定量的年代，普通人每月粮票三十斤，重体力劳动者是四十五斤，摇煤球儿的每月有六十斤。他们和淘大粪的一样，路边上买张二斤重的烙饼，卷巴卷巴，就着凉水儿下就吃完了。

他摇煤球儿的时候，我们在操场上一边玩一种如乒乓球大小的塑料弹力球，一边看着他摇。弹力球不小心扔远了，一跳一跳地落入煤海中，我们踮着脚跑到正在晾晒的煤球儿中间去找，而迎来的，是煤球儿大汉狮子般的怒吼。多年后，我读到《巴黎圣母院》中的卡西莫多，刹那间会想起那位色黑而魁梧、苍老中展现着力大无穷的摇煤球儿工人。

我们都踩碎过他待摇的煤球儿坯子，我们对不起他。

胡同笼火大法

准备好引火之物，取灯儿（火柴）备好，废报纸找出来，劈好劈柴，炭和蜂窝煤就位，水吊子（水壶）灌满了放在一边，准备好各种工具——火筷子、火钩子、小煤铲儿、夹剪儿、土簸箕。就等于宣告：我要在院儿里笼火了，都闪开别呛着。

先介绍工具。

夹剪儿，形似抻长的剪子，不过，与剪子略有不同的是，交错的两刃实为前短后长的两根铁棍儿，把铁棍儿插进蜂窝煤的窟窿里，用于夹煤而又不使之破碎。

火筷子，首要用于捅蜂窝煤眼儿，也有人家炖猪蹄儿时用于烧红了燎猪毛，还有的人家用来打孩子，据说效果极佳。

火钩子，钩炉盖或往下擞煤用的。

小煤铲儿，铲炉灰或煤末子用的。

土簸箕，撮煤末子用的。撮到一处，再重新攥煤球儿。

…………

笼火先划火柴引燃报纸，点燃的破报纸吐着企图舔伤你的火舌，还得护好套袖别给燎着了，赶紧塞进炉膛，往里稀里哗啦地倒劈柴。劈柴过去有卖的，五分钱一斤，但哪能花这冤枉钱呢?！ 50年代，会找点破木头当劈柴，再不济找点树枝子。1960年，大街上连块劈柴也捡不到。

此时冒起来的烟，是要覆盖整个院落的。那烟冒得猛烈，突突突一大团一大团的，再往里加煤球儿或煤核儿，或压上块炭，然后压上水壶，否则满院子就没法待人了。雾散烟消时，炭还会继续冒烟，着透了，夹块蜂窝煤放下去，来回转动对准火眼，每个火眼都要用火筷子（或叫火通条）欻欻地捅下去，上下如老房子的磨砖对缝般齐整，仿佛一个老人在嗽清喉咙。一股热浪扑面而来，快要燎着你的头发了，待蓝色的火苗从蜂窝煤孔中冒出来，便是一次成功的笼火。在炉台上呈三角形摆放三小块支炉瓦儿或碎砖头，尽量放平整，上面便可用水氽儿坐水，可用大黑铁的水吊子烧水，洗完头后可就着火烤干头发。还可以把隔夜的凉白薯、早晨吃剩的烧饼和被冰雪洇湿的毛窝（棉鞋）一起来烤一烤，也可烧红火筷子来烫猪蹄儿（北京话叫爪尖儿）上的毛。

烧乏的煤自动变成炉灰，拿火钩子从炉膛下的阀门里伸进去擞火，在上面也用火筷子通一通，红色的煤块会稀里哗啦地落下来，顿时暴土狼烟。有经验的人噗的几口凉水喷出去，马上尘埃落定。随后用小煤铲儿铲到土簸箕或煤撮子里，倒到大街上的垃圾桶中。煤灰煤渣有时会用来应急，铺垫雪后结冰的路面。有时，煤烧完了却怎么捅都不碎，这就是俗称的炼焦渣子。这时我可以夹着三块黏成一体的火红的乏煤，跑着戏台上的圆场，直接扔到大街上的垃圾桶里。

火有其用，只要点燃了，炉子上就老坐着东西，绝不浪费一丝热能。

封　火

整个冬天里，火炉子每天全燃烧时要烧十五块煤，在过去也是笔不小的挑费。省煤还是个技术活，这就需要封火。如果适时封着火，一天烧八块蜂窝煤就够了。

临出门、临睡觉甚至临睡午觉时都要把火封上，让火苗在蜂窝煤的内部慢慢磨蹭，不要让它像核裂变一样瞬间完成。早晨起来或外出回家时，头一件事是把火打开。封火时要添煤，要是添到炉膛的嗓子眼儿了，就用夹剪儿压着小炉盖往下按。大凡高手，能连添三块煤，让火由底下一直慢慢着上来，火苗升得匀称，满屋子温暖还省煤。再用火钩子加上小、中、大三个火盖，上面继续压上一壶水。如果醒来或回家时火灭了，相当于一次事故。炉膛里的火苗，就像是远古时的火种，被冬天胡同里的人家看得比眼珠子还珍贵。一切用煤的准则在于“节约”二字。煤的能量要尽可能完全地化为屋内的温暖和桌上的热水熟饭，那么即使不做饭时，也要坐上壶水、烤上白薯、熥上烧饼，让它们在煤渐渐化为灰烬时吸收了煤的能量；在离家外出或感觉屋里不冷时，就适当封一会儿火。

生火也有技巧。万一火快灭了，就要添块炭，把炭放在煤气灶上烧一阵，着了再放进炉膛。满屋子已飘烟成了毒气室，这招万不得已才用。还有个办法是带一块新煤去街坊家换一块乏煤，自家的火就能续上。弄灭了火，或者生火生得不好，都要被骂，因为烧煤就是烧钱。

只有晚上封火才是胡同冬日里一天的结束，夜深了，静得蜂窝煤都睡着了。

搪炉子

没搪过炉子的人，不足以在胡同里谈人生。

南北方的火炉子是不一样的。在交道口十字路口西北角曾经有个隆公道白炉铺，专门生产南方人在京用的小白炉。那种炉子不大，像个火锅或尿盆，是纯用耐火土捏出来再烧的，除了箅子以外都不是铁的。是烧炭的，只有烧得差不多，没有蓝色火苗时，才能搬到床头来取暖，以防煤气中毒。那家白炉铺子，养了一头可爱的小毛驴来拉碾子，那碾子里碾着各种耐火土的原料，然后像做陶瓷那样做出模子来烧。

而北方的火炉子却不一样。外壁是生铁的，内壁是耐火土，如果火筷子捅到炉子内壁上，或劈柴、煤球儿放不均匀，或干脆是年头多了，内壁都会结出焦来，煤就不好烧了。这就需要搪炉子，以防止炉的内壁越烧越薄。

往往是每年春天收了冬日的炉火，撤了烟筒，便要搪炉子。搪炉子是由奶奶或父亲来做的，找来黄土泥、青灰（商店有售）和缸瓦碴儿（缸瓦打碎后的碴子），把它碾成碎末和泥，这是土法自制的耐火土。手拿着泥顺着炉口伸进去，一点点地贴在炉膛上，把炉膛上下弄平了，要直上直下而不是转着圈。再找个破碗碴儿，把内壁上下抹得光滑点，晾干后，再用劈柴烧一下，就彻底干了。

大街上有专门搪炉子的，多是煤铺或建材店，贴个条写上：搪炉子。一般也就两三毛钱。人家会有个工具，一个大型的长竹筒，用来平整炉膛的内壁，比自家把手伸进去方便得多，搪好后使的时间长。炉灶在过去是个大行业，德胜门内专门有家百年老店炉灶曹，大约在德内果子市一带，专门给人搪炉子盘灶，改革开放前还在那里营业。

刷烟筒

刷烟筒是个神奇的工作。电视上有个拍酱坊的电视剧，有人在酱缸的边缘做缸上飞，接下来会一下子摔到缸中。我从小就常常站在缸的边缘，用秘制武器在泡于缸中的烟筒里来来回回，使劲地捅捅捅。

小时候，大水缸变成了刷烟筒的，水缸里泡出油烟子黑泥汤的水，仿佛是电视里波斯湾泄漏石油后的海平面。刷烟筒前要先自制一把大号刷子：铰下一片纱窗来，绑在一根大棍子的一头，再站在缸的边沿，捅进烟筒的内壁，给这几段儿凭票买来的、被熏了一冬天的烟筒清清肠胃。在万物要票的年代，烟筒票和购货本、过年的瓜子票一样珍贵。

烟筒坏了还是可以修理的，地点叫黑白铁铺。铁制品中没镀过锌的叫黑铁，镀过锌的叫白铁，也有串胡同上门的。那时候，不仅是烟筒，连搓板都有人修。

土暖气

90年代后期，不少人家装上了土暖气片。一个屋子里有两个暖气片就十分暖和。离床近的地方，便成为家里的大肥猫团成球安睡的地盘儿。猫会霸道地把人拱开："去，那边点。"你要是拍了它一下，它不理你。等你在另一旁看书或忙其他事时，它悄悄地过来，打你一下就跑。

暖气片如超薄电视一般挂在墙上，里面是循环水，管子的一头接着炉子，好让炉子把暖气烧热。因此，火炉子不再打坐在屋中央或靠墙的位置，而是被搬到了厨房的一角，往往与煤气灶台并列。烟筒也可从厨房伸出去，屋子里更暖和了。每年暖气片里要换一次水，只听管子一阵咕噜噜地响，从中导出一股沾满铁锈的泥汤子。暖气管子是拧在一起的，中间要缠上麻或生料带，否则拆换时再也拧不下来，要用钢锯锯掉。

旧京人云："有钱不住东南房，冬不暖，夏不凉。"冬天的南屋里偶有暖气片不够劲儿，冻得手脚冰凉。这时候再加上个电暖气，电表嗖嗖地转，照样暖和不到哪儿去。

曾有一阵子，北京人热衷于住楼房，再也不想住胡同了。这样就能在自家洗澡，不用去胡同里上公共厕所，不用搬蜂窝煤和煤气罐（简易楼除外）。

谁家住了楼房，都会被人羡慕，被人另眼看待。

家务的观念

2003年，煤改电了。北京三环内不让烧煤了，家家统一用电暖气，晚10点后电费五折，街道里还有补助。刚开始比烧蜂窝煤贵，后来所有东西都贵，也就不觉得贵了。人们也不再说北京土话，不再管水壶叫水吊子，也不管棉鞋叫毛窝。年轻人不知道烘笼儿、支炉瓦儿、水氽儿和水憋子是什么。搪炉子这项“非遗”，在北京几乎是老和尚看嫁妆——下辈子见了。

一晃数年，那拎着簸箕来到蜂窝煤山前，掀起塑料布和棉被，撸起袖子搬蜂窝煤的日子，仿佛就在昨天。

更值得强调的一点是，这些家务事，过去几乎全是由女人来做的。

古老的胡同中辉映着女人劳动的身影，她们是朴实的老太太、老大妈、中年阿姨和年轻的小老妈儿（一般指婚后二十多岁的妇女）。身为育龄人口的胡同爷们儿，从小就被家人教育：对象“得找一会做饭能干家务的”。如百年前的童谣：“小小子儿，坐门墩儿，哭着喊着要媳妇儿，要媳妇干吗呀？点灯说话儿，吹灯就伴儿，早晨起来梳小辫儿。”清朝时男孩儿十岁左右就留辫子，我坐在门墩儿上长大，但早已不用梳小辫儿了。

老年间的胡同生活里不看重女性的聪明才智，仿佛女人生来就要被关进“家庭监狱”。“劳改”的内容是买菜、洗衣服、做饭、刷碗，直至把一生都用在房间里与灶台上。因为传统的观念是男人挣钱养家，女人花着男人的钱，那么做家务再辛苦，似乎也是天经地义。但我相信，这种观念一定会改变的，实际上，它已经渐渐在改变了。

从经济上讲，要鼓励雇用他人来做家务，自己用那段时间做更有意义的事。但老辈儿人的账不这样算，他们都是“消费即罪主义”者，那钱进了口袋就锈上了，铁钳子都拧不下来。他们总说：“不做饭，那咱（这日子）过什么？”如同在说：“念书有什么好？工作都找不着。”便死也不接受用刷碗机、扫地机和请小时工，看着儿女干家务才肯放心，而且特别鄙视年轻人连钉钉子都不会，东西坏了打电话叫人上门。男人是否会换灯泡、装烟筒、搪炉子、修理门窗家具，甚至做个沙发，曾一度是丈母娘挑女婿的标准。

长辈不理解年轻人个个儿都那么忙，更不理解人需要荣誉感（做家务不会评劳模），年轻人也不理解他们个个儿都是钱狠子（把钱看得太狠）。

在20世纪20年代，中国第一位女教授陈衡哲提出家务劳动同样是职业，50年代中国出版过一些《论家务劳动社会化》的小册子，以宣传妇女解放和男女平等，提倡从个体劳动到集体劳动，并走向共产主义。工作中无性别，没人会因为你是女性而特别照顾你；家庭中有性别，许多人家把家务担子压在女性肩上。更多的女人不用人压，自己就主动挑起了生活中的重担，从此陷入鸡零狗碎的泥淖中，任由肉身变成冰冷的机器。人们在拼命赞扬母爱、赞美女人勤劳时，也在拼命地“谋杀”她们。幸好自来水、煤气罐、电暖气和空调早已从一定程度上解放了女性，但愿有更多女性学会享受科技发展带来的便利，让人获得更大的解放，不要成为家务劳动的工具。

在现代都市中，宁可放弃柴锅炖肉的醇厚浓香也不要耗时费力去劈柴，尤其是，这种劳动不应从理论上成为女性的任务和负担。我不愿女性把家务劳动视为有成就感的职业，更希望能运用科技和经济力量来简化它、取代它。

就现在而言，如果做饭还要像从前那样笼火，那还是叫外卖更方便。希望胡同里不再有那么多的家务，即使有，也不要只由女人来承担。

《冬日取暖》原名《冬日取暖：为什么住胡同家务那么多》，发表在《青年文学》2020年第1期，后收入《北京烟树》一书。

侯磊热爱钻研北京的史地民俗。他对北京胡同的理解首先来自童年的生活经历，同时也浸润着成年后对地方风俗、规则和秩序的理解。在《冬日取暖》里，侯磊书写了北京胡同里的日常生活，童年的趣事也让冬日取暖的记忆蒙上了一层淡淡的温馨滤镜。同时，以“冬日取暖”为窗口，回顾这段平民生活史，侯磊在时代的变化中看到了普通人生活的琐碎、庸碌和困窘。这篇文章不仅解答了“为什么住胡同家务那么多”这一现实问题，也涉及侯磊对家务劳动价值和妇女解放问题的现代化思考。

——吴旦

北京的人与事

胡同文化

——摄影艺术集《胡同之没》序

汪曾祺

北京城像一块大豆腐，四方四正。城里有大街，有胡同。大街、胡同都是正南正北，正东正西。北京人的方位意识极强。过去拉洋车的，逢转弯处都高叫一声“东去！”“西去！”以防碰着行人。老两口睡觉，老太太嫌老头子挤着她了，说：“你往南边去一点。”这是外地少有的。街道如是斜的，就特别标明是斜街，如烟袋斜街、杨梅竹斜街。大街、胡同，把北京切成一个又一个方块。这种方正不但影响了北京人的生活，也影响了北京人的思想。

胡同原是蒙古语，据说原意是水井，未知确否。胡同的取名，有各种来源。有的是计数的，如东单三条、东四十条。有的原是皇家储存物件的地方，如皮库胡同、惜薪司胡同（存放柴炭的地方）。有的是这条胡同里曾住过一个有名的人物，如无量大人胡同、石老娘（老娘是接生婆）胡同。大雅宝胡同原名大哑巴胡同，大概胡同里曾住过一个哑巴。王皮胡同是因为有一个姓王的皮匠。王广福胡同原名王寡妇胡同。有的是某种行业集中的地方。手帕胡同大概是卖手帕的。羊肉胡同当初想必是卖羊肉的。有的胡同是像其形状的。高义伯胡同原名狗尾巴胡同。小羊宜宾胡同原名羊尾巴胡同。大概是因为这两条胡同的样子有点像羊尾巴、狗尾巴。有些胡同则不知道何所取义，如大绿纱帽胡同。

胡同有的很宽阔，如东总布胡同、铁狮子胡同。这些胡同两边大都是“宅门”，到现在房屋都还挺整齐。有些胡同很小，如耳朵眼胡同。北京到底有多少胡同？北京人说：有名的胡同三千六，没名的胡同数不清。通常提起“胡同”，多指的是小胡同。

胡同是贯通大街的网络。它距离闹市很近，打个酱油，约二斤鸡蛋什么的，很方便，但又似很远。这里没有车水马龙，总是安安静静的。偶尔有剃头挑子的“唤头”（像一个大镊子，用铁棒从当中擦过，便发出噌的一声）、磨剪子磨刀的“惊闺”（十几个铁片穿成一串，摇动作声）、算命的盲人（现在早没有了）吹的短笛的声音。这些声音不但不显得喧闹，倒显得胡同里更加安静了。

胡同和四合院是一体。胡同两边是若干四合院连接起来的。胡同、四合院，是北京市民的居住方式，也是北京市民的文化形态。我们通常说北京的市民文化，就是指的胡同文化。胡同文化是北京文化的重要组成部分，即便不是最主要的部分。

胡同文化是一种封闭的文化。住在胡同里的居民大都安土重迁，不大愿意搬家。有在一个胡同里一住住几十年的，甚至有住了几辈子的。胡同里的房屋大都很旧了。“地根儿”房子就不太好，旧房檩，断砖墙。下雨天常是外面大下，屋里小下。一到下大雨，总可以听到房塌的声音，那是胡同里的房子。但是他们舍不得“挪窝儿”，——“破家值万贯”。

四合院是一个盒子。北京人理想的住家是“独门独院”。北京人也很讲究“处街坊”。“远亲不如近邻。”“街坊里道”的，谁家有点事，婚丧嫁娶，都得“随”一点“份子”，道个喜或道个恼，不这样就不合“礼数”。但是平常日子，过往不多，除了有的街坊是棋友，“杀”一盘；有的是酒友，到“大酒缸”（过去山西人开的酒铺，都没有桌子，在酒缸上放一块规成圆形的厚板以代酒桌）喝两“个”（大酒缸二两一杯，叫作“一个”）；或是鸟友，不约而同，各晃着鸟笼，到天坛城根、玉渊潭去“会鸟”（会鸟是把鸟笼挂在一处，既可让鸟互相学叫，也互相比赛），此外，“各人自扫门前雪，休管他人瓦上霜”。

北京人易于满足，他们对生活的物质要求不高。有窝头，就知足了。大腌萝卜，就不错。小酱萝卜，那还有什么说的。臭豆腐滴几滴香油，可以待姑奶奶。虾米皮熬白菜，嘿！我认识一个在国子监当过差，伺候过陆润庠、王垿等祭酒的老人，他说："哪儿也比不了北京。北京的熬白菜也比别处好吃，——五味神在北京。"五味神是什么神？我至今考查不出来。但是北京人的大白菜文化却是可以理解的。北京人每个人一辈子吃的大白菜摞起来大概有北海白塔那么高。

北京人爱瞧热闹，但是不爱管闲事。他们总是置身事外，冷眼旁观。北京是民主运动的策源地，"民国"以来，常有学生运动。北京人管学生运动叫作"闹学生"。学生示威游行，叫作"过学生"。与他们无关。

北京胡同文化的精义是"忍"，安分守己、逆来顺受。老舍《茶馆》里的王利发说："我当了一辈子的顺民"，是大部分北京市民的心态。

我的小说《八月骄阳》里写到"文化大革命"，有这样一段对话：

"还有个章法没有？我可是当了一辈子安善良民，从来奉公守法。这会儿，全乱了。我这眼面前就跟'下黄土'似的，简直的，分不清东西南北了。"

"您多余操这份儿心。粮店还卖不卖棒子面？"

"卖！"

"还是的。有棒子面就行。……"

我们楼里有个小伙子，为一点事，打了开电梯的小姑娘一个嘴巴。我们都很生气，怎么可以打一个女孩子呢！我跟两个上了岁数的老北京（他们是“搬迁户”，原来是住在胡同里的）说，大家应该主持正义，让小伙子当众向小姑娘认错，这二位同志说：“叫他认错？门儿也没有！忍着吧！——‘穷忍着，富耐着，睡不着眯着！’”“睡不着眯着”这话实在太精彩了！睡不着，别烦躁，别起急，眯着，北京人，真有你的！

北京的胡同在衰败，没落。除了少数“宅门”还在那里挺着，大部分民居的房屋都已经很残破，有的地基柱础甚至已经下沉，只有多半截还露在地面上。有些四合院门外还保存已失原形的拴马桩、上马石，记录着失去的荣华。有打不上水来的井眼、磨圆了棱角的石头棋盘，供人凭吊。西风残照，衰草离披，满目荒凉，毫无生气。

看看这些胡同的照片，不禁使人产生怀旧情绪，甚至有些伤感。但是这是无可奈何的事。在商品经济大潮的席卷之下，胡同和胡同文化总有一天会消失的。也许像西安的虾蟆陵，南京的乌衣巷，还会保留一两个名目，使人怅望低徊。

再见吧，胡同。

一九九三年三月十五日

汪曾祺是江苏高邮人，曾在昆明的西南联大读书。1950年，北京市文联成立。汪曾祺从武汉入北京，任北京市文联主办的《北京文艺》的编辑。此后，他便一直在北京生活、工作，在这座城市里度过了他的大半辈子的时光。

《胡同文化》写于1993年，是汪曾祺给摄影艺术集《胡同之没》写的序言。在汪曾祺笔下，胡同文化成为北京文化的一个集成体。文章虽题为《胡同文化》，可是写的却是老北京的精气神。比起胡同的历史，汪曾祺花了更多的笔墨来写胡同里的生活。在邻里间的一来一往中，北京人特有的精神气质跃然纸上，一种平实有趣的“京味儿”也就这样从字里行间飘散了出来。

——霍安琪

颐和园的寂寞

叶广芩

《打渔杀家》是京剧的优秀传统剧目，一名《庆顶珠》，又名《讨渔税》。

说“讨渔税”倒是很直截了当，因为，戏里满是催要渔税的词；而且，那场很著名的架也是为了渔税才打起来的；说它叫“庆顶珠”就让人颇为费解了，在我的印象中，戏里面除了划船和打架以外似乎再没有什么宝贝的成分在其中了。倘若打鱼的父女真有宝贝，早早充作税银交给丁府，不是也可免了老爹爹公堂之上那顿板子吗？我将疑问说给我的老父亲，父亲说我听戏听得糙，把一个很重要的情节给漏掉了。他说：“萧恩到县衙去首告，挨了四十板子，还让他到丁家赔礼道歉。萧恩忍无可忍，带着桂英趁夜色渡江，以献庆顶珠为借口，进入丁府，杀死丁的全家。这便是‘庆顶珠’的由来了。”

但我总觉得牵强，“献珠”这个借口实在是戏里的败笔，把它作为戏名来提出，更是喧宾夺主。好在《庆顶珠》这个又烂又俗的名儿没叫起来，足见不喜欢它的人多，不止我一个。这就好像我“耗子丫丫”的小名没在叶家以外广泛叫开一样，实在是一件很值得庆幸的事情。

我之所以喜欢《打渔杀家》，是因为这出戏我们叶家的人都会唱。不只是唱，而且还要演，那一招一式，一板一眼，都十分的地道，很有梅兰芳和周信芳的做派。至今，我的影集里还有我的大哥叶广厚和大姐叶广英在家里演此剧的“剧照”。照片上演教师爷的大哥光着膀子，系着带长穗的腰带，装出了一脸的凶恶；演萧恩的大姐戴着髯口，梳着小鬏鬏，更是一脸的认真。照片出自20世纪20年代父亲的德国相机，相当清晰，画面上的大哥有十岁，大姐最多不过五六岁。五六岁的小姑娘也能粉墨登场，除了可以看出叶家众子弟的多才多艺以外，也足见《打渔杀家》在叶家的深入。如今，照片上的两位“演员”都早已作古，那悠悠的琴声与唱腔却传了下来，一直传到了我这儿。

解放前，父亲在国立北平艺术专科学校教书，那是今日中央美术学院的前身，旧时在京城是一座很有名的学校。校长是徐悲鸿，著名画家齐白石、徐燕荪等也都任过该校教师；王雪涛、李苦禅等大家均毕业于此。我的三大爷也在这所学校工作，老哥儿俩打小居住在一起，没有红过脸，没有分过家。兄弟孔怀，为小辈们做出了好榜样。老哥儿俩不唯画画得好，而且戏唱得好，京胡也拉得好。晚饭后，老哥儿俩常坐在金鱼缸前、海棠树下，拉琴自娱。那琴声脆亮悠扬，曼妙动听，达到一种至臻至妙的境界。我的几位兄长亦各充角色，生旦净末丑霎时凑全，笙笛锣镲也是现成的，呜里哇啦一台戏就此开场。首场便是《打渔杀家》,《打渔杀家》完了就演《空城计》，然后《甘露寺》接着《盗御马》,《吊金龟》接着《望江亭》，戏一折连着一折，一直唱到月上中天。

母亲说："狐仙都出来了，散了吧。"

我们家院深房大，老北京传说大凡这样的大宅门都有狐仙与人同时居住，红黄白柳（狐狸、黄鼠狼、刺猬、长虫）是家神，是不能轻易得罪的。据说，我们家的狐仙晚上常常变成白胡子老头出来在院里各处溜达，有人还听到过狐仙的咳嗽和踢踢踏踏的脚步声。逢有这种情况就要早早地回避，不要撞客了。

听母亲说狐仙出来了，大家这才收家伙，各回各的屋。

弟兄们这么热闹的时候我还没有出生。

我比我的大哥整整小了三十六岁。

生我的时候我父亲已经六十多岁了。他是光绪十四年生的人。

虽然没有和父兄们在家里唱大戏的荣幸，但我却敢大言不惭地对兄长们夸口，说我在颐和园的大戏台上唱过《打渔杀家》，德和园的戏台不是等闲之辈能上的，那是杨小楼、梅兰芳等一代宗师们给西太后唱戏的地方。我至今尚能背诵出戏台两侧的楹联：

> 山水协清音，龙会八风，凤调九奏；
> 宫商谐法曲，象德流韵，燕乐养和。

这个联是西太后过六十岁生日时，亲自撰写的。我父亲教我认字，就是从这几个字开始，一天五个一天四个地认起的，也只是识字，至于那意思，是一点也不明白的。

为什么我能在德和园出乖露丑呢？这还要从我的三哥说起。

我的三哥叶广益和三嫂鲍贞都在颐和园里工作，我很多时候是和他们住在那座美丽的大园子里的。德和园大戏台东边有个夹道，那里有几个相同的小门，我们就住在其中的一个门里。门小院子却大，里面北房一排，前廊后厦，高大宽敞，连那睡觉的雕花木炕也是嵌在北墙里，古色古香，十分的与众不同。我仔细地观察过，小院不少，小孩子却没有一个，这使我感到寂寞。我渴望着回到城里，回到父母身边，但我也深谙父母无暇顾及我的难处，母亲在数天前又为我增添了一个叫作叶广荃的小妹妹。

我们家别的不多，就是孩子特多，按大小排行起来，大大小小一共十四个，七男七女，我是第十三个。孩子多了就不珍贵，也不娇气，多是有一搭没一搭地捎带着养，不似今日的独生子女，上小学六年级了还要家长每天在学校门口接来送去。我常想，那时候我不过四五岁，家里把我撂在颐和园怎么就那么放得开呢？负责照看我的三哥对我更是大松心，他和三嫂白天上班，让我一个人可着园子到处乱跑，到哪儿去他连问也不问，好像这个园子就是我们的家，让人放心极了。所以，在颐和园，我像大草原上的羊一样，每天只要在吃饭的时候到颐和园东门口的职工食堂找到买饭的三哥即可。三哥夫妻俩工作都很忙，没时间做饭，我也只好跟着他们吃食堂。对颐和园职工食堂的饭我不敢恭维，我认为那是世界上最难吃的饭。当然，在以后我吃了不少食堂之后才明白，东宫门的饭其实是相当不错的。后来，三哥雇了一个很能干的、清瘦的老太太给他做饭，老太太做的饭很有水平。冬日的下午，老太太常常坐在火炉边一边跟我聊宫里的故事一边捏小点心，她烤出的小点心花样繁多，小猫小兔小鸟形态生动活泼，别说吃，就是玩也很有意思。原来，老太太的丈夫是宫里御膳房的厨子，死了。她无儿无女，没别的特长，只会做饭，被号称美食家的三哥接到家里来。这样，我随时都有点心吃了，再不要记着钟点跑食堂，这对我来说真是一件幸福不过的事了。

这都是题外话。

一个被叶家的人叫作“耗子丫丫”的很淘气的小姑娘在园子里孤寂地住着，那实在是一段磨人性情的岁月。我常常坐在谐趣园水榭的矮凳上，望着亭台楼阁，以孩子的心，编织着一个又一个与眼前景致和我有关的美丽故事。故事里自然要有园子的主人公皇上和老太后，不能少的是年轻的渔家女桂英和她的老爹爹萧恩，我一定更是其中举足轻重的重要角色……夕阳西下，晚霞凄艳，园中的水色山光使人想到《打渔杀家》那段西皮导板：

白浪涛涛海水发，
江岸俱是打鱼家，
青山绿水难描画，
树枝哪怕日影斜。

湖水和江水一样，在夕阳里飘散着一股忧愁，一股难以说清的寂寞和惆怅。戏中英雄老去，归隐江湖，洗尽了当年的意气，只有天真的幼女相依为命，最后只好“双双走天涯”了事。那情景真的要让人为之伤心一哭了，我想，如若我认识桂英，一定要参与进去，助那父女一臂之力，倘能叫上我那些齐整英俊的哥哥们，萧家不但能够打赢，说不定那个小女子桂英的终身也会有了依靠……

知春亭畔有元朝宰相耶律楚材的祠和墓，祠内供奉着耶律楚材的塑像，是个穿白袍的老头儿，三缕黑髯垂在胸前，很和蔼可亲。三哥对我说，当初西太后修复颐和园的时候，认为自家的花园里搁着个外人的坟有点不伦不类，就想把它起走。耶律楚材给太后托梦说，你修你的园子，我住我的家，咱们总要有个先来后到。就是你们的乾隆建园时都没敢把我请出去，你能把我怎么样？西太后从此再不敢提迁坟的事，这座坟就理直气壮地在皇上的家里待下来了。我听了以后，很佩服耶律楚材的勇敢，把他看作和萧恩一样的人物。当然，那时对这位为元朝立赋税、设郡县、建户口的历史名臣并无一点了解，所见只是个白袍子，就叫他白大爷。没事就往白大爷那儿跑，跟白大爷去说话。白大爷是这座园子里我能看得见的、肯陪我聊天的好老头儿。久而久之，我们家的人都知道了白大爷，三哥常问我："今天没上白大爷那儿去吗？"

这些通连天地、混乱古今的遐想，借助这美丽的山水而生，我相信，它们在我以后走上文学创作道路，在我创作以御医为题材的小说《黄连厚朴》，以皇亲、王爷为题材的《瘦尽灯花又一宵》，以及以家族文化为背景的小说《本是同根生》和《祖坟》等作品中，很难说没有起到潜移默化的作用。《上海文学》的编辑在评论这些作品时说："在她的小说里，总有一种淡淡的忧郁，一种对世事人生的茫然和感动，那似乎是一种与生俱来的个人气质。"

我想这茫然和感动大概就是来自这山与水吧！

有一回在西堤，我看见有一对情人掉到湖里，男的淹死了，浑身青紫地被抬到东门口的门诊部，用席子盖着，搁在墙根，跟他一块儿来的女的坐在台阶上哭。本来，逛颐和园是一件很高兴的事，却死了一个，那一个怎么能不悲伤呢？我看那个女的哭，就也在一边陪着她哭。因为，我觉得这实在是一件很让人伤心的、很想不通的事情。看热闹的人很多，人们多把我当成了死者的家属，劝那个女的说："你不要哭了，你也要为身边的孩子想想。"也有的人说："嗯，孩子还这么小，爹就淹死了，真惨！"我想，那个女的虽然没说什么，心里一定对旁边我这个陪哭的感到莫名其妙。我哭着想，我们家的人怎么就不怕我被淹死呢？假如席子底下躺着的不是那个男的而是我，我三哥该如何向父亲交代？于是，我就很希望我也能死一回，不为别的，就为让他们也为我好好哭一回，省得我在家里老像被人忘掉一样。

我的生活单调又无聊，西苑有飞机场，飞机每每到了这里已经趋于降落，飞得很低很低了。从我头顶飞过的飞机，不但机翼上的号码看得一清二楚，有时连里面的驾驶员也能看得见。只要外面飞机一响，哪怕正在吃饭，我也要把饭碗推开，飞快地跑出屋门，向每一架路过的飞机热情地挥手致意。现在想想实在是没意思，但有一段时间它竟成了我生活的全部。我每天都在焦躁地等待着飞机的到来，来一架，我在"大前门"的香烟盒上记一架，天长日久，记了好几张烟纸，都是飞机的号码。以我的文化水平，能认识的也就是那几个简单的阿拉伯数字。可笑的是，我在记录一架飞机和一架飞机的号码时没有断开意识，所以，记到最后，竟是满篇的、毫无头绪的1234567890数字，分不清谁是谁。

这大概与那次陪哭有异曲同工之妙。

大戏台所在的德和园今日已经成为园中的重要游览点，据云需另购门票才能进入。彼时它是去后山和通向排云殿的通道，一度是我的娱乐场。有时园子里晚上给职工放电影，幕布就挂在慈禧看戏的颐乐殿前，观众则坐在大戏台上看。这情景大概是老佛爷当年万万想不到的。记忆中的大戏台远没有现在这般鲜丽辉煌，更没有这么多熙熙攘攘的游客，那时的人似乎很少。颐乐殿西面有门，有时我从后山转进殿里，在西太后听戏的南炕前向大戏台遥遥地望。繁华歇，风云灭，昔日的热闹早已无迹可循，唯有太阳晃晃地照着，除了看到大玻璃窗上自己的影像外，再也看不出其他。于是，我怎么也想象不出，那个耳朵又聋、眼神儿又不济的老太太坐在这儿能把《打渔杀家》看出什么味道来。

大戏台上的青石条和起伏不平的木板台面给我留下了深刻的印象，除此之外，就是薄暮时分喧闹嘈杂的沙燕了。“依依宫柳拂宫墙，楼殿无人春昼长”，傍晚，游人都出园了，大戏台前只剩下了我和那些燕子时，双方便都显示出了难以抑制的兴奋和活跃。沙燕们这时就故意撩逗我，从我耳畔嚓地飞过，掠起一阵风——它们不怕我这个小人儿。我自然也按捺不住表现的欲望，跑上台去，对着那空旷的院落，对着那些黄黄的琉璃瓦，对着玻璃后头的“慈禧”，表演我的《打渔杀家》。

我拉着架势扯开了嗓子吼道：“江湖上叫萧恩不才是我——”

没人喝彩。四周寂然无声。

“我本是出山虎，独自一个——”

没有掌声。头顶沙燕啾啾。

稚嫩的细嗓，柔弱的小丫头，与那古旧庞大的戏台、恢宏的殿宇，实实的不相称；而那叱咤风云的气势，那乳犊不惧虎的精神却留下了辉煌的篇章。

父亲来了。

我像过节一般高兴。

晚上，父亲和我睡在外间屋的炕上，我给父亲看那些飞机的号码，歪歪扭扭的铅笔字让父亲很是为难了半天，他说：“你这是什么呀，鬼画符吗？”

父亲看不懂，我很伤心。

后来，父亲就开始教我大戏台上的楹联了。再后来就走到哪儿讲到哪儿，那真无异于一段段美好的文化讲座，一曲曲流动的音乐。整个园子，数谐趣园的楹联最为清丽秀美：“菱花晓映雕栏日，莲叶香涵玉沼波；窗间树色连山净，户外岚光带水深。”如那景色一样，这也是让人永难忘却的佳作。

父亲从不在三哥这里多住，一则因为工作，二则他说睡觉的炕“不干净”，使他净做噩梦。父亲说，这炕自砌成以来，不知睡过多少恩恩怨怨的人，百年前的事都到梦里来了。为此，三哥借了玉澜堂门首西边一张床让父亲去睡。那里是值班室，没有古老的恩恩怨怨的炕，只有两张木板床，但父亲在那里大概只住了一宿就回来了。他对我说玉澜堂的怨气太重，戊戌政变后，慈禧在玉澜堂的霞芬室和藕香榭殿内砌了高墙，专作关押光绪之所，不宜人住，特别不宜我们姓叶赫那拉的人住。在玉澜堂只睡过一晚上的父亲，竟能借此而发挥，编出了一个他在夜里与光绪品茗谈古论今的故事。应我的要求，那晚自然又有萧恩和他的女儿桂英、孙悟空和猪八戒来凑热闹，甚至连自沉于昆明湖的一代文豪王国维也由水中踏月而出，加入清谈之列。于是，出自父亲口中的玉澜堂之夜，人鬼妖聚集，热闹非凡，实实地让人向往了。如此看来，父亲以其艺术家的想象力，深入浅出地为他的小女儿编撰着一个又一个宁愿信其有、不愿信其无的故事。多少深厚的历史文化知识，由玉澜堂之夜溢出，潜入一个孩子的纯净心田。

三哥见我每天闲得实在无聊，就给我找事，让我去后山挖取开紫花的兰草，嘱我一定要连土弄回，栽在南墙背阴处。这种草在后山大片地长着，有很多，只半日工夫，我便弄回不少，沿墙栽了数排。尚不过瘾，又从后湖偷来睡莲，养在洗衣服的绿瓦盆内。彼时虽不懂“寂寞梧桐深院”的风雅，却也有“似此园林无限好”的追求，很为小院的美化花了一番工夫。

睡莲死，幽兰枯，满园秋风萧瑟时，父亲来看我。我吵着闹着要跟他回家，我说我实在不愿在这不是人待的地界住下去了。那时我还不会说什么“保护少年儿童身心健康”“培养少年儿童健康成长”一类很有水平的话，我只是一味地闹。记得是在谐趣园的知鱼桥上，父亲望着阴冷的水、枯败的荷叶说：“此景难得，此境难寻。景为水残，时为秋残，这是千古文人能够享受和欣赏却难以解释和理解的心境。你这个小东西置身于绝美之中却茫然不觉，实乃愚钝不可教也。”这些话我自然听不懂，但我知道这不是什么好话，是教训我的话，心里更是十二分的不平。

三哥在一旁说：“您说这些话是对牛弹琴，这孩子混沌着呢，她根本听不懂，每天只是傻吃傻玩。夏时挖回一院子马莲，以为是兰草，揪回一盆荷叶，都是没根儿的。”

父亲告诉我，颐和园里有一种叫作哈拉闷的东西，这东西时而有形，时而无形，荡于园中各处，常为人所见。又说因了哈拉闷的存在，这园子才有了生机，有了灵气。

我说：“我要去寻找哈拉闷，找到了捉回来，蛐蛐儿一样地养在罐里。”

父亲说如此甚好。

第二天，父亲亲自陪着我在颐和园里寻找哈拉闷。

在后湖的绿水中，在大殿的螭吻上，父亲几次说他见到了哈拉闷，我则一无所见。

父亲回去了，留下了继续寻找的我。在以后的时光里，我已无心对付燕子和兰草，而将一腔热情扑在哈拉闷上，我发誓要找到那个父亲看得见我却看不见的精灵。颐和园由东向西，自南至北，从龙王庙的码头到北宫门的石阶，从西堤六桥的桥墩到仁寿殿的流水沟眼，这些人迹难到的所在都被我细细地窥探过，不能说找得不认真。从1750年乾隆修建这个园子至今，想必还没有一个孩子将这所园林阅读得如此仔细，如此淋漓尽致。

一个炎热慵懒的夏日中午，我拒绝午睡，要去寻找哈拉闷。三哥无奈，将我扯至后山四大部洲的藏庙遗址前，指着散落在荒草中须弥石座上雕刻的光身小怪说："这就是你要找的哈拉闷。"

我说："不是，哈拉闷是活的！"

我的语气之坚定使三哥没有反驳的余地，他气愤地将我扔在太阳下那堆红色的断壁残垣中，独自回去了。

我执拗的脾气真不招人待见。

在这里，我不得不说点题外的话。三哥其实不是我父亲的孩子，严格地说他应该是父亲的侄子。但是，他的父母早早就故去了，由我的父亲将他抚养成人，他是我们众多孩子中身世最为坎坷的一个。三哥是个很重感情的人，他把我的父亲看作他自己的父亲，把我们也看作他的亲兄妹。在七个哥哥中，我最喜欢的是三哥，我对他的依赖，是女儿对父亲的依赖。1994年，他七十一岁，患了癌症，临终前他忍受着病痛给我写了一封长达八页的信，信的最末一句话是："丫丫，你是我抱大的。"万语千言的疼爱尽在这一句话之中。

我曾一度把寻找哈拉闷的希望寄托在颐和园后山独有的白水牛儿身上，水牛儿捉来不少，骑在路边的石凳上依次排开，挑选其中个大、长相齐整令人有好感的，捏在手里唱：

水牛儿，水牛儿，
先出来犄角后出头哎，
你爹你妈给你买了烧肝烧羊肉哎，
…………

在北京长大的孩子大概没有谁不会唱这首歌。

那些水牛儿在我声嘶力竭、青筋高暴的呼喊中终于有了动静。水牛儿的露头绝非因为热情的呼唤或是烧肝烧羊肉的感召，而是受不住捏着它的热手的炙烤才极不情愿地探出头来。水牛儿先伸一角，再伸一角，慢腾腾地展开身子，甚为不满地张望一下，很快又缩回壳中。整个过程忍耐、惊喜与失望紧紧相连。

在对水牛儿的艰苦呼唤中，并没有唤出我梦寐以求的哈拉闷。

长大以后与文学有缘，也有了一把年纪和阅历，便明白那哈拉闷是父亲用来哄小孩子的东西。文学造诣精深的父亲让他的孩子去寻觅一种精怪，从寻觅中感受中国文化艺术的底蕴，认识艺术魂魄的神奇魅力，经历只可意会不可言传的民族文化体验。后来，我问过哈拉闷究竟为何物。人说，哈拉闷系满语，是指水怪一类。颐和园里水多，早年或许有过哈拉闷的传说也未可知……

其实，对哈拉闷的真实语意我已无心追究，那是语言学家们的事情。然而，哈拉闷对于颐和园，对于文化艺术乃至于整个宇宙人生是无时不在，无处不在，入乎其内又出乎其外的。入乎其内，故有精神、有生气；出乎其外，则有形象、有高致。这便是父亲说的时而有形，时而无形了。童年时代，是为寻找而寻找，看来是一种游戏。然而，游戏的本身又何尝不是目的？与艺术一样，是一种心的感动，是一种欲罢不能的状态。一个普通的理念，足足让人认识一生。

我的聪明的父亲，他对孩子的教育竟然是这样的。

1955年的中秋节，父亲恰住园中，那晚他携了我与三哥三嫂同去景福阁观月。

景福阁原名昙花阁，位于万寿山脊东端，乃听雨赏月的绝佳之地，最受乾隆喜爱。后来，西太后重修改建成厅堂，赐名景福阁。中秋那晚，年少的我，无赏月雅致，而为三嫂所带糕饼吸引，一门心思只在吃上。

父亲见状对三嫂说："我花甲之年才得此女，自然怜爱有加，虽他日为鸡为凤不可预期，然资禀尚不愚笨。今放逐园中，如野马笼头，驯致为难，实出无奈，还盼鲍贞耳提面命，严加教训，否则，恐终成猪犬。"

三嫂说："小丫丫才六岁，正是混沌未开之时，为人一世，快活也就是这几年罢了，何苦拗她。"

当时我口啃糕饼，偎依在父亲怀抱中，举目望月，银白一片。居月光与亲情的维护之中，此情此景竟令我这顽劣小儿也深深地感动了。以后读了苏东坡的"明月几时有，把酒问青天"，更觉那逝去光阴的可贵，以致每每见月，便想起景福阁。那美妙绝伦的景致还当存在，而那恬静温馨的亲情却是再不会有了。

那夜的月似乎给了我某种启示，父亲第二天要返回，说是要去河北彭城。我从内心突然生出难以割舍的依恋，这种依恋的深重绝超出了一个六岁孩子的经历。那天，我执意要跟父亲同归，任谁怎么劝也不听。我死死地拽住父亲的衣襟，整整五个小时没有松开，这使本应吃过中午饭就离开的父亲一直拖到了晚上。我那反常的举动使大人们无措，他们不知我那天是怎么了，为什么那么不听话，咧着嘴肆无忌惮地哭。

三哥说："今儿这孩子是邪了。"

那晚，我的目的终于达到了，父亲答应领我回家。

我和父亲手拉着手向颐和园的东门走去，那天的月亮又圆又亮，照着我和父亲以及我们身后那些金碧辉煌的殿宇。那晚，父亲穿着深灰色的春绸长袍，白色的胡子在胸前飘着，一手拄着他的藤拐杖，一手拉着我，一老一小的身影映在回家的路上。我把父亲大手攥得紧紧的，心里真怕他突然变卦，又把我送回园子里去，尽管我当时仍止不住一下下地抽泣，但还是带有讨好性质地跟他说了不少笑话。我想让他因为我的存在而愉快，而幸福，而不感到我的多余。

回到家，母亲的惊奇是可想而知的。小妹妹在发烧，老七叶广宏又逃了学，他把书包藏在了警察阁子里，自己跑得不见了踪影。警察按照本子上的地址找到学校，又找到家，我们到家的时候，那个肇事者还没有回来。到半夜，七哥才回家，一问说是到动物园看猴去了，没钱坐车，是从西郊走着回来的。

母亲一个晚上都在抹眼泪，那个叫广荃的妹妹在床上不停地哼哼，她不闹，很乖也很懂事，睁着一双大眼睛恐惧地看着训斥儿子的父亲……

这就是家，这就是生活，从这我也隐隐地感到了家里为什么总是希望我住在颐和园的缘由。我在这个家里只能添乱，我也不是个省油的灯。

第二天，父亲就去彭城了。

我和母亲把他送到大门外，母亲怀里抱着软弱得抬不起脑袋的小妹妹，小妹妹伸出小手跟父亲再见。

父亲走了几步又回过身来说："回去吧。"

我和母亲都没有动。我无法揣度父亲当时的心情，他是个事业型的人，对于离别、对于亲情似乎并不在意，那一句轻轻的"回去吧"便是告别，与妻儿的告别。

当时我鬼使神差地追上了父亲，接过了他背上的小包袱，我说我要送他一程，送他上车。我背着小包袱将父亲送到北新桥，送上了开往前门火车站的有轨电车。

没有经验的我竟然跟着父亲上了车才将包袱交给他，车要开了，父亲把着车门拨开众人大声说："让我的孩子下车！"

车开了，父亲站在车尾向我挥手，示意我快些回家。我的泪水夺眶而出，在我那颗小小的心灵里充满了悲哀。

那一别，竟成了生死的诀别。

我是父亲的孩子当中最后见到他的一个。

有一天，突然说姥姥得了急病，将母亲叫去。

我是后来随着三哥广益、四哥广明、五哥广延一块儿去的，我不明白姥姥病了却让这么多哥哥去干什么。路上，三哥难过地抚摩着我的头说："要紧的是今后这些小妹妹们怎么办……"

三个哥哥站在黑暗的胡同里只是唏嘘。

我感到了家里发生了什么大事，但我绝没有想到是父亲。

因为一个星期前三大爷还给我母亲读了父亲写给他的信，信里说在彭城那个小地方竟然还能看到京剧，行头好，唱功也好，演的是《鸿鸾禧》和《打渔杀家》……

到了姥姥家，姥姥很健康，没有一点生病的样子。

我说："姥姥，您不是病了吗？"

姥姥没说话，大舅把我拉过去说："丫儿，你得懂事。你不能哭，你得为你妈想想，广荃还小，你别吓着她。"

我懵懵懂懂跟着大舅进了屋，屋里有一桌子纹丝未动的酒菜，这种非同一般的阵势让人的心底一阵阵发凉。

母亲见到我，哭了。

母亲说："你父亲殁了。"

我一下蒙了。我已记不清当时的我是什么反应，没有哭是肯定的，从那儿我才知道，悲痛至极的人是哭不出来的。后来，我见到书上有"抚棺临穴而无泪"的说法，觉得它太贴切了。

原来，父亲突发心脏病，倒在彭城陶瓷研究所他的工作岗位上。

母亲那年四十七岁。

母亲是个没有主意的家庭妇女，她不识字，最大的活动范围就是从娘家到婆家，从婆家到娘家，临此大事，只知道哭，将父亲的后事全部托付给在彭城工作的堂兄——我的六哥叶广成。因直系血亲没人来奔丧，六哥就和研究所商量，将父亲的棺木暂时丘封在峰峰矿区滏阳河岸，以待不日来人扶柩回京。

原以为是数月的事，孰料，父亲的棺木在那陌生之地，一丘就是二十年。

父亲的亲儿子们谁也没想起接父亲回家，我至今对此百思不得其解。

母亲当时这一失策之举，酿成了她终生的遗憾。

母亲是父亲的第三位妻子，父亲去世时非我母亲所生的哥哥们已经成家立业，各人有各人的日子，顾及不到我们。而我母亲所出的五姐广芸、七哥广宏，以及我和小妹妹广荃，最大的不到十五岁，最小的不到三岁。弱息孤儿，所恃以为活者，唯指父亲，今生机已绝，待哺何来？

我怕母亲一时想不开，走绝路，就时刻跟着她，为此甚至夜里不敢熟睡，母亲半夜只要稍有动静，我便呼的一下坐起来，这些我从没对母亲说起过。母亲至死也不知道，在她那些无数凄苦的不眠之夜中，有多少是她的女儿暗中和她一起度过的。

年年寒食，我都与母亲在大门外烧些纸钱，祭奠千里之外父亲的亡魂；岁岁中秋，奠香茶一杯，月饼数块，徒做相聚之梦。随着岁月的迁延，年龄的增长，内心负疚愈深。对父亲，我生未尽其欢，殁未尽其礼，实是个与豚犬无异的不孝孩子。

人的长大是突然间的事。

经此变故，我稚嫩的肩开始分担了家庭的忧愁。

就在父亲去世的那一年，我带着一身重孝走进了北京方家胡同小学。

这是一所老学校，在有名的国子监南边，著名文学家老舍先生曾经担任过它的校长。我进学校时，绝不知道什么老舍，连当时的校长是谁也不知道，只知道我的班主任叫马玉琴。她是回民，是一个梳着短发的美丽女人。在课堂上，她常常给我们讲她的家，讲她的孩子大光、二光，这使她和我们一下拉得很近。

我的忧郁、孤独、沉默、敏感，很快引起了她的注意。有一天课间操以后，她向我走来，我的不合群在这个班里可能是太明显了。

马老师靠在我的旁边低声问我："你在给谁戴孝？"

我说："父亲。"

马老师什么也没说，她把我搂进怀里。

我的脸紧紧贴着老师，我感觉到了由她身上散发出来的温热和那好闻的气息，我想掉眼泪，但是我不想让别人看见我的泪，就强忍着，喉咙像堵了一块大棉花，只是抽搐、发哽。马老师轻轻用手拍着我的背。我知道，那时候我只要一张嘴，就会哇的一声哭出来。

老师什么也没问。老师很体谅我。

一年级期末，我被评上了“三好学生”。

为了生活，母亲不得不进了一家街道小厂，这就为我增添了一个任务，即每天下午放学后将三岁的妹妹从幼儿园接回家。

有一天，轮到我做值日，扫完教室天已经很晚了，我匆匆赶到幼儿园，小班教室里已经没有人了。我以为是母亲将她接走了，就心安理得地回家了。到家一看，门锁着，母亲加班，我才感到了不妙，赶紧转身朝幼儿园跑。从我们家到幼儿园足有汽车四站的路程，直跑得我两眼发黑，进了幼儿园差点没一头栽到地上。推开小班的门，我才看见坐在门背后的妹妹，她一个人一声不响地坐在那儿等我。阿姨把她交给了看门的老头儿，自己下班了；那个老头儿又把这事忘了。看到孤单的小妹妹一个人害怕地缩在墙角，我为自己的粗心感到内疚。

我说：“你为什么不使劲哭哇？”

妹妹噙着眼泪说：“你会来接我的。”

那天，我蹲下来，让妹妹趴到我的背上，我要背着她回家，我发誓不让她走一步路，以补偿我的过失。我背着她走过一条又一条胡同，妹妹几次要下来我都不允许。这使她的心感到了较我更甚的不安，像当年我讨好父亲一样她也开始讨好我。她在我的背上为我唱那天新学的儿歌，我还记得那儿歌是：

洋娃娃和小熊跳舞，
跳呀跳呀一二一。
小熊小熊点点头呀，
小洋娃娃笑嘻嘻。

路灯亮了，天上有寒星在闪烁，胡同里没有一个人，葱花炝锅的香味由别人家里溢出。我背着妹妹一步一步地走，我们的影子映在路上，一会儿变长，一会儿变短。一行清冷的泪顺着我的脸颊流下，淌进嘴里，那味道又苦又涩。

妹妹还在奶声奶气地唱：

洋娃娃和小熊跳舞，
跳呀跳呀一二一。

是第几遍的重复了，不知道。

那是为我而唱的，送给我的歌。

这首歌或许现在还在为孩子们所传唱，但我已听不得它。那欢快的旋律总让我有一种强装欢笑的误解，一听见它，我的心就会缩紧，就会发颤。作家唐君毅说得好，人周围往往构成一片无限的寂寞苍茫的氛围，“以此氛围为背景，尔后把我们有限的人生，烘托凸显出来。人生如在雾中行，只有眼前的一片才是看得见的，远望是茫茫大雾。人生如一人到高山顶立，只能听见自己的呼吸，四周是寂静无声。人生又若黑夜居大海中灯塔内，除此灯光所照的海面外，是无边的黑暗，无边的大海……”那时，我年纪虽小，已经感到了雾的迷蒙，山的孤寂，夜的恐怖……

但我至今不能忘记在我人生之路上给予我理解和爱的人们，这种刻骨铭心的记忆将伴我终生，珍藏至永远！

《颐和园的寂寞》一文写于1998年6月，后收录于吉林人民出版社出版的《没有日记的罗敷河》。

叶广芩的创作有着典型的京味儿色彩，她的小说喜欢引入戏曲唱词，使戏曲故事与人物境遇形成互文。本文构思巧妙，虽名为《颐和园的寂寞》，却不从颐和园的花草树木、厅堂建筑写起，而是以传统京剧剧目《打渔杀家》为引，讲述自己在颐和园的戏台上独自对着空旷的院落表演《打渔杀家》的童年趣事，勾连起那些与京剧相关的家族记忆。叶广芩的文字背后，承载着浓重的亲情。

——吴旦

老北京的夏天

肖复兴

1

在北京，真正热起来，是芒种之后。芒种过后，夏至到了。在周礼时代，夏至曾经被定为是一个伟大的节日。白天祭地，夜晚焚香，祈求灾消年丰，这是农业时代人们心底普遍的愿景。

对于老北京一般百姓而言，夏至这一天，更讲究的是民俗，民谚里说冬至的馄饨夏至的面，就是说这一天是要吃面条。夏至这一天的面，是要吃过水面的，就和头伏饺子一定是要吃素馅的一样。至于为什么，我不清楚，这就是长期以来民俗的力量。清乾隆年间的《帝京岁时记》一书中说：夏至“乃国之大典，京师于是日家家俱食冷淘面，即俗说过水面是也。乃都门之美品。向询及各省游历友人，咸以京师之冷淘面爽口适宜，天下无比”。极尽对夏至的过水面的溢美之词。不过，也说明好吃而适时，是民俗形成的因素之一。

夏至这一天，对于老北京普通百姓，还有一种吃食，是马齿苋，旧日老北京人称之为长命菜，要到天坛城根去挖来，夏至这一天吃才有效。这一传统，依然和过水面一样，来自民俗与民间，一直延续很久。我母亲在世的时候，每年这时候是要去天坛城根去挖这种马齿苋的。其实，就是一种野菜。

夏至这一天，如果不下雨，就是最好的时辰。传统民谚说：夏至到，鹿角解，蝉始鸣，半夏生，木槿荣。这谚语说得非常有意思，前两句说物，鹿和蝉，一个动物，一个昆虫。鹿角成熟了，可以割角了；夏天炎热了，蝉开始叫唤了。这是典型夏至的标志，一个有形，一个有声，梅花鹿和金蝉，可以作为夏至的形象代言。

不过，我一直喜欢这个谚语的后两句，后两句说的是花，半夏和木槿都要开花了，这让夏至一下子和花木繁盛的春天有了对比和呼应，夏天并不仅是丰收的季节，也是花开的季节。如今，在北京城里，半夏很少能见到，但是，木槿却是公园和住宅小区里常见的。其实，夏至之后，盛开的不仅有木槿，合欢、紫薇、玉簪……也都会相继盛开。

张恨水喜欢北京的夏天，他曾经说：“花上这么两毛钱，买上两三把玉簪红白晚香玉，向书桌上的花瓶子一插，足香个两三天。”但是，民谚里不说这些花，为什么只选择了半夏和木槿作为代表，是有讲究的。不说半夏的药用价值，单说木槿，木槿在夏天长得最为茂盛，如果不加剪理，不几天就会铺展长高，有点儿夏天狂放的野性劲头。说木槿荣，一个“荣”字，用得极其好，真的是其他的花都赶不上它。

当然，不仅局限于夏至这一天，整个夏天的天空，那时候，都是很美的。特别是七夕之夜，老北京人讲究乞巧。在我的小时候，乞巧，有两种玩法，一种是拔下家里的一根扫帚苗，把它劈开成薄薄的细细的针尖形状，然后把它放进院子里的鱼缸里，或者水盆里，在月光的照射下，和邻居孩子比，看谁的扫帚苗在水里的影子长，谁就赢了，因为谁就和天上的织女巧合对在一起了。一种是躲在葡萄架下听牛郎织女在由喜鹊搭的桥上相逢说话，谁能够听见，谁就有福气了。第一种，是女孩子的游戏。第二种，则男女孩子都可以玩。那时候，我住的大院后院里，有一个葡萄架，那一天晚上，我们一帮孩子都会挤进葡萄架下，听牛郎织女说话，但从来没有听到一次，觉得是大人骗我们的瞎话。大人们却说我们吵吵得太乱，得细声屏气才可以听到。

长大以后，看民国时的《帝京岁时记补稿笺》旧书，里面写到七夕这一天：“月下穿针，花间斗草，水中泛花针，自作巧果，各出心裁，以示巧拙者。又使小儿者在葡萄架下井栏前偷听牛女哭声，又传喜鹊搭桥，次日视庭院喜鹊头必无毛。”才知道这一天小孩子的玩法这样多，更是头一次知道喜鹊搭桥是用掉了自己的羽毛，第二天如果看到喜鹊的话，它们的身上是没有毛的。这是多么好玩呀，老北京的夏天，让这些美丽的传说生龙活虎起来；这些美丽的传说，也让老北京的夏天，特别是孩子们的夏天的夜晚那样的色彩缤纷。

2

在北京，最热在小暑和大暑。这是老北京人最难熬的时候。老北京，别看作为都城，到了盛夏，无论是皇上，还是王公大臣，和平头百姓一样的难熬。最有意思的是，到了这时候，皇上要给各位大臣颁发冰票解暑。《燕京岁时记》中说："各衙门例有赐冰。届时由工部颁给冰票，自行领取，多寡不同，各有等差。"

看这则旧记，我总想笑，在没有冰箱和空调的年代里，盛夏的日子，解暑唯有靠冰，发的冰多少，居然由工部这样正儿八经的衙门颁发冰票，还得按官阶大小领取。这让现在的孩子，得笑掉大牙。在封建社会里，老天爷撒下人间的热，也如此等级森严，那么不平等起来。

读过一本《北京民间风俗百图》，清同光年间版本，不知出自何人之手。其中有一幅题为"舍冰水图"，上有工整小楷题词："凡三伏时，官所门首搭一席棚，木桶盛凉水，上置冰一块，棚上挂黄布四块，写皇恩浩荡，民间施舍，写普结良缘，以为往来人止渴。"看出来从乾隆到同光冰的进展，不仅是衙门的赐冰，也有了官府的舍冰，冰从官员进入普通百姓之间。

在没有皇上的日子里，盛夏的人们再无须由工部颁发冰票取冰，或者搭席棚舍冰，普通人家也可以到冰窖厂去买冰了。旧京都，一北一南，各有一个冰窖厂，就都开始热闹起来了。专门在冬天结冰时藏于地下的冰窖厂，就等着天太热时节卖个好价钱。

由卖冰繁衍的生意，也逐渐多了起来，其中冰碗和铁皮冰箱是其中两种。冰碗，指的是几种夏季水果并置于碗中，碗的底部放着碎碎冰，是一种冰镇水果，叫作水果碗，很适合炎夏消暑。也有在碗里碎碎冰上面，放新鲜的莲子、藕片、菱角肉、鸡头米的，再在上面点缀鲜核桃仁和杏仁的，这种冰碗叫作河鲜碗。前辈邓云乡先生曾经专门写过文章，介绍在什刹海夏天的荷花市场上卖的这种河鲜碗，认为“是荷花市场最精美的食品”。

铁皮冰箱，张恨水有过专门的介绍，是一种“绿漆的洋铁冰箱，连红漆木架在内，只花两三元钱。每月再花一元五角钱，每日有送天然冰的，搬着四五斤重一块大冰块，带了北冰洋的寒气，送进这冰箱。若是爱吃水果的朋友，花一两毛钱，把虎拉车、大花红、脆甜瓜之类，放在冰箱里镇一镇，什么时候吃，什么时候拿出来，又凉又脆又甜”。

这样的铁皮冰箱，是如今冰箱的前身了。我没有见过，连听说都未曾听说过。这是有钱人的奢侈品，并不像张恨水说“只花两三元钱”“再花一元五角钱”那样的轻松。那时候，一般人家每月才挣多少钱呀。不要说这样的冰箱，就是冰碗，虽然见过，却从来没有吃过。那时候，对于如我一样家庭生活拮据的人来说，能够买一盘刨冰，就已经是夏天很好的享受了。这种刨冰，是用机器将冰块搅碎，再在上面浇上一层兑上了颜色鲜艳的糖汁。对于我，已经很是“彻齿而沁心”了。

还有一种，叫作冰角子。以前，我是听都没有听说过的。读《燕京杂记》，里面说：“冰角子，以面裹冰为小角，沸油煮之，内冷外热，亦甚可口。”猜想，大概就和现在的油炸冰激凌，有几分相像。不过，这都是些有钱人能够吃的玩意儿。

冰窖厂一直存活到北平和平解放之后，那里还在存冰、卖冰。炎炎夏日，拉冰的板车常出入那里，东去三里河，西去珠市口，去各生意家送冰。我小时候，家离那儿不远，放学之后，我们一帮孩子常跟在车后面，手里攥着块砖头，偷偷砸下一小块冰，塞在嘴里当冰棍吃。这就是属于我这样的孩子不要钱的冰核儿。如今，这两个地名一直还在。只是前些日子我旧地重游，冰窖厂街已经基本拆干净了。原来的冰窖厂，北平解放后变为了一所学校，如今，已经拆平，建成了宽敞的马路。

老北京盛夏，还有一景，如今更是见不到了，便是借太阳之烈来晾晒衣物，以防虫蠹。老儒破书，贫女敝缊，寺中经文，都在晾晒之列。清时有诗说："辉煌陈列向日中，士民至今风俗同。"不过，不少寺庙每年这时候成了晒经会之后，风俗便开始变了味儿，逐渐成为庙会，人代替了经书，美女更是比经书养眼。《天咫偶闻》中说晒经会上"实无所晾，仕女云集，骈阗竟日而已"。这样的情景，和如今在夏日露腿的季节里，到三里屯看大长腿美女如云，有几分相似。

不过，这也可以看出老北京人对于生活的性情，贫也好，富也好，冷也罢，热也罢，无论在什么情况下，都能自寻其乐，用老北京话说，叫作"找乐儿"。

盛夏三伏天到来之际，早些年间，老北京人找乐儿最好的去处，是到东便门外的二闸游乐。二闸，又叫庆丰闸，在出东便门三里处。大运河到通州后，修通大通河之后到北京城，必要经过此地。当初从东便门的大通桥往东，一共修有五闸，都是为了蓄水，以备进入北京城的大通河水浅，妨碍船只的运输之需。

因有如此水景，二闸成为五闸中最出名者，《天咫偶闻》中说："二闸遂为游人荟萃之所，自五月朔至七月望，青帘画舫，酒肆歌台，令人疑在秦淮河上……随人意午饭必于闸上，酒肆小饮既酣，或征歌板，或阅水嬉，豪者不难挥霍万钱。"足见那时候在整个夏天二闸的鼎盛辉煌。不仅有酒肆茶楼林立，还有艺人演艺表演，水中泛舟游泳。特别有此地的小孩子，水性极好，外号叫水耗子，可以站在瀑布的高处，待游人扔入水中钱币乃至鼻烟壶或戒指之后，跳入水中，从水中捞出，成为当时一项游人趋之若鹜的节目。

对于老北京人而言，到二闸消暑游乐，在清末民初是和什刹海齐名的。1927年，沈从文和胡也频曾经一起游二闸。那时候，还有孩子为他们表演跳水捞钱的传统游戏，而且，看到以前十来丈长的运粮船，改成了娱乐喝茶的场所。他还感慨这是在学天桥，把运河最后一段的“二闸赋予北京人的意义，且富雅俗共赏的性质”。可是，民国中期之后，什刹海渐成气候，又近在内城，沈从文所说的二闸的这种性质与意义，便差了很多，日渐萎缩。特别到了大通桥随蟠桃宫一起被拆，大通河消失，二闸彻底消亡。如今，在二闸处新修了一座庆丰桥遗址公园，勉强为人们提供一个老北京消夏的回忆。

3

盛夏之际，在老北京，什刹海最为人爱去之处。《天咫偶闻》一书便记述了清末光绪年间什刹海的情景：“长夏夕阴，火伞初敛，柳荫水曲，团扇风清。几席纵横，茶瓜狼藉。玻璃十顷，卷浪溶溶，菡萏一枝，飘香冉冉，想唐代曲江，不过如此是。”

特别是到了民国时期，一般人消暑度夏找乐儿，更爱去什刹海。民国有竹枝词说:“消夏何如什刹海,红菱雪藕不论钱。”可以说,这是一年四季里什刹海最火爆的时候,如同春节里的集市。

那时候的什刹海,除了这样像天桥艺人练把式玩杂耍的之外,更引人注目的是在荷花盛开的水面上搭起凉棚,如同水榭,设有茶座,湖岸是一溜儿小摊林立,卖各种夏季时令小吃,琳琅满目,吃不胜吃。

今天的什刹海,依旧柳荫水曲,荷花满塘,还可以买得到子儿莲蓬。这样的炎热夏天里,老北京人讲究吃子儿莲蓬。除了子儿莲蓬,还爱喝荷叶粥,嚼藕的嫩芽。《酌中志》里说这样大暑节气里要:“吃过水面,嚼银苗菜,即藕新嫩秧也。”

老北京人的夏天吃食,可谓五花八门。早年间,老北京是把面食统统都叫成饼,分为汤饼、炊饼和胡饼三类。胡饼是舶来品,火炉里烤的,如现在吃的烧饼;炊饼是上锅蒸的,如现在吃的馒头;汤饼便是面条,当然还包括馄饨,《长安客话》里记载:“水沦而食者皆为汤饼。”

如今,北京人已经不叫汤饼了,面条从何时叫顺了口,我不大清楚,但清楚面条的种类虽然现在很多,但已经远不如以前丰富了。很多面条,如今吃不到了,手艺失传了,比如“蝴蝶面”和“温面”。《旧京纪事》里说的:“蝴蝶面、水滑面、手掌面、切面、挂面……”水滑面大约说的是过水面,手掌面说的是刀削面,这个蝴蝶面,我是不知道究竟是一种什么面了。《旧京纪事》里还说:“刑部街田家温面,出名最久,庙市之日,合食者不下千人。”这个这么多人喜欢的田家温面,究竟是一种什么样子的面,我也不知道了。

很多老北京的吃食,现在都已经无法找到了。《北平风物类征》一书引《忆京都词注》里说:“京都多佳果,比如夏之火里冰,小于苹果,大于花红……皆南中所无。”不要说这个“火里冰”,就是“花红”,是一种什么水果,我连听说都没有听说过。

如今,流传至今仍然让北京人有口福值得珍爱的夏天食品,在我看来,是奶酪、酸梅汤和果子干。

奶酪是牛奶的一种变体,将牛奶煮沸,加冰糖,点白酒,冰镇而成,有点儿像酸奶。这是满人入关后带来的旗人的夏天小吃,当时满语叫“乌他”,从皇宫流入市井,应该是清同治年间的事情。

老北京人,尤其是旗人,最爱吃这一口,从清末到民国一直到现在,对它一直赞不绝口。邓云乡先生就这样不吝美词说它:“真是一种奶制的最好的夏季食品,用琼浆玉液来形容,是毫不为过的。”而且,奶酪的品种也有很多,《东华琐录》里说:“有凝乳膏,所谓酪也。或饰以瓜子之属,谓之八宝,红白紫绿,斑斓可观。”八宝奶酪,只是其中一种,还有山楂酪、核桃酪和杏仁酪多种。一般卖奶酪的店铺或小摊,还兼卖奶卷和酪干,特别是那种琥珀色的酪干,真的是美味无比。能够将液体的牛奶做成半固态的奶酪，又能做成固体的酪干，真的是将牛奶发挥到了极致。

这种酪干和奶酪，做起来很麻烦，而且，成本远高过酸奶。但是，确实味道独特，出了北京城，还真的吃不着了。我姐姐一直住在呼和浩特，好多年没有回北京，前些年好不容易回来一趟，我问她想吃点儿什么老北京的吃食？她说想吃核桃酪。我满北京城地转悠，也没有找到一处卖核桃酪的。

我的孩子读中学的时候，到崇文门西边的梅园，第一次吃到奶酪，觉得好吃，然后，就带着同学到那里去吃，一吃都爱不释口。大学毕业之后，孩子到美国留学，毕业后留在美国工作，每一年从美国回到北京，准会先要跑到梅园，吃一碗奶酪，尝一尝酪干。这是他少年时候的味道，也是他北京的味道。

酸梅汤，老北京卖酸梅汤以信远斋和九龙斋最出名。民国时，徐霞村先生说："北平的酸梅汤以琉璃厂信远斋所售的最好。"那时候，有街头唱词唱："都门好，瓮洞九龙斋，冰镇涤汤香味满，醍醐灌顶暑氛开，两腋冷风催。"说的就是这两家。信远斋在琉璃厂，九龙斋在前门的瓮城，民国时瓮城拆除后，搬到肉市胡同北口。九龙斋，我小时候还见过，很快就销声匿迹。前两年，九龙斋重张旧帜，派人找过我，让我带他们到前门指认老店旧址。

信远斋，解放以后很长一段时间，起码到上个世纪80年代，一直在琉璃厂。梅兰芳、马连良等好多京戏名角，都爱到那里喝这一口。店里一口青花瓷大缸，酸梅汤冰镇其中，现舀现卖。有传说信远斋每天会在店门口洒好多酸梅汤，让其散发的芬芳气味来吸引人，大概是夸张，爱这一口的，用不着这样的梅汤铺地，也照样熟门熟路去那里的。“文化大革命”中，店名改了，酸梅汤还在卖，还卖一种梅花状的酸梅糕，颜色发黄，用水一冲，就是酸梅汤。插队时，我特意买这玩意儿，带回北大荒，用水冲成酸梅汤，以解思念北京之渴。

那时候，酸梅汤之所以被北京人认可，如九龙斋和信远斋这样的有声誉的店家，首先是原料选择极苛刻，乌梅只要广东东莞的；桂花只要杭州张长丰、张长裕这两家种植的；冰糖只要御膳房的……除选料讲究之外，制作工艺也是非同寻常的。曾看《燕京岁时记》和《春明采风志》，所记载并不详细，却大同小异，都是：“以酸梅合冰糖煮之，调以玫瑰、木樨、冰水，其凉振齿。”看来，关键在“煮”和“调”的火候和手艺，于细微之处见功夫。这和完全靠配方大行其市的可乐做法，是完全不同的。

果子干，柿饼和杏干为主料，加以藕片、梨片、玫瑰枣，用大力丸煮汤，冰镇而成。好的果子干，浓稠如酪，酸甜可口，上面要浮一层薄冰。与酸梅汤和奶酪相比，它没有那样高贵的出身和讲究，一般用吃饭的大碗盛，是地道的平民夏天消暑的食品，既可以解渴，又可以解饱。

记忆里吃的果子干最正宗的一次，是上个世纪80年代末，城南西罗园小区刚建成，四周还是一片木板围挡的工地，在工地的简易房里，见到一家专门卖果子干的小店，夫妻两人都刚刚下岗，开了这家小店。他们从父辈那里学来的祖传的手艺，那果子干做得地道，好吃不说，光看表面那一层颜色，就得让人佩服，柿饼的霜白，杏干的杏黄，枣的猩红，梨片和藕片的雪白，真的是养眼。关键是什么时候到那里吃，果子干上面都会浮着那一层透明如纸吹弹可破的薄冰。快四十年过去了，我再也没有见过这样漂亮可口的果子干了。

2018年5月9日于布鲁明顿

《老北京的夏天》发表在《北京青年报》2018年5月13日版，后收入《咫尺天涯：最后的老北京》中。肖复兴写北京，总是关注那些“老字号”——老街巷、老院子、老胡同等，在其中搜寻古老的城市印迹。关于夏天的记忆连接着北京城的历史和当下，也连接了北京人与城市、与自然的关系。在肖复兴的笔下，北京的夏日民俗蕴含了百年来北京人身上的独特气质——无论时空如何变幻，他们总能够自得其乐，努力让生活过得惬意舒适。

——吴旦

咂摸京味儿

刘一达

含槟榔

我是在北京的小胡同长起来的，自然，我喜欢京味儿。我写文章的风格，也被人视为京味儿。

我的这种京味儿语言风格，并不是在文章里糅进几句北京土话，或耍几句贫嘴所能体现出来的。许多朋友也想在写文章时找到这种味儿，但往往找不到感觉，味儿不太地道。

有人问我："你的京味儿是怎么学的，有师傅吗？"我说："有，我的师傅就是千千万万的老北京人。"

这是真话，没一点虚的。您咂摸呀，我在北京生活了四十多年，受老北京文化的熏陶，耳濡目染，生瓜蛋子也快成老丝瓜瓤子啦。当然，我写出的文章，有些京味儿十足，有些也不是原汁原味儿，并非篇篇精彩。

一位外地朋友问我："什么叫京味儿？"

我告诉他，京味儿不是单摆浮搁的东西。想知道吗？你至少要在北京的胡同里住上三年五年的。

当然，京味儿像是槟榔，生嚼不灵，您得细细地咂摸，它才有味儿。有些事儿，直眉瞪眼看，瞅不出棱缝儿来。

“二流”

十六岁那年，我初中毕业。因为家庭出身有“碴儿”，被学校分配到北京西郊一个木制品加工厂烧木炭。这活儿的辛苦劲儿自不必说。

跟我一块烧木炭的有个师傅，外号叫“二流”，他现在活着的话，也得有七十好几了。

“二流”只有半个肺，一个肩膀往下耷拉着，永远站不直。他烟瘾不小，除了干活儿，手里总离不开“大炮”——那会儿，抽不起卷烟，抽烟的主儿都兴用叶子烟自己卷着抽，因为卷出来的形状如大炮筒子，所以，人们管这种自卷的烟叫“大炮”。“二流”的性格，也有点像卷叶子烟的“大炮”。

他是坛（天坛）根儿长大的，爱说爱笑。木炭出窑之前，有一个多小时的空闲时间，大伙儿就听他侃大山。逗，听他说话，像是听相声。他似乎有永远讲不完的“段子”，“包袱”抖出来，回味无穷。最让他得意的是，北平和平解放，大军进城后，他在北京饭店出席过一次宴会，他在宴会上，跟林彪碰过杯。

刚烧木炭那会儿，我的情绪有点低沉。您想十六岁的孩子干这苦力，能没点“活思想”吗？他给我宽心丸吃：“爷们儿，此一时彼一时，我是‘四野’的，打天津时，差点没了命。现在怎么样？只剩下半个肺，活得不是挺滋润吗？”接着，他便讲起跟林彪碰杯的事。

当时，林彪还是林副主席，我们每天早晨上班前，背诵完“老三篇”，还要喊三遍祝他身体健康。您想，“二流”师傅是跟林彪碰过酒杯的，那是一般人吗？

我始终不明白，跟林彪碰过酒杯的他，怎么跑到这儿烧木炭来了？因为，那当儿，烧木炭这活儿多少带有点思想改造性质。

有位姓李的师傅（老北京，在天桥卖馄饨的）悄悄对我说：“甭听‘二流’神哨，他是‘四野’的没错儿，可你知道吗，进‘四野’之前，他是干吗的？‘国军’！他是国民党兵。他是让‘四野’给俘虏过来的。”

其实，我的这位“二流”师傅并没对我隐瞒这段历史，只是他谈论更多的是跟林彪碰过酒杯。那意思是，我跟林彪碰过酒杯，还在这儿烧木炭，你是一个右派的孩子，烧木炭还觉得抱屈吗？

我要说的“包袱”是在两年以后，“九一三事件”发生了，林彪一下儿成了历史罪人。

“二流”再不敢提他跟林彪在北京饭店碰酒杯那档子事

了。不过，这倒成了一个话把儿，人们没事儿的时候常拿他开心：“‘二流’，你不是跟林彪碰过杯吗？”

他笑着说：“是呀，我跟他碰过杯，可他当时是坐在主桌的位置上，我是次席，在一小旮旯，离他还有八丈远。他举杯向大伙祝酒的时候，我也举了杯，这不算碰了杯吗？”

敢情是这么一个碰杯。逗得大伙儿前仰后合。他接着又找补一句：“你们以为我真跟他面对面碰杯吗？真碰杯，我也混不到今儿个了。”您瞧，他把当初说的又找回来了。

当然，他究竟参加过那次宴会没有，谁也不会刨根问底，二郎神缝皮袄——神聊。听了，只图一乐儿。

烧炭的活儿忒苦，大伙儿找个话茬儿，逗逗乐子，自己给自己解心宽呗。

我干吗说起这一段的事来呢？因为从“二流”身上，细品的话，就能咂摸出京味儿来。这就是北京人。即便是在那种特殊的政治年代，一个烧炭的讲出的段子都能跟国家领导人沾边儿，天子脚下的臣民，什么都敢开牙。但他的话绝无恶意，只显露出几分机智与散漫。

豆汁棚

说老实话，现代文明已然把京味儿文化冲得越来越淡了。尽管好茶喝到什么时候都有味儿，但是，您的茶再好，人家不喜欢喝，您有脾气吗？现如今市场上各种各样的饮料多了，咖啡、可口可乐、杏仁露、柠檬茶，人家干吗非要认您的茶呢？

如今这晚儿的年轻人真正喜欢老北京文化的已经不多了。因为他们这茬人是生活在多种文化交融的信息时代。他们从小就会玩电脑，现在七八岁的孩子就在“网”上溜达的不少，网络使世界变成了一个地球村。上了“网”，什么事不知道呢？

我小的时候，哪儿见过电脑？当时，收音机还叫“话匣子”。宅门高点的家庭有台带摇把的留声机，能听听老唱片。

从留声机到录音机，再到VCD和电脑，从时间上来说，只有二十多年的变化，但却是两代人呀！您说，听留声机长大的，跟玩电脑、上因特网长大的孩子，在思想观念上能没差距吗？这是两种截然不同的文化背景呀。

京味儿是什么？有时候我脑子里也琢磨这事儿。离开了社会环境和大的文化背景，还有京味儿吗？

我认识一位地道的老北京陈先生，他们家在北京生活了八代。他爷爷的爷爷曾官居三品，戴过翎子。他们家在东城有所大宅子。到了他爷爷这辈也还挺显赫。据他说他们陈家跟徐世昌有亲戚关系。1948年他和他爸爸跑到了台湾，以后又在美国定居。

老爷子今年八十七岁了，身板还挺硬朗，找了个小媳妇，当然，说小，也五十多了。头年，老两口回北京探亲，我见到了他。

他说离开北京快五十年了，让他最为怀念的是京味儿。

他在美国生活了二十多年。各样的西餐大菜都吃过，但他怎么吃也吃不出当年在隆福寺庙会上喝豆汁吃焦圈的那种味儿来。

这种味儿萦绕在他心中多少年了。“挥之不去，真哪！一想起来，心里就像是有无数毛毛虫在爬。”老爷子感慨道。

说起来，让人不可理解。

这次他回到北京，我带着他去了几家小吃店，老爷子豆汁喝上了，焦圈儿也吃着了，但是他非常失望地对我说：“不是原来那味儿了。”我理解老爷子说的味儿是什么。并不是豆汁、焦圈儿做得不地道，而是吃这些东西的那种氛围。

老爷子对我回忆说：“当年，我在隆福寺庙会喝豆汁时，那是一个豆汁棚。一个摊位，两张木头八仙桌，几条板凳。喝豆汁讲究就咸菜丝儿，那是大腌萝卜切成的，跟头发丝那么细，撒上点辣椒面，淋上点香油，另个味儿。这种咸菜丝儿就摆在桌子上，随便吃。喝豆汁的人掏一个大子儿（当时的货币），来碗豆汁，要俩焦圈，一般不坐着，就那么站着喝，不拘礼仪，累了，一条腿就那么踩着板凳。庙会熙熙攘攘，暴土扬尘。喝着豆汁，看着风车、风铃、糖葫芦在眼面前转，听着悠扬的吆喝声，这才是京味儿。现如今，豆汁棚没了，庙会没了，大板凳和八仙桌也没了，虽说豆汁还是当年的豆汁，焦圈儿也跟当年的差不离，但是再也咂摸不到当年在庙会豆汁棚喝豆汁的那种味儿了。”

我想有陈老爷子这种感慨的北京人不会少。庙会的豆汁棚没了。豆汁，您喝着只能是豆汁了。至于说豆汁所体现的京味儿文化，您只能在回忆中细细咂摸了。

傻锛儿

我经常琢磨一个问题，京味儿作为一种文化，应该有根儿。换句话说，京味儿文化离不开产生它的社会和人文背景，花草树木离开阳光和土地，慢慢地就会枯死，您琢磨琢磨是不是这么回事？

京味儿文化有两个脉络。一脉是皇家文化，另一脉是胡同文化。皇家文化的衰亡，是有目共睹的。胡同文化的淡化，也是毫无疑问的。

老北京的胡同和街巷随着城市改造和居民住房的拆迁，逐渐在北京的地图上消失了。您是否意识到，当北京人依依惜别小胡同和大杂院，搬进郊外新开发的住宅小区时，实际上，告别的不仅仅是灰砖灰瓦的老房旧屋，而是在默默地告别一种文化。我常常想这样一个问题：胡同文化，离开了胡同，还存在吗？虽说，胡同文化已潜移默化到人们的生活习惯，人情礼俗，甚至日常口语当中，但这种文化还能再往下延伸吗？

北京城作为现代化的城市和首都，它的发展方向是建成国际化的大都市。“国际化”，自然离不开世界各国的文化。

当年轻一茬儿的北京人热衷于摇滚、霹雳、交响乐、NBA、酒吧、汉堡、麦当劳、可口可乐、上网的时候，人们应该想到，老北京的玩意儿，单弦、京韵大鼓、双簧、数来宝、天桥的杂耍、京剧、评剧等，正在走向衰落。

五十年前，北京人见了面要相互作揖请安，道声张爷李爷。二十年前，北京人见了面，常说的是：“吃了吗您哪？”现在的北京人见了面还说这些吗？十来岁的北京小孩挂在嘴边上的是“帅呆了”“好酷呀”。一些小女孩的感叹语是“哇！”他们压根儿不懂得“劳驾”“您哪”“张爷”“李爷”是什么意思。

这实际上就是各种文化的交流和冲撞。

在这种交流和冲撞之中，京味儿文化逐渐地被淡化被消融了。

京味儿，老北京人只能在回忆中咂摸它的余韵了。

陈伟明是我的朋友。他比我多吃几年咸盐，是东华门一带长大的北京人。他们家在京城已经几辈了。再早，王府井大街有个宏声乐器行，算是京城乐器行的老字号，这个买卖最初是他们家的。伟明很能干，几年前做通信生意，如今他开的威明通讯公司已然在京城通信业有一号了。

伟明非常留恋京味儿，两年前的冬天，他把我请到他的府上，亲手做了几道北京小吃让我品尝。

想不到他有这一手。他做的爆肚是那么地道。毛肚出锅的火候极佳，小料也做得口儿正。窗外飘着雪花，室内却透着温馨，我们俩一边吃着爆肚儿，一边喝着“二锅头”，谈论起老北京，聊起了京味儿。

他陷入了回忆之中，讲起小时候，东华门一带，有个外号叫“傻锛儿”的老头儿。每天晚上推着小车出来卖盆糕。“傻锛儿”的背微驼，穿着蓝布大褂，一走三晃。

他做的盆儿糕好吃，也漂亮，上面挂着青红丝，孩子们很爱吃。所以，他的小车推过来，孩子们便央告大人出去买一块两块的。“傻锛儿”是有文化的人，为什么穷途潦倒，干起这营生？没人知道。他人缘极好，人也厚道，赶上谁家大人不在，或者手里没零钱，他便让孩子白吃。

伟明说，让我难忘的是，寒冷的冬天夜里，街面上没有行人，路灯昏暗。“傻锛儿”推着小车走过来，用沙哑的嗓子吆喝着：“哟，盆糕喽哎！”低沉绵长又带有几分凄婉的吆喝声在寂静的夜空里回荡着。我推开街门，门纽“嘎吱”发出一声沉闷的响声，隔着门缝儿，看到“傻锛儿”的身影，内心感到一种难以形容的暖意。这就是京味儿呀！伟明叹道：如今“傻锛儿”早就没了，但是在那种特定环境里，在他身上体现的那种味儿也没了。我现在闭上眼睛，还能回想起他的面容，耳边仿佛还能听到他那低沉迟缓绵长的吆喝。

您瞧，伟明兄对儿时记忆是多么怀恋。尽管这种记忆中的情景和韵味，越来越遥远了。

“傻老爷儿们”

大凡在胡同里长大的人，多多少少都留下了京味儿文化的印记。胡同文化是一瓶味道醇厚的酒，越品越有味儿。

我小的时候，也挺淘气的。放了学，便不着家，跟一些“发小”们在胡同里撒欢。

那时候，我们这些胡同里长大的小孩，没有贵贱高低之分，甭管父母是干什么的，凑到一起，便成了小兄弟。那当儿，胡同里的住家，门户并不很严，虽说到不了夜不闭户的程度吧，但是大杂院的住户，出门很少锁门。

住一个院，街坊四邻亲如一家。远亲不如近邻嘛。甭管是上班还是上街，跟同院的邻居言语一声，便可以放心大胆地去忙自己的事儿。

胡同里有个蹬平板车的老头，当时五十岁左右，姓什么叫什么我始终不知道。见了面，他总要摸摸我的脑袋，说一声：“哦，这傻老爷们儿！”我也反过来喊他一句：“嗯，这傻老爷们儿！”

我那当儿才十岁左右，正上小学。按北京人的规矩，隔辈人要称爷们儿，同辈人才称哥们儿。当然，爷们儿的另一个含义是男人，如同“汉子”这个词儿。一来二去，“傻老爷们儿”竟然成了这位“板爷”的绰号。

“傻老爷们儿”住着一间小南房，间堂很小，只能摆下一张木板床和一张八仙桌，两把椅子，这几乎是他的全部家当。他没儿子，只有一个女儿，据说还是养女。养女不跟他过。平时，“傻老爷们儿”耍单儿，一个人吃饱了，全家不饿。他当时已入了三轮车社，这是解放后，北京城蹬货运三轮人成立的集体组织。三轮车社每天给蹬三轮的派活儿，拉水果或其他货物。

“傻老爷们儿”闲不住，每天蹬着三轮车可四九城地送货。夏天的晚上，他在胡同的老槐树下，摆上一个小凳子，泡壶酽茶，一边抽着旱烟，一边喝着茶，养神。他像许多要样儿的老北京一样，天再热，也绝不光着膀子见人，身上总穿着一件黑布汗褟儿，不系扣子，露着光滑肚皮。

这时候，孩子们便凑到他身边，听他讲老北京的掌故。我肚子里的一些关于老北京人的故事，就是从他那儿听来的。

有时，他让我去他们家，帮他拆床板、晒臭虫。那当儿，许多北京平民家里的床板都是活的，也就是用几块木板拼的，有的放两把木板凳当床腿，穷的人家就用砖当床腿，当时，一般北京的平民家里都有两样小活物：虱子和臭虫。所以每到春秋季节，北京人要拆了床板，拿到院里晾晒，据说这两种小活物怕见阳光，一晒就死。

“傻老爷们儿”让我帮他晾床板只是个幌子，他是喜欢我到他的那小屋坐一坐。逢到这时，他便喜笑颜开地从身上或是窗台上的小罐里摸出几个鲜果。有时是枣，有时是杏，有时是干果，塞到我的手上，让我吃。

他喜欢看我吃东西的狼虎样儿。自然，这老头儿非常喜欢我。有几次，他甚至在拉活儿时，带上我和另外一个伙伴坐着他的车去城外兜风。

我小的时候，北京城并不大，交通也很不发达。我家住在西单附近，去趟西直门或朝阳门，就算是很远的地方了。我记得第一次到这两个地方，都是坐着“傻老爷们儿”的三轮车去的。

“傻老爷们儿”常挂在嘴边的一句顺口溜是：“禁拉又禁拽，禁踢又禁踹，多快的剪子也铰不动它。”我小时候不知这句话是什么意思。长大以后才晓得，这是传统相声《卖布头》里的一句台词。“傻老爷们儿”为什么常说这句话呢？后来，我才找到答案。

“文革”开始不久，“傻老爷们儿”自杀了。他死得很平静。头天晚上，我见到他，他还摸着我的头说：“哦，傻老爷们儿，多快的剪子也铰不动它！”

他凝神端详着我，说完那句“多快的剪子也铰不动它”

以后，他半天没说话。我觉得他眼神不对，好像汪着浊泪。他就这么默默地“走”了。跟他住一个院的邻居说，他喝了半瓶“敌敌畏”。

他为什么要走这一步？对我来说，到现在也是个谜。

后来，他的闺女搬到他那间小南屋住了。我去过一次，看到小屋多了几样家具。他的闺女是副食店的售货员，胖胖的，个儿不高，长得一点不像“傻老爷们儿”，她冷漠地看着我，没说话，自然，我们也无话可说。

“傻老爷们儿”死的时候，我才十二岁，不知怎么搞的，我当时心里难过了好一阵子。奇怪的是我没有死亡的恐惧感，有的只是心头的一抹悲哀，也许是再难从“傻老爷们儿”身上细品京味儿的缘故吧。

牙没了

真正的京味儿，是从那些平凡的老北京人身上散发出来的，这些老北京逐渐地离开人世以后，他们身上京味儿的余韵还在我们这一茬儿北京人心里咂摸着，那么，我们这茬儿人以后呢？

胡同没了，大杂院没了，赖之以存的味儿还能延续多久呢？

我特喜欢老舍先生编剧，“人艺”的那拨老演员演的话剧

《茶馆》。这部话剧真是让人百看不厌。《茶馆》的结尾，风烛残年的王利发王掌柜与同样老态龙钟的常四爷和秦二爷一起就花生米喝酒时有句台词："你说逗吧？花生豆有了，牙没了。"

这句台词真是精彩。让人什么时候咂摸，都会觉得有味儿。它道出了一个千古不变的真理。世界上的许多事不就是如此吗？牙好的时候，吃不着花生豆。"花生豆有了，牙没了。"

套用这句台词，北京人住在小胡同大杂院低矮破旧的平房里，躺在木板拼的"床"上时，是多么渴望有一天能住上宽房大屋呀！如今，大高楼住上了，"席梦思"软床有了，可是当年小胡同的那种醇厚质朴的京味儿却"没了"。

老舍先生的夫人胡絜青，80年代在报上发表过一篇文章，题目叫《赶不上趟儿》。大意是说国家改革开放以后，人们的思想观念变化太快了，以至于使许多上了岁数的北京人，有一种跟不上趟儿的感觉。老人家的这种慨叹是发自内心的。

后来，我到灯市口的富强胡同拜访胡絜青老人，提到了这篇文章。

她笑着对我说："以前，我们北京人生活在皇都的小胡同里，优哉游哉的，感觉不到世界发生了多大的变化。现在改革开放，城门打开了，国门打开了，我们才恍若隔世知道世界已发展成什么样了。我们确实感到有些跟不上趟儿了。"

能意识到自己跟不上趟儿，这说明胡老的思想还是能跟上趟儿的。

现在胡絜青老人已九十多岁了，她的身子骨还算硬朗。不过，她也搬到楼房住了。富强胡同的“丹柿小院”已成为老舍故居。

老人住楼以后，我拜访过她一次。言谈话语当中，她流露出对四合院的眷恋。她喜欢听我讲街面上的事。我告诉她一些有名的胡同在老城的改造中被拆掉了，人们只能从记忆中去寻找了。她默默地望着窗外，半天没说话。沉了半晌，她怅然地用低缓的语调说：“历史总是往前走的，这么多年，北京城的老百姓住在那些拥挤不堪的大杂院里，也怪难的。人们都渴望过上现代化的生活，北京城也得往前发展呀！”

胡絜青老人用平和的目光看着我。我发觉她慈祥的脸上露出几分欣慰的神色。仿佛暮色苍茫中的那缕霞光。她是地道的老北京，在她走过的近一个世纪的人生旅途中，曾目睹了北京这座六朝古都的历史变迁，沧海桑田，“四牌楼”和“单牌楼”已成过眼云烟，连昔日的乱坟岗子现今也已成高楼林立的住宅小区。

看得出来，老人是在惋惜昔日京味儿文化的衰落，也在感慨新世纪之风的来临。花生豆有了，牙没了。为了能嚼得动花生豆，可以换一口假牙嘛。有花生豆可嚼，总比想着花生豆的香味儿却看不见强呀。更何况还有比花生豆更香的下酒菜。

搬　家

我在《北京晚报》发表过一篇忆旧的文章，其中谈到了北京人搬家的事。从1978年改革开放以来，80%的北京人搬过家。搬家，反映了京城所发生的巨变。

过去，北京人搬家是在地面上“挪窝”，现在则是奔天上“移位”。越住越高了。十年前，住十层的楼房，有人还觉得眼晕。现在住三十层的楼房也适应了。

胡同是越拆越少，楼房是越盖越高。二十几年的光景，京城的四围已然高楼大厦林立，新建的住宅小区已达一百六十多个。楼房的样式大同小异，头几年，还兴建大屋顶，与古都的建筑相衬托，现在干脆把这个“大帽檐”也摘了。这些建筑与国外的城市风格没有多少区别，难怪一些老华侨，阔别北京多年，回来不认识了呢！他们讲话，住在北京跟住在新加坡、东京、纽约，感觉差不多。言外之意，京味儿越来越咂摸不到了。

是呀，离开了小胡同，没了大杂院，上哪儿去咂摸胡同文化呢？

梁思成先生曾说：“建筑是一本石头和木头的史书，它忠实地反映着一定社会的政治、经济、思想、文化。”他是建筑学家，也是一个学者，对京城的古老建筑有着很深的情感，当然他也喜欢京味儿。我看过他和林徽因合著的《平郊建筑杂录》，其中有一段话，让我记忆犹新：“无论哪一个巍峨的古城楼，或一角倾颓的殿基的灵魂里，无形中都在诉说乃至歌唱时间上漫不可信的变迁。”这话一点不假，老北京城的一块砖头、一棵老树都有一段故事。老北京城本身就是一座巨大的博物馆。据说拆北京明代城墙时，梁先生哭了，哭了两天两夜，只有对北京的古建筑、对北京文化有着深厚感情的人才会为老城墙拆了而掉泪。因为他懂得北京的城墙、殿宇、胡同、寺庙，是中华民族古老文化的精华。拆了，再建可就难了。尤其是北京的城墙，再建是根本不可能的事。

我是西城的“根儿”，从小在辟才胡同长大的，后来搬到了建国门外，住上了楼房，说心里话，我一直挺怀念儿时生活过的小胡同和大杂院。前年，辟才胡同要拆迁时，我的几个“发小儿”给我打电话，让我回去看看。他们知道我一直在研究北京的民俗文化，对老胡同有感情。我心想，这些年北京拆了多少胡同呀，我回去看看的意义，无非是跟这条胡同告别，像是给一位年迈的老人送终。

我回到辟才胡同时，这条胡同已然拦腰截成两半。只见胡同北边的头条到小六条，以及南半壁、南太常、南千章、南箧子、榆钱等十几条胡同已夷为平地，跨车胡同因为有齐白石故居暂时保留下来。半年以后，我再回到辟才胡同时，看到路北的一幢幢小楼正在施工。听老街坊说，路南也快拆迁了，将来辟才胡同是一条宽阔的干道，西通复兴门的金融街，东边到西单北大街。

我的“发小儿”问我：“看到拆了这么多胡同，你不觉得可惜吗？”我平静地说：“可惜归可惜，城市总得向前发展呀，城墙都拆了，这些老胡同还保得住吗？难道你想在这大杂院里住一辈子吗？”

他笑着说：“我头十年就盼着搬迁了。”

是呀，这些年随着老城区的改造，许多小胡同从北京的地图上消失了。城市要发展，总得要拆掉老房子建新楼。这是无可奈何的事。

北京市前年制定了《首都城市发展规划》，在老城区内划出二十五片文化保护区。这些保护区是不能随意拆迁的，其他的地区可就难说了。

细想，这二十五片文化保护区，实际上已属历史文物，将来会成为带有博物馆性质的旅游景点。也许正因为老胡同拆得都快成文物了，所以近两年，来北京观光的外地人和外国人反倒对胡同另眼相看了，许多老外都觉得逛胡同比逛高楼林立的大街面更有味儿。“胡同游”居然也成了一个文化旅游项目。我琢磨着，再过十年二十年，能保留下来的胡同身价会不亚于故宫和天坛。怎么呢？物以稀为贵嘛。胡同也是文物呀！不信，我把这话搁在这儿，二十年以后，您再品我这句话。

写于1999年8月建国门

《咂摸京味儿》写于1999年8月，发表在《北京文学》2000年第2期，后成为《城根众生》和《皇都市井》两书的序言。在刘一达看来，真正的京味儿，不是简简单单添加几句京味土话就能拥有的，而是经过多年的北京文化浸染后，在与许多老北京人生活交流后，才能自然而然生长于文字之间。在《咂摸京味儿》中，刘一达将更多的笔触落在了普通人身上，京味儿在这些人的成长、离乡、归乡的人生路上不断弥散。这是语言的味道，是食物的味道，更是北京人生活的味道。

——吴旦

我与北京

宁　肯

城市意味着记忆、成长、开始、结束，或重新开始，总之城市是时间的容器（乡村就不是，乡村是时间本身）。1957年一艘小火轮穿过白洋淀，经天津把我们一家从乡下带到北京。小火轮上坐着我城里人的父亲，乡下的母亲，大哥，二哥，姐姐。哥姐分别是十二岁，十岁，六岁。我没在那条船上，我还没出生。两年后，1959年，我出生了，带着出生前的记忆与北京开始了某种关系。一个人和一个城市很难说有一种确定的关系，唯有局部或者碎片或者某一个视角能相对地确定一下我们自己。

北京，那时从空中看就是一大片四合院，一望无际的灰色屋顶。屋顶空旷如波浪，上面通常是猫、鸽子的世界。通常猫看着鸽子飞，在角落或枯草中，一动不动。一般没什么办法，或者永远也没办法。但是看，永远看。偶尔，会有个小孩爬上屋顶，探头探脑，与猫、鸽子构成另一种空间关系。这更为罕见，你就是坐多少次飞机也未必能看见一次。那时飞机也少，看见的情况就更少。当然，现在飞机多了，但也基本上看不见北京了。

现在，无论何时一想起自己小时一个人独自坐在房顶上，对猫和鸽子视而不见，就觉得有一个梦始终没做完，就总想回到屋顶看看那一片遥远的北京。现在，我已经比北京老，我充满回忆。以前，我很少意识到自己是北京人。我还记得第一次意识到自己是北京人是在中学历史课上，历史老师有一次讲“北京人”，我惊讶自己的老家竟然在周口店，稍后才知道此“北京人”非彼“北京人”，或者说简直毫无关系。尽管如此，两者的重合还是烙印在心里。我甚至觉得失踪的“北京人”头盖骨故事对我也有种莫名的影响。我不想夸大这种影响，但所有特殊事物都有投射功能，有时仅仅一个词都会对一个人产生影响。另外，在北京这样的地方，经历的东西太多了，历史常常就在身边非常具体地展开，某种镜像、心理叠加对人的影响化为无形。夸大这种影响是形而上学，但完全无视也不符合实际。2010年我的西藏题材长篇小说《天·藏》问世，责任编辑王德领先生有一天对我说他在《天·藏》里读出了北京。我非常意外，两者毫无关系。我曾在西藏生活过几年，那是很年轻的二十啷当岁的时候，我记得我离开北京的时候是想竭力忘掉北京的。但真的忘掉了吗？我没问王德领从《天·藏》里读出了什么，不必问，一问就形而上学了。换句话说，有些东西是不能简单说出的，我与北京，或者北京与我，能简单说出吗？

我喜欢神秘、巨大而又敞开的事物，喜欢这类事物带给我的一种无法言说的感觉。去西藏之前我二十四岁，那是我青春年华中最迷惘的一段时光，记得我曾一个人去故宫，在红墙下散步，在斑驳的地上徘徊，在荒草中停留。我并不喜欢故宫，但喜欢故宫构成的纯粹的空间。一切都和历史无关，我不走进故宫的任何大殿，不想知道任何历史掌故包括传说，我就是喜欢一个人和一种巨大的空间，和荒草、颓砖、天空……在台阶上，在门下，在黄昏的阴影中凝视远方。我蔑视历史，从不感觉在历史面前自己渺小，仅就抽象的空间而言，故宫这样的地方抽象未知的东西太多了，一如我那时青春的迷惘与神秘。后来，我的另一部书《沉默之门》中写到了故宫的外景与周边，写到那一年筒子河边的雪地上一个疯掉的诗人。这个诗人与一个有“九命而不死”的老人散步，两人相互搀扶，踱步。冬日的阳光在那年非常清冽、干净，好像是对血的一种自净行为。河岸空无一人，只有我的主人公挽着有“九命而不死”的老人走在风或雪后的阳光中。老馆长腰弯得厉害，但在深度的弯曲中却昂着头，目光直视，像一尊铜像。故宫筒子河畔始终没放置一些铜像，始终少了一些真正人文的东西。石狮子、铜狮子，固然是艺术，甚至也算人文，但究竟还是近似图腾，不如人。

我曾在南长街34号居住，这条街过了西华门是北长街，南北长街分布着中南海、故宫、中山公园、福佑寺，直至北海，街边有不少深灰色的深宅大院，一般只能看见里面的树和方形烟囱，却很少见到冒烟，好像空宅。同样也有不少普通居民小院，或三五户或七八户，街边有菜店、副食店、粮店、垃圾桶，包括修车铺。两所中学，北京六中、北京一六一中，如果算上长安街上的二十八中就是三所中学，它与北京六中事实上不过一墙之隔。另有南长街小学与北长街小学。这样密集的几所学校，一到下学，人流如潮，追跑打闹，大呼小叫，堪比赛事散场。不过尽管这么多人流，不一会儿这条街仍是北京最安静的街。夜晚，绿树红墙，华灯映照，仿佛久远的古代时光。我住的34号与中山公园仅一墙之隔，从后窗能看见筒子河、城墙、角楼。只是时光荏苒，这些年南长街面貌大变，街上的菜店、副食店、粮店、照相馆、修车铺，都失去踪影了。没有垃圾桶，空空荡荡，干干净净。没有下学的人流，学校都迁走了取消了，民间的院子所剩无几，大多都经过了深度改造，变成很新的灰色深宅，烟囱还是见方的，墙体簇新，完全没了时间含量。除了新就是新，新得不可思议，甚至恐怖。都拆了，换了新的，却几乎无人。

　　一切我都接受。经历得太多了。在北京还有什么没经历过的？因此一切也都没什么了不起的。有人不喜欢北京的新潮建筑“鸟巢”“巨蛋”“大裤衩”，也没什么了不起的，我甚至莫如说喜欢。我说过我喜欢巨大的事物，喜欢超现实的东西，故宫在“巨大”这一点上在全世界也是超一流的、超想象的。而北京的新潮建筑至少在“超想象”上继承了北京古老的传统，如果说以前的“巨大”有着严整性、确定性，如故宫、历史博物馆、人民大会堂，那么以“鸟巢”“巨蛋”为代表的新兴建筑又增加了北京的不确定性、不可把握性，它们昭示了北京不仅是中国的，也是世界的，甚至是世界之外的。对，世界之外。我不知这些新的不确定性的巨大建筑再加上古老的确定性的建筑，对后世北京人有何种影响，反正北京越来越复杂，越来越不可把握，越来越怪诞、立体却不透明。如果把北京比作一面历史与现代甚至后现代的镜子，那么在这面镜子中，我越来越看不清自己。

我无法说喜欢还是不喜欢这种看不清，这不是我能选择的，但是有一点我知道：比起那些一眼能看清自己的地方，比如风景地的海边、山中、河畔，我还是接受这个看不清自己的北京。

北京给予了我太多无形的东西，如果这不是一种天赐，也是一种宿命。无论什么，作为一个写作者，我都照单全收，一切都在我的写作范围之内。我不仅仅是一个个人，我比北京老，我为写作而来。当然，我早晚会住到海边的：一个人和大海，和一面澄澈的镜子。那时在镜子里再看一个更加超现实的北京，而这个北京已经与我无关。

《我与北京》节选自宁肯发表于《大家》2016年第3期的散文《城与年(一)》，后来成为《北京：城与年》一书的序言。

北京早已在潜移默化中影响了宁肯的生活与创作。他会在不经意间回忆起童年在房顶上俯瞰北京城的场景，也会在书写其他城市时隐隐掺入北京的影子。当然，在《我与北京》中，宁肯敏锐地意识到，作为世界性现代化都市的北京正在不可逆转地发生着某些变化。北京随处可见的改造，“昭示了北京不仅是中国的，也是世界的，甚至是世界之外的”。

——吴旦

家住百万庄

彭　程

一

第一次走进这里时，我并没有想到它会有什么不同之处。

那是三十多年前，1987年的春末夏初时节。我在北京已经生活了将近七年，大学四年，然后是工作三年。那时候城区还没有像后来那样膨胀，住集体宿舍的我，周末经常骑着一辆自行车，在京城的大街小巷里闲逛，自认为对很多地方都很熟悉了。

这一带就更是如此。读大学那几年，多次从海淀乘坐332路公交车到动物园总站，再换乘102路，经过二里沟、百万庄、甘家口商场、甘家口，在阜外西口站下车，再步行到解放军报社西边的一条胡同里，表姑家住在那里。因为经过的次数多了，虽然从来没有下过车，我对途中百万庄站马路东侧那一片叫作百万庄的地方，却无端地觉得并不陌生。

但真正走进这里，这是第一次。我是从南城虎坊桥的工作单位附近，乘坐102路来的，走的是和以往相反的方向。车降低速度驶入百万庄站，我看见她站在站台上公交车标牌前面的位置，身着白色运动衫和深蓝色灯芯绒裤子，望着前门，表情中有几分羞涩、紧张，但又努力装得平静。不知为什么，我原本忐忑不安的心情一下子变得轻松了。我故意移到后门下车，从站台后面的自行车道上走到她的身后，本来想拍拍她的肩膀，抬起手又放下了，只是叫出她的名字。

她惊讶地转头，有一点意外，但瞬间笑容浮现。

我跟着她，反身向后走不多远，就是十字街口，然后向东沿着百万庄大街，去百万庄午区她的家里。那时街口东北处是一个公共澡堂。从门前经过时，恰好几个女孩子推开门走出来，脸庞鲜艳红润，头发湿漉漉的，一股雪花膏的浓郁气味扑面而来。

二

走进这一片区域之初，就有一种异样的感觉。这有些出乎意料。

前行不久，喧嚣的车水马龙声便隐去了，眼前是一排排的红色小楼。那时，城区内的建筑主要是20世纪70年代以前的楼房和大量的平房，高低错杂。但这一带的楼房样式，和别处居民区那种千篇一律、单调呆板的模样很不一样，都是三层高的楼房，一律红砖墙、坡屋顶，显得沉稳雍容，有一种特别的个性和美感，就像从人群中看到一位气度不凡的人物。

第一次的印象总是特别深刻。

初夏的阳光明亮灿烂，轻风摇动树冠，在地面上洒下跳荡的光影。楼房不是在别处看到的那样横平竖直地排列着，而是纵横围合，错落有致，掩映在绿树丛荫中。每个楼门都是木质门窗，阳光照射在红色的油漆上，格外鲜艳。有的楼门上方的屋檐上长了杂草，随风摇曳。楼门两旁，往往用木棍或者栅栏围起来一个长方形的小园子，里面栽种着花草菜蔬。在楼群中穿行，仿佛处处相似，但又处处不同。记不得转过几个弯，好几次由西向东又由南向北，走到一个楼门口，她停下脚步说，到了。楼门左右有几棵槐树，正值花期，一簇簇洁白的花瓣累累垂垂，挂满了树冠。一阵微风拂过，一股带着甜丝丝味道的浓烈香气扑面而来，让我不禁有片刻的恍惚。

如同它独特的外貌，这一片被命名为百万庄住宅区的小区，的确身世不凡。它于20世纪50年代中期建成，是当时的一机部、二机部、三机部的宿舍，可以说是第一批国家公务员宿舍。这些用数字命名的机构，也就是后来的机械部、电子部（如今的信息产业部）、航天部等部委的前身。这个苏式风格的建筑群，在当时堪称京城最高档住宅区，让无数人羡慕。

当然，这些是我后来才了解的。我还知道，这个小区的设计者是著名建筑设计大师张开济，天安门观礼台、国家历史博物馆、钓鱼台国宾馆、北京天文馆等知名建筑，都出自他之手。作为新中国最早自主设计的居住小区，百万庄住宅区是上了教科书的样板小区，曾对全国的居住区规划产生过深远的影响。

因此，当几年后已经在这里安家时，在一次媒体同行的聚会上，一位北京出生长大的女记者得知我住在百万庄时，表情夸张地表示羡慕，说那里可不得了，那是“北京的曼哈顿”。当时，一本名叫《曼哈顿的中国女人》的书正在畅销。

三

第一次后，便是许多次，多到记不清次数。有时是乘坐公交，102路，或者是从小区东边展览路下车的15路，有时则是骑车。小区里的宽街窄道、房前屋后，两个人走过的脚步，总该以十万为基本计数单位吧？终于在两年后，我搬进了这里，从此生命纳入一条新的轨道。

我比大多数同龄人幸运。成家后，即住到了岳父母家提供的一居室单元楼房里，而报社同事那时正在为争取到一间集体宿舍做婚房而煞费苦心。妻子当时大学毕业留校任教，百万庄离位于中关村的大学校园不远，上班方便，岳父母也舍不得女儿搬到外面住，便将他们老两口住的这间房子腾出来给我们，自己搬回去和妻子的姥姥一同住，就是我第一次上门时的那个小两居，此前妻子一直住在那里。这个住处离那边不到一百米远，在午区的东边，是20世纪80年代中期建造的那种个性模糊的房子。出了朝北的楼门，隔着一道围墙，就是部里的幼儿园。下一步的事情都不用操心了。

我感恩于这一份命运的眷顾。

20世纪90年代的情形，如今回想起来，就像隔着一层毛玻璃，影影绰绰，又仿佛写意画的境界，细节不甚分明。有两年左右，日子单纯轻松，周末两人一同骑着自行车，去附近的玉渊潭或紫竹院公园游玩，去红塔礼堂看一场新电影，去中国美术馆参观画展。生活和心境，都更像是此前状态的延伸。

然后记忆变得丰富鲜明起来，转折点便是女儿的诞生。一连串的画面烙印在脑海里。得知消息后，母亲第二天就从河北老家乘车来京，从永定门长途汽车站下车，再换乘102路到这里。进门时，她拎着一个很重的帆布包，气喘吁吁。包里装着她自己制作的一个门帘，是将旧挂历纸按照尺寸裁剪开，卷成一个个中间粗两头细的纸卷，用胶水粘牢，再用结实的丝线穿起来，当时正流行。门帘很重，我提起来都费劲，何况她还带着别的东西。在开头的两三个月里，女儿放在姥姥家，因为早产，让她自然熟睡是一件困难的事情，常常要一边抱着她来回走动，一边哼着歌谣，才能催眠。看着她睡熟了，才敢小心翼翼地放到床上，但常常刚放下就又惊醒，哭闹起来。那段时间，西昌卫星发射中心有一颗商业卫星未能发射成功，电视直播了现场画面，我们就把这种情况戏称为“发射失败”。

那时，妻子姐姐的男孩也才几岁，每次来时，都像看玩具一样地盯着婴儿看，做鬼脸和怪动作。家里电话一响，他总是抢着去接，奶声奶气地问：“您找谁?”有几次我给家里打电话是他接的，告诉他“找你毛毛姨”，他还不会人称转换，“找你毛毛姨啊，您等着啊!”几年前他也已为人父，对待宝贝女儿的耐心和细致，比当年的我可要强上多少倍。

还有姨姥姥，妻子的姨妈。那时她已经退休，数年中多次从新疆来京，因为儿子从北京一所大学毕业后留京工作。每次来都会住上一段时间，陪伴九十多岁的老妈妈，也帮着照料女儿。当年因为家境贫寒，她出生不久就被送给别人抚养，那家人待她很好，几个哥哥像对待亲妹妹一样呵护她。她20世纪50年代中学毕业后，响应支边号召从湖南老家去了新疆，后来丈夫也是湖南人。家里有一张褪色的照片，年轻的她健康秀丽，笑容欢快，穿着洗得发白的列宁装，一条粗壮的大辫子搭在肩膀上。

几年过去，女儿上了家门口的幼儿园。每天早上我们送进去，下午岳父岳母接回自己家，我们下班回来后再过去接，通常都是吃过晚饭才回自己家。岳母做得一手好菜，人又热心，老家湖南江西一带不断有拐弯抹角的亲戚来，带着腊肉和腊鱼，以及有一股烟熏火燎味道的茶叶。

这样一些事件和场景，构成了我对那段时间的个人记忆：电视剧《渴望》热播，人们见面都会谈论它；街上到处跑着黄色的“面的”，十块钱起价；好像每个人都有BP机，蛐蛐般的叫声此起彼伏，公用电话前经常排队；装一部电话机要五千元，为了能尽早安装，托关系给电话局打招呼，还请上门的工人吃了顿饭；大街小巷里都有货摊，南边的百万庄大街上，农贸市场占去了半条街；很少下饭馆，都是在家里招待亲戚朋友，炒一大桌菜；农产品十分便宜，蔬菜水果一买一大堆。

四

我还记得一些邻居。

这里是国务院八个部委的宿舍，因此居民主体是机关干部和知识分子，老一辈的人说的是各地的口音。对门的郝伯伯、刘阿姨，都是一口浓重的山西话。外孙女跟着老两口住，一个胖乎乎的小丫头，喜欢坐在门槛上吃冰棍。女婿公派到英国读博士后，女儿跟过去陪读，后来开了一家中国餐馆。

外孙女小学毕业后去了父母身边，前些年听说已经从剑桥大学毕业了。楼下对门那家，女主人江苏人，是旁边幼儿园的老师，独生女毕业于北京外国语学院，模样有几分像当时走红的歌星程琳，后来全家移民去了澳大利亚。隔着马路，对面就是巳区了，正对着的单元里，有一家的老奶奶和姥姥年岁仿佛，妻子姐妹几个都称她柳婆婆，前些年手脚还利落的时候，时常过来，纳着鞋底，用家乡话和姥姥唠家常。

还有一些记忆是属于在这里长大的妻子的，是她的童年印象。她家住的楼房在东边的单元，门口是朝东开的。当年机械部的一位局长，把一儿一女托给一位保姆照看，就住在这个单元里，夫妻两人经常走路过来看望。两个孩子当时也都是妻子的小伙伴，一同玩过家家游戏。几十年后，这位局长当了大领导。

这栋楼的北面，面对幼儿园，是一栋东西朝向的筒子楼。著名女作家张洁曾住在这栋楼里，带着母亲和女儿。两栋楼之间的空地上，几棵大树下面，是孩子们的乐园。那时没有电视，作业负担不重，孩子们玩疯了不肯回家，家长也很少管，但张洁的母亲到时候就会来催：“书包，该回家了！”书包是张洁女儿的乳名。小伙伴们都知道，书包回家后姥姥就会教她读书。书包后来去了美国，嫁给了美国人，生了一对儿女。而张洁也在多年前移居美国，住在纽约曼哈顿中央公园旁的一处公寓里，我的一位年轻同事几年前去看望过她。

听他说，张洁女儿住在新泽西，每周都去看望母亲。如今已经年逾八旬的张洁，是否会经常回忆起她曾经住了多年的这个地方？我还曾经到更南边的辰区，向《林海雪原》的作者曲波约稿，老人站在楼门口等我，黄昏时分的光线照在一个被多种疾病折磨得衰弱疲惫的老人身上，看不到当年小说中英姿勃发的少剑波的影子。

人生何处不相逢。妻子工作的单位数年前与中央芭蕾舞团有过合作，觉得对方的联系人似曾相识，聊天时得知，原来她小时候就住在子区，读的也是展览路第一小学，是学校宣传队的，四年级考进了“中芭”，曾经跳过《红色娘子军》中的吴清华。我带孩子在楼前的空场上玩耍，看到一个带着女儿的年轻妈妈，感觉有几分面熟，几天后聊天时得知她在某部委的法律部门工作，再一打听，果然是同一所大学法律系的校友，正是当年经常在男生宿舍楼门口走过的那个人，那个年龄段里我没有理由地留意过的众多异性中的一位。

照看女儿的小保姆小傅，一个质朴善良的农家女孩。十七八岁，个子矮矮的，四川巫山人，初中毕业就出来打工了。她照料孩子十分上心，小小年级就显露出了强烈的母性。有一次她从外面回来，气呼呼的，原来是别人家的小阿姨说女儿长得黑。每周她休息一天，回来时常常抱怨我们给孩子喂饭次数不够，或者脸没有洗干净。女儿生日那天，她跑出去用自己的钱买了生日蛋糕。女儿上了幼儿园，她去了别的人家。几年后，一次去紫竹院公园秋游，又看到了她，在给一对年轻夫妇带孩子，自己也要当母亲了，挺着个大肚子。她嫁给一个在北京建筑队上的四川老乡。她已经不像几年前那样活泼欢快了，眉眼间有一种淡淡的忧虑。

这一片住宅区中，还有一种生活，却更多是让人们想象猜测的，虽然近在咫尺。

五

真正弄清楚整个住宅区的分布情况，以及相互之间的关系，还是在住了几年后。

那时，百万庄中里一带的平房区拆除，在原址上盖楼，我们便把原来的房子调换了一下，从午区东边向西移动了七八百米，搬进了中里新建的房子。楼下自行车棚的东边，一墙之隔，就是展览路第一小学，妻子小时候的学校。又过了两年，女儿也进了这所小学，从楼门走到学校大门只需要五分钟。从房间北面的窗口探出头去，能够望见孩子们列队做早操，校服鲜艳，节奏齐整，口号响亮。

中里是整个百万庄住宅区的中心。

20世纪50年代，一切都向苏联老大哥看齐，包括建筑。张开济在设计这片住宅时，也参考了当时苏联建筑学界流行的被称为“扩大街坊”的思路。实际上，同一时期，由社会学家克莱伦斯·佩里提出的“邻里单位”规划理念也正在盛行，即在不被汽车干道穿越的街区单元之内，通过合适的步行距离，组织起人们日常生活的各种需求，既安全又方便。这两种理论其实是异曲同工，都追求更加完整地满足家庭生活的基本需要，重新找回随着城市增大、交通快速化而消失的亲近感和归属感。这些，在百万庄住宅区的设计中得到了充分的体现。

整个住宅区按照传统文化中的天干地支纪年历法，用十二地支的前九支命名，被划分为“子、丑、寅、卯、辰、巳、午、未、申”九大区域。这些颇有些洋气的房子，命名却又是地道中国式的。以中里为中心，北边是申区，东西方向则对称地分布着其他八个小区，布局上借鉴了古代八卦阵的样式。西边，从北向南依次是子区、丑区、寅区、卯区；东边，从南到北则分别为辰区、巳区、午区、未区。整体上看，是用一种逆时针的方式排序。八个小区，按照今天的说法就是八个组团，分别是前面说到的不同部委的宿舍。为了适应北京的气候特点，每个小区的建筑都被设计成回纹环绕形状，以增加南北向的建筑，减少东西向的房屋。小区外形方正，内部宽敞，每一栋楼中的每个单元的楼门，入口都是朝着外侧的公共道路，而内侧则是相对安静私密的院落，每家住户均有两个朝向的房间，分别可以看到外侧公共领域及在内部庭院里玩耍的孩子。每两个东西对应的小区，楼房和庭院的布局都一样，体现了鲜明的秩序感。

根据规划理念，每个住宅区都要配备商场、粮店、理发店、幼儿园、学校、卫生所等设施。住区的核心地带是一片空地，种树植草，作为居民的公共活动空间，这也符合新社会以人民为中心的理念。妻子说过，小时候外婆烙馅饼，和好了面剁好了菜馅，才给她几毛钱去买肉馅，出门走上几分钟，就到了合作社的副食店。

我新搬入的这一组几座楼所在的地方，按照当时的规划设计，正是社区中心绿地。其后许多年中，随着单位不断扩大，便在这里建了一些平房，给司机、厨师等后勤服务人员居住，慢慢因为私搭乱建，变得杂乱无章。80年代到90年代，陆续拆除平房，在原址上盖了几栋楼。楼房是最普通的样式，显然和周边原有建筑不协调，但当时没有人认为这是个问题。

我还进一步了解了它更早的历史。

这一带早先为北京城的西郊荒地，是城里人埋葬逝者的地方，散布着很多坟茔，俗称“百万坟”。一直到新中国建立之初，周边也还是人迹稀少，只有建设部的大楼孤零零地矗立在一片荒野之上。20世纪50年代的北京城，范围主要还是在老城墙之内，最近的阜成门离此处也有两三公里。建造住宅区施工时，挖出不少无主尸骨，登报请人认领，没有人认领的，听说后来统一拉到更远的地方埋葬了。稍后到了

“大跃进”时，还曾挖出过两座辽代的古墓。这就让人感到生命的渺小和飘忽。在漫长的岁月中，这一片土地上发生过什么样的故事，又收纳和封藏起了哪些秘密？我及时地让想象止步，它们总是会让人望见虚无的广阔深渊。

只需要知道这一点就行了：在长久的荒凉死寂之地，新的生活热闹蓬勃地开展起来了。

六

住在这里，隐约有一种都市里的村庄的感觉。

这是一幅近景：自中里楼房四层的房间朝下面望，在这座楼和对面楼房之间，是一个茂盛葳蕤的花园，被齐胸高的铁栏杆围成一个完整规则的长方形。花园里有二三十棵大树，有更多的灌木丛，它们之间的空隙则被野草完全覆盖。那种葱茏恣肆的野趣，不像是位于城市楼群之间。有一株高大的桑树，树干粗壮，树冠像一把巨伞，遮住了一大片空间。夏季，树上挂满了紫黑色的桑葚，还有不少掉到地上，引来众多鸟儿啄食，腾跃鸣啭。我猜想它该是栽种于小区初建之时，那时这一片正是中心绿地。

走下楼去，我在小区里大小宽窄不一的各条道路上行走。这个过程长达十年之久。东边的展览路大街、西边的甘家口大街、南边的百万庄大街、北边的车公庄大街，将小区整个围了起来，而每一条街脚步都可以轻松到达。我从一个个组团之间的道路和庭院中穿行，得以完整地掌握了它的样貌，也深切地感受了它的氛围。

那些年，小区的几条主要街道上没有多少汽车，显得很宽敞。街道旁有不少枝干粗壮的大树，远远高出三层的屋顶，我能认出的就有杨树、柳树、槭树、梧桐树等。有风的日子，白杨树叶会哗啦啦作响。到了五六月份，槐树会将浓郁的槐花香气向四处播散，而被叫作“吊死鬼”的小虫子也会在半空中晃晃悠悠地飘浮，如果落在一个女孩子的头上，就会听到一阵尖叫。

每一组团中围拢着的楼房之间，有一种宽敞疏朗的风致。每个单元的一楼门口两旁，通常都各有一个小小的花园，用松柏矮墙围起来，种植着各色花草。窗台上往往也放着一排小小的花盆，有文竹、鸡冠花和俗称“死不了”的太阳花等。有的地方种了爬山虎，密密的藤蔓一直爬到三楼的窗子顶端。妻子上小学时有学农课，学习如何养蚕，同学们就向住在斜对过单元一楼的爷爷要桑叶，他家小花园里有一棵桑树，每个孩子都得到了几片。

在这个地方也更容易感受色彩的盛宴。绿树、红墙和蓝天，构成了它的日常色调，而秋天到处飘坠的黄叶，又添加了一抹酣畅浓艳。当冬天来临时，一场大雪会让这里具有一种异域的情调。曾经从网上读到过一位百万庄老住户的文章，当年她谈恋爱时，第一次把男友带到家里那天，正赶上下大雪，白雪红墙就像一幅画，给男友留下了深刻的印象，多年后还提起来过。

记忆中，那些年的雨水比现在要多很多，特别是经常在夜里降下。楼下花园里的树木，被灯光照射得绿油油一片，泛着隐约的光亮——来自枝叶上的雨水。邻近光源的地方，绿色显得鲜嫩而透明。将窗子打开一条缝，伴随着淅沥的雨声，会有凉爽清新并略带腥味的空气悄然涌进来。这样的夜晚，总是让我感觉到身体里的活力，生发出对未来的憧憬，想象一些缥缈而美好的事情。

七

回想起来，那些年也是我的阅读时光。那种沉湎的程度，此前不曾达到，此后也不复能够重现。

如果一个人天性不喜欢热闹和交际，不认为觥筹交错是什么荣耀的事情，那么，还有什么能够像读书那样给他带来丰沛的快乐呢？更巧的是，那几年我的工作就是编一份与读书有关的杂志，这样，阅读就理所当然地成为了生活的一部分。

读书和买书，总是既如影随形又彼此怂恿。周边就有两个常去的书店。南边的百万庄大街上，国家外文局西边，有一家名为“地球村”的书店，是这家单位开办的，名字倒是十分契合它的工作性质。北边，车公庄大街对面，中国建筑设计研究院旁边，有一家席殊书屋，造型很是独特，没有书架，书摆放在一个个带轮子可以转动的小车上，寓意“学富五车”。设计者是张开济的儿子张永和，也是一位著名的建筑学家。那时正是实体书店最辉煌的时期，席殊书屋在北京就有多家。好几年中，我来这里的次数最多，购书也多，占到了家中藏书的相当部分。此外，甘家口大厦北边路边的一排新旧书摊，也是我时常盘桓的地方。

那些年里我读了数量可观的书，就像一个没有明确目标的游客，自由散漫，东张西望。除了出于工作的考虑，对当时一些重要的或者走红的书需要留意之外，大多数的阅读是即兴随意的，从个人嗜好和关注出发的。这些书分属不同的类别，彼此之间也并无联系，但在不知不觉中，在经历了时光的发酵后，它们依据某种内在的逻辑线索勾连起来，一部书通向另一部书，构建生成了一个精神的有机体，影响着我对世界和生活的认识。

这件事情最突出的作用，我想还是进一步培育了我的文学感受和梦想。文学作品的阅读占了最大比重，它们以潜移默化的方式，让我获得一种独特的眼光，来看待发生在周边的生活，并与某些书中的内容加以对比。在平静处看出某种波澜，在光亮里发现浅淡的阴影，在庸常中品味到一缕诗意，这样的感受带来的是一种深长的愉悦。我逐渐意识到，每一种感受或者领悟，总是能够获得印证。既然“日光底下无新事”，既然哲人说过“世界是一部大书”，那么世间的诸般形象，都可以在书里的某一页、某一行甚至某一个标点符号中，找到记录或者暗示。

譬如，住在这栋楼最西头单元里的一位年轻母亲，每天早晨领着一个女孩，匆匆走过我住的单元楼门口，送到东边的幼儿园，大约两年中都是如此。在旁边商店里偶然遇到几次，或者是她单独一人，或者带着女儿，不曾看到过第三个人。女儿长得很好看，母亲也是眉目端庄身材窈窕，但脸上从来没有笑容，这就让人觉得反常。曾经有什么故事发生在她的生命中？是关于轻信和失望，还是背叛，甚至某种意外的灾祸？我曾经联想不已。这样的反应自然是个人化的、纤弱的、无足轻重的，有充分的理由被人嘲笑。后来某次外出培训，半个月后回来，就再也没有看到过这对母女，想来是搬走了。

有一次，到百万庄大街南边不远处一位朋友家聚会，认识了一位同龄人，在某政府部门工作，饭桌上他口才滔滔，为自己勾画种种仕途前景和实现途径，其雄心壮志令我自惭形秽。他的口音和经历，也让我联想到巴尔扎克笔下那个名叫拉斯蒂涅的外省青年。他供职的单位，工作内容与我所在报社的报道范围有一些交集。后来他数次主动电话联系我，要来家里坐坐，也来过一次，但估计是在聊天中意识到了我的迂腐无助于他实现远大目标，此后再无联系。这种消失，显然是他主动的选择。

更有一些感受缺乏具体的附着物。在周边的建筑和风景变得无比熟悉后，有一天我意识到，我行走时偶尔会张望那一个个狭窄的窗口，想象其中的人物和故事。某个房间里传出的钢琴声，随着某一扇玻璃窗推开而瞬间闪现出的一张俏丽面孔，会让我多年前经常体验的某种情绪，得到片刻的复苏。而从我四楼窗口的眺望，则更多具有主动的意味。探头出去，能够看到东边午区、巳区的一部分屋顶，连绵错落。目光掠过这些屋顶向前方伸延，直到被远处的高楼阻断。

在搬离这里几年后，我读到葡萄牙作家费尔南多·佩索阿的作品《惶然录》(韩少功译)，有一种深切的会心之感。我意识到，其实那段时间，我是最接近于他所描写的那种内心状态的。这样一些句子让我沉醉，目光久久不肯挪移开来——

> 我们中的每一个人都是若干人，是很多人，是丰富的自我，比我们自己每一个人的无限增值更为丰富。(节选自《一个人是群体》)

一个人为了摆脱单调，必须使存在单调化。一个人必须使每一天都如此平常不觉，那么在最微小的事故中，才有欢娱可供探测。……我一直被这种单调佑护。一样的日子乏味雷同，我不可区分的今天和昨天，使我得以开心地享乐于迷人的时间飞逝，还有眼前人世间任意的流变，还有大街下面什么地方源源送来的笑浪，夜间办公室关闭时巨大的自由感，我余生岁月的无穷无尽。（节选自《单调产生的快乐》）

我们周围的一切，成为了我们的一部分，成了渗透我们血肉和生命的一切经验，就像巨大蜘蛛之神布下的网，在我们轻摇于风中的地方，轻轻地缚住我们，用柔弱的陷阱诱捕我们，以便我们慢慢地死去。一切就是我们，而我们就是一切。（节选自《生活之奴》）

…………

它们不正是我能够意识到但没有能力分析清楚，尤其是无法清晰表达出来的东西吗？当时那些颇为飘忽的感受和意念，实际上有着自己的指向——试图窥测和捕捉生活的某种本质，那种平静掩盖下的悸动，狭小连接着的广阔，单纯后的复杂，清晰中的混沌，具象里的抽象……我陷溺于自己的思绪和梦幻中，时而慵倦烦闷，时而欢悦振奋。

八

生老病死，人生这一场戏剧中的不同章节，在这里也像在任何别的地方一样，轮番地上演。房屋本质上是一种生活的容器，彼此之间尽管有着外在形态上的差异，但其中展开的内容，却没有明显不同。“在这黑暗的或者光亮的洞穴里，生命在延长，生命在梦想，生命在受苦。”在《巴黎的忧郁》中，波德莱尔从阁楼上眺望高低远近的一个个窗口，写下了这样的句子。

平淡庸常的生活中，最能掀起一些波澜的，无过于死亡了。与这里安宁静谧的环境相称，发生在小区里的死亡也是悄无声息的。譬如某一天你忽然意识到，那个经常遇到的坐在轮椅上被人推着行走的老人已经好久不见了——这是生命消失的惯常方式。家人的悲伤哭泣，也总是在关闭着的房间内，好像死亡是一件私密的、羞于告人的事情。

一天深夜，岳父母被急促的敲门声惊醒，开门一看是对门阿姨，神色惊慌。原来伯伯起来上厕所，心脏病发作倒地，昏迷不醒。赶紧拨打120，不得要领地忙乱一番，一直到望着急救车闪烁着蓝色顶灯疾驰而去。黎明时分传来了消息，伯伯未能抢救过来。不久后，阿姨从小带大的外孙女去远在英国的父母身边读书，她也搬到了百万庄中里我的住处南边的那一栋楼房，单独一人住，儿子每周来一次。我和妻子去看望过她，房间在一层，南窗外有个小小花园，树木藤蔓遮挡了光线，屋子里有些昏暗。她参加了社区的老年国画班，画了不少花鸟鱼虫，散乱地堆放在餐桌上。暮年岁月在缓缓流逝，就像日光在房间里慢慢移动。

几年后，妻子的姥姥以九十六岁高龄去世。在那之前很长一段时间，衰弱以极其缓慢的步伐悄悄地逼近，直到有一天她无法下床。意识到她的日子不多了，家里人便时常坐在床头陪伴。头一天，姥姥招手把她带大的三姐妹叫到床边，挨个儿摸着每个人的手，说我喜欢你们。第二天，也是同样的时间，三姐妹正围坐在她身边聊天，忽然意识到什么，转眼看时，老人已经永远地睡过去了，神情平和安详。

我们离开百万庄几年后，岳父一家也搬到郊区，此后也就很少再来。但十年生活的经历执拗地存在于记忆中，时常会像阳光下的玻璃碎片一样地闪亮。有关这个地方的各种消息，也总是更能够让我留意。

妻子是家里的老小，上面有两个姐姐。三姐妹都有自己幼儿园、小学和中学的同学和伙伴，因此涉及许多人。如今大多数人都已经退休，有了时间，联络也开始多起来，时常相聚，还建了微信群，主题便是怀旧，追忆这个大家共同出生和成长的地方。家人聚会时，听三姐妹说起各自的发小辈的命运遭际，仿佛看到了一出出浓缩了的人生悲喜剧——

某某终身未婚，如今也快七十了，一直与已过百岁的老母亲相依为伴。某某当年另寻新欢，现在身患重病孤身一人，儿女不怎么理他，十分凄凉。某某当上了副部级的领导。某某全家多年前就移民了。某某因经济犯罪关了几年，不久前刚出狱。某某最忧虑患重度自闭症的儿子，自己过世后他怎么办。还有某某死于疾病，某某车祸去世，某某得了抑郁症……

“从一粒沙看世界，从一朵花看天堂，把永恒纳进一个时辰，把无限握在自己手心。”威廉·布莱克这首名诗，早晚有一天会让你产生共鸣。生活的普遍性本质，都可以通过有限的现象获得体现，就仿佛一个小小的器官切片中，有着身体状况的丰富信息。

时光的不断伸延，让我关于这个地方的记忆，重重叠叠地增加，今天与昨天的穿插闪回，更使它们变得纷乱驳杂。

一些人不再需要回忆，他们也成为亲人记忆的一部分。三年前，岳父因病去世。他们于20世纪50年代初从武汉调到北京，推辞了单位分给的三居室，在两间房子里一住就是半个世纪。岳父最后的归宿是昌平南口的一处陵园，那个三人墓穴里，姥姥已经提前几年住进。他一生对自己的岳母至爱至孝，一如伺奉亲生母亲。

不久前，女儿的姨姥姥也在广州辞世。她的儿子——我妻子的表弟，先去广州创业和置业，数年后，她卖掉了回龙观的房子，搬去南方照看孙女。儿子给她买的墓地，在郊区的一座山坡上。记得很多年前，有一次她抱怨母亲，不该在她小时候把她送人，脾气倔强的姥姥气呼呼地反驳："不送人你早就活不成了！"那个时代的生活艰难贫穷，如今难以想象。她退休后来京居住的几年，终于有时间与母亲厮守了。如今，母女两人却又是关山阻隔迢遥相望，如同生前的大部分时光。

我望着一张多年前的大合影。岳母的一个粤北韶关的表亲，全家来京旅游，岳父母招待了他们，并将在京的几个远近亲戚叫到家里聚会。照片上将近二十人挤在一起。姥姥当时还很壮实，岳父母更是神采奕奕。我头发乱蓬蓬的，女儿还没有出生。如今，这个合影中已经有多人辞别人世，几个抱在怀里的孩童也都已经为人父母了。

每个人的离去，都带走了一部分有关的记忆。早晚有一天，所有这些记忆，终将无所附着。

一切都在消亡，一切都是丧失，不曾改变的只有变化本身。但有一个地方作为固定的背景，这种意味就更容易得到凸显和认知。因此，物是人非便成为人们经常的感慨。

九

物是人非——这当然只是个修辞。实际上，物并非一成不变，它同样也在演化、衰老，一步步走向自己的暮年。

人的衰老体现为一系列生理指标：血液黏稠、钙质流失、感觉迟钝、步履蹒跚等。建筑物也有自己的生命体征。各种老化了的管线，是不是很像淤塞了的血管？因渗漏而发霉的墙体，是不是仿佛脸上晦暗的老年斑？

我在百万庄住了十年，离开它至今又已经过了二十年。记得住在那里的后几年中，就已经在传说小区的房子老旧了，即将拆掉重建。的确，即使在二十多年前，也已经能够明显地看出它的老态。

在20世纪50年代，作为国家重点建设项目、“首都第一住宅区”，百万庄小区有着令人艳羡的充足理由。除了少量三居室，大部分都是六十平方米的两居，有独立的厨房和厕所，这在当时的住宅中还很罕见。房间里不仅都是统一装修好的，并且配好了家具、厨具、电灯和窗帘，可谓是“拎包入住”。建筑材料也十分讲究，用的是烧制良好的上等红砖，门窗木料都是东北的红杉木，经过高温处理，不变形、不生虫。门把手、合页、水管、龙头、淋浴喷头，以及马桶上的金属部件，都是苏联铸造的黄铜。甚至细节也十分讲究，譬如深红色的木楼门和楼梯间的外窗，采用同色系的中国传统回字形装饰，而白色的楼门挑梁、阳台栏板和楼梯间隔墙，则采用同色云纹装饰。

这样的比喻想来不会有人反对：当年的百万庄就仿佛一

位风姿绰约的新嫁娘，容光焕发，楚楚动人。

当时虽然设计超前，但随着时光推移，一些当年不曾想到的不足之处也显现了：室内没有客厅，室外也没有规划停车的地方。另外就是岁月造成的磨蚀，市政设施老化，电线老旧，屋顶漏水，木质檐口掉皮。外来人口的租住及私搭乱建，迅速增多的私家车，侵占了原来的绿地和庭院。因为室内狭窄，一些旧家具随意堆放在室外。就连当年栽种的杨树，尽管长得比楼还高，有的也因树干中空而摇摇欲倒。因为二十多年来一直传说要拆迁，公共设施只是很被动地维护，住户也是将就着住，不敢装修更新，舒适程度、生活质量都受到了明显的影响。曾经风华绝代的丽人，已经步入迟暮之年，粗服蓬头，邋遢不堪。今天如果一个外人走进这里，他的目光中恐怕更多的是一种怜悯。

由于在中国建筑史和规划史上具有重要影响力，百万庄小区自诞生之日起，就成为了建筑规划学界的研究对象，曾经作为经典案例，被收入高等学校教材《城市规划原理》，并被若干建筑学方面的著作收录。在接下来的几十年中，百万庄社区居民换了几茬，城市环境也发生了巨变，累积了丰富的社区记忆、历史遗存和建筑多样性，形成一种独特的社区生态。它让人想到一种经历丰富的人生。

这种浓重的历史感，是它的光荣，也是它的负担。在实用和美学之间，应该如何取舍？而且，在随处可见的破败芜杂的后面，它的美是否仍然完整自足?

对于后一点倒没有太多的分歧。整个小区的整体格局尚属完好，地基依然坚固，已经发生的变化，也都被限制在张开济当年设计的区块网格之中。这种规划结构，预设了对于变化的极大的容忍度，也因而具有更强的生命力，耐住了岁月的消磨。后来的种种局部的变动，并没有影响整体的骨架。那种从容悠闲、波澜不惊的气度，仍然能够鲜明地感觉出来。在光怪陆离、纷纭嘈杂的都市喧嚣中，在面貌雷同、难分彼此的楼宇群落里，这种气质越来越成为空谷足音。

这些难以替代的品质，凸显出小区的重要和独特，也为在原地进行保护性改建提供了充分的理由和可能性。

我从报刊、网络上了解到，一个以清华大学建筑学院毕业的青年建筑师为主体的专业团队，从几年前就开始关注小区的前景。这些年轻人大多是“80后”，敏锐地认识到了它的文化价值和诗意蕴含，希望能够将小区的“九区八卦阵”布局完整地保留下来，在不损伤其肌理的前提下，对各项设施进行升级更新，使之能够满足现代生活的需求，并且拿出了详细完备的改造方案。其实不仅仅是他们和许多中老年建筑学家在努力，小区住户、文化学者、城市管理者等许多不同身份和行业的人，多少年来，也都在关注这个地方，形成了很多共识。而一年多前发布的一条消息，更是让人感到鼓舞：它被列入由中国文物学会、中国建筑学会确定的“第二批中国20世纪建筑遗产项目名录”。

当然，所有这些信息，也只是允诺着某种可能性。它未来的命运如何，现在还不明朗。它将被彻底拆除，在旧址上建造全新的建筑，还是得以存续下去，见证传统风致与新时代脉动的交汇融合？

我当然希望是后者。将那些赘肉割掉，将那些黑斑祛除，让松弛的肌肤绷紧，让伛偻的躯体挺直。就像在童话中，落叶飞回树上，老媪变作少女，目光明亮，秀发飘洒，步态轻盈。

十

不久前的一天，并没有特别的理由，我忽然想到回百万庄看看。

西三环外我现在住的地方，20世纪70年代末还是农村，妻子上中学时，曾经走很长时间的路来这里学农。我离开家门，步行近二十分钟，进入地铁6号线花园桥站乘车，在车公庄西站下车。两地之间的空间距离只有两站，但从搬离这里算起，时间上的跨度却是整整二十年。

出了地铁口，向东不远就是展览路大街，南行百米，就向右拐上了一条小路。当年住百万庄时，骑车或者坐公交车上下班，这是每天必经之路，离开后，这一带每年也总会来若干次，但都是开车走百万庄大街，很少再走这条路，最近的一次大概也是三年前了。小路前方不远，一个直角拐弯处，右边就是我最早住过的那一栋楼房，左边本来是一个由防空洞改建的收费低廉的地下小旅馆的入口，如今却是铁门密封紧闭。当年时常有旅客半夜投宿，敲门和大声喊叫的声音能把人吵醒。继续前行，小路左边那一道低矮的围墙里面，是一所小学校园，当年是几排火柴盒一样排列的平房，如今却是一幢体量巨大的十几层高楼了。

我拐进宿舍楼的前面。原先一墙之隔的幼儿园被拆除了，盖成了堂皇气派的楼房，门口有门卫。听说当年围绕是否拆除幼儿园有过不小的争论，但最终还是没能留住。论起百万庄小区保存最好的公共建筑，应当首推这所幼儿园，没有居民区里的种种私搭乱建，完整地保持了20世纪50年代建造时的格局，空间疏朗，设备完好，大树、灌木丛和草地高低错落，井然有序。记得滑梯旁边挂着一张用粗大的绳子编织成的大网，孩子们可以攀着绳结爬上去玩耍，女儿刚进幼儿园时，有一次大着胆子爬上去了，却再也不敢下来，岳父去接她，只好找个凳子站上去把她抱了下来。

场景清晰如在眼前，但分明是二十多年前的时期了。有一首歌曲怅惘地唱道："时间都去哪儿了？"

小路走到尽头，接续上一条名为百万庄北街的道路，便进入百万庄午区了。岳父母当年住的地方，也是我第一次来时进入的房子，就在十几米外，街的北边。从初次登门的胆怯忐忑，到成为家庭一分子后的坦然平静，再到今天与家庭几代成员之间血缘般牢固亲密的情感，这个过程也该是一部微型的情感发展史，无关宏旨，微渺无比，却关涉具体生命存在的感受和意义。

这条百万庄北街，将巳区和午区南北分隔开来。两侧都停满了车，将原先颇为宽敞的道路挤成狭窄的一条，映衬得房屋也好像比当年低矮了。我在南北两边的庭院中无目的地穿行，视野里的景观和当年没有明显不同，只是更为破旧。在好几处都看到服装上有电力公司标志的工人，好像是在更换电线线路，是又有临时险情需要解决，还是为即将到来的夏季用电负荷高峰做准备？

街的尽头就是展览路第一小学，妻子和女儿共同的母校。从校门向北，走过一段弧形的弯路，就是申区的范围了，平行的几排两层房屋，很像今天的联排别墅。这里明显地比别处要整齐幽静。当年我散步时，经常从它们之间穿行，如今这里却被铁栏杆整体围了起来，只在西边的街道上留了一个开口。

我走到了中里的楼房下，我在这里居住时后几年的住处。楼前花园的铁围栏已经除掉，毫无遮挡，可以随意进入，但花园里的树木却稀疏杂乱，不复当年蓬勃茂盛的模样。最令我惊讶的，是我原来居住的四楼房间朝北的窗户外面，垫在防护窗底部的几根铁栏上的，依然是原来的那几片瓷砖——一点儿没错，我记得它那粉红得有些特别的颜色。

从这里向东边走，当年的自行车棚还在。几十米后，眼前又是展览路一小门口南边的一段弧形道路，与刚才通向申区的那段路相对称。是下午快要放学的时间，路边聚集了不少等着接孩子的家长。二十年前我也经常站在这里，那一页早已翻过。我沿着南北方向的百万庄中街，一直走到百万庄大街上，街口的东北角，还是那个头发卷曲、长相有几分像西北少数民族的安徽籍师傅，修鞋、修拉锁、换锁芯、配门卡等，一把遮阳伞下便是他的工作空间。多年过去，当年的小伙子也成了中年人。对面的顺天府超市，记得是我搬走之前不久开张的，也是地下防空洞改建而成，为周边居民提供日常生活的基本需求。

沿着百万庄大街，向西，朝甘家口方向走去。因为是主街，便显得宽敞整洁了许多。这里是卯区，西斜的阳光泼洒在人行道灰色的方砖地面上。一位老人扶着助步车迎面走来，步履蹒跚，旁边跟着一个中年保姆。一只白猫飞快地跑过去，消失在一丛冬青后面。头顶上方吱呀的一声，循着声音的方向扭头望去，二楼的一扇窗户刚被推开，玻璃上一片阳光倏地闪亮。一个老妇人探头向下面看，满头白发，年龄和外婆当年仿佛。

再向前，就是热闹的甘家口大街了。十字路口，绿灯亮了，两边的人群匆匆相向而行。两辆送快递的小车眼看着就要相撞，戛然停住，发出嘶哑的刹车声音，但没有人多看一眼。

春末夏初，阳光明亮，树叶绿得闪光，清风拂面的感觉十分惬意，天地间喧响着一种欢快的声音。我忽然意识到，我此时站着的地方，正是当年的澡堂。三十多年前，也是这个时节，我从它的门口经过时，与几位刚刚沐浴完的少女擦身而过，鼻腔中霎时盈满了馥郁的气息。

一对年轻恋人迎面走来，步态矫健，笑声清朗。树叶细碎的光影，在他们的脸上肩上，跳荡晃动。一瞬间，曾经刻骨铭心的青春感受，久已消逝的美和梦想，从记忆的深处飞快地上升、浮现，就仿佛身旁正在开花的梧桐树的浓郁香味，骤然间充塞了全部感官。

我泪眼模糊。

《家住百万庄》首发于《人民文学》2019年第7期，后来被收录到彭程的散文集《心的方向》。

百万庄是北京第一批现代规划的住宅区，彭程曾在百万庄居住十年，写下这篇文章时，距离彭程离开百万庄也已经过去了二十年。彭程用亲历者的视角描写了百万庄三十年来的变迁过程。三十年，百万庄在嬗变中不断斑驳，也在斑驳中留下了温暖记忆。正如彭程所说："物并非一成不变，它同样也在演化、衰老，一步步走向自己的暮年。"而追忆"百万庄"，也是在追忆那些令人感动的寻常生活。

——吴旦

生活在北京

徐则臣

时间有了加速度

二十五岁开始，时间突然有了加速度，很多想好的事情都来不及做。而在二十四岁时，我还觉得时光晃晃悠悠，什么事都可以容我一一道来。那时候我待在一个小城里教书，运河从城市穿过，我向一群和我年纪相当的学生讲授美学和写作，下了课一个人躲在宿舍里闷头写小说。我希望有一天能到外面看看，出走的念头大风一样鼓舞着，让我对将来充满莫名其妙的希望。希望里可能有什么，不知道，也不必知道，只一个抽象的信念就足以让一个二十出头的年轻人浑身生出使不完的劲儿。二十四岁这一年我来到北京，生活跟过去形成一个尖锐的转折，我把行李箱放在这个叫北京的城市上，想，一切从现在开始。我的确这么想，什么事情都来得及，新年新气象，且看我一一做来。

我没来过北京，对北京也没什么概念，想象里的北京和

“我爱北京天安门”联系在一起，与所有的中国人一样，歌曲、影视和媒体在我们内心里成功地建构了一个金光闪闪的宏大的专有名词；还和道听途说中的首都联系在一起，我老家的很多年轻人都在北京混饭吃，我们称之为“跑北京的”，他们率先发了财，他们带回来无数真伪难辨的遥远的细节，在这些细节里，金光闪闪的颜色时常要暗下来，或者比金光闪闪更耀眼；此外就是北大、清华等高校，这是所有经过高考的人暗藏心中的圣地，而我考的是北大中文系的研究生，这朝圣般的旅程；当然，更为重要的理由在这里：它能让我出来看看。我憋坏了，迫不及待要到世界上看看。

没看过北京，没在它的某条街道上喝过一杯水，这个城市对我依然是抽象的。但我觉得我们是亲人，我们会一点点熟悉起来的。

所以考研成绩下来之后，我第一次来北京，紧张得几近煎熬。不是为面试和教授们的发问紧张，而是担心被淘汰，因为在此前近二十年的考试中，我很少有哪次能够提前胜券在握。考不取，意味着通往世界的一扇巨门对我关闭，而我当时通往世界的机会似乎极为稀少。那些天好像正赶上沙尘暴，风大，我穿得不多，积攒的一点信心和体温很快被吹没了。尘沙满天，很多人把头脸裹在纱巾里穿过马路，像一群奇怪的阿拉伯人。我在北大的校园里转了很多圈，尤其是未名湖边，旮旮旯旯我都踩了一遍，心情相当悲壮，要是考不上，不知道猴年马月才能来第二趟。踩一脚少一脚。美丽的湖光和塔影，宏大庄严的学府气派，那些视北大生活为平常的自由的北大学生，简直没天理。但他们的确很刺激人，我咬牙切齿地想，要是能来念书，这未名湖我每天都来转转，来日方长，做什么事我都来得及。

这第一次，我对北京的印象并不好。楼很高，灰头土脸的；马路干白迂阔，车堵得嗓子眼儿疼；公交车绕的弯子过多，来去的站牌不对称，我把车坐错了好几次；天安门没有想象中的高大。需要一场大雨，把这个城市的灰尘洗掉，我想象中的北京的繁华应当是鲜亮的。但我喜欢北大和未名湖。

9月份进了北大。一直到毕业，环湖漫步不超过十次，其中大部分还是陪朋友参观。可见，即便时间允许你随心所欲，你还是有很多事情干不成。当然，在这里我要说的不是什么能干成什么干不成，我要说的是时间突然在我二十五岁之后有了加速度的事。

2002年秋天，报完到我住进万泉河边的万柳北大研究生公寓。那里有几千号研究生，我的窗户面对西山。我一直感觉不清它的准确方向，但窗户里既然嵌着连绵的西山，那一定是朝西了，夏天下午的阳光照进来，地板烤得仿佛随时会燃烧。冬天很好，我乐意坐在阳光底下看书、写东西。我对2002年的印象乃至整个万柳生活的印象，总避不开那把廉价的电脑椅子。从硅谷买的，六十块钱，我深陷其中过了三年。

看书、写论文和小说，上网、看电影、发呆，椅子里的生活占据了时间的绝大部分。刚来北京，除了看书上课写作我无所事事，对写作似乎有长远的规划，我想时间足够宽裕和漫长，一切都来得及。我不逼着自己干活，除非为了在某个时间前必须干完什么事，我才会加班加点。万柳距离北大十里路，没课我不去学校，生活主要在宿舍区展开。

到了第二年，我二十五岁，有一天发现自己竟然忙起来了。看书上课写作之外，有了很多朋友和外面的生活，而且，我需要零散地赚点钱来买书和补贴生活。除了北大，出了万柳我还需要去其他地方，要去的地方越来越多；从这件事跑到那件事上，由这个人见到那个人；然后是我有意识地想认识一下北京，我要去看看；所有的事情加起来，不用掐指，时间不够了。列好的读书计划开始拖延，从图书馆借来的书经常因为逾期要交罚款。经常要把时间切割成很多碎片，每一片单独命名，相应地决定坐车还是骑车，看这本书还是那本书，写这篇东西还是那篇东西。也许是因为跟世界的联系开始多了，认识的朋友也多了，刚来北京我只认识老师和同学，现在相互嘱托的事情也多了，想法时刻在变，阅读的胃口也在变，成了杂食动物，各种书籍多得必须堆到床上去。

这样的生活一直延续到现在，没有止步的迹象。工作之后的生活远比待在学校里复杂，下了班我常感到疲惫。大概我生就是见不得繁乱的人，大概我所认为的繁复在别人不过等闲，但对我，头绪多我会不知所措，我一直绝望地羡慕一心可以二用、三用乃至很多用的人，我不行，我把通往世界的那扇门打开，岂料外面风大，鱼贯而入，吹乱了我的生活。手表的指针转速和我身体里的指针转速步调不同，我的计划有点跟不上，很多事情还没有做完，一个声音就告诉你：时间到。另一个声音又响起：时间开始了。

朋友们说，这是通病。在北京都得小跑着生活，慢了就要受指针的罪，那家伙比刀锋利，拦腰撞上咔嚓一下人就废了。他们的比喻真切生动，可我希望时间慢下来，生活简单些，让我从容地做好每一件想做的事。我开始怀念过去工作过的小城，慢悠悠的运河水流的节奏，我骑着单车在水边巷子里穿梭，几百年的老房子静立两旁，没有人催你；而不是现在这样，你要赶在红灯之前冲过路口，你要跟上大部队的节奏，慢了背后就喇叭齐鸣。你需要一天一天计算着过，精确到小时和分钟，还要提防那些突发事件，它们会把你空白的时间填满，把你制订的计划推翻。也正是在这个意义上，我不得不让自己的想法逐渐务实，不是什么事情都能来得及做，也不是什么事情都值得去做。这，不好也好，好也不好。二十五岁以后的北京生活，我被迫一只眼睛看路，一只眼睛看手表。

四个住处一个家

在北京六年多我住过五个地方，除了现在我端坐其中敲键盘的家，之前四个我更习惯依次称之为“宿舍”、“小屋”、“芙蓉里”和“海淀南路”。

宿舍在万柳学生公寓，北京的西北角。2002年我来报到，出租车司机绕了半天才找到一个尘土飞扬的大工地，马路修了半截子，很多年轻人拎着行李在一幢巨大的楼前出入。司机说，只能是这里。那时候海淀区政府和公安局还是一片荒地，中关村三小尚无踪影，康桥水郡、万城华府等高档社区的地基上散布着低矮破旧的平房，工人们走在尘土里。完全是都市里的乡村。这样的北京我有点接受不了，太不像样了。当时我对“都市化”的想象还停留在小城镇阶段，以为这个地段要繁华起来，那是雄关漫道真如铁，而今迈步从头越。但只几年过去，不变的就只是公寓西边的昆玉河水在流，忽如一夜春风，高楼从大地上长出来，半空里是楼房，地上挤满了人和车，成了都市里的都市。那时候我不知道楼房是都市的先遣队，它们开到哪里，“都市化”便会立马将周围占领。

与宿舍隔一条马路的是万泉新新家园，还有一个我忘了名字的高档住宅区，据说住着柳传志等人。当时的房价每平方米八千，我们同学都觉得贵得离谱，现在据说已经好几个八千了。老同学聚会说起来，拧胳膊拍大腿地后悔，要是当年咬咬牙跺跺脚买上一两套，哥们今天就是好几百万的富翁了。可是，哥们当年在哪呢，买双拖鞋都得挑最便宜的。

过了昆玉河是远大路，我站在西向的窗前看河对岸金源购物中心一寸寸建起来。传说是亚洲最大的超市，我就奇怪，如此庞大的超市有多少东西可卖呢。觉得建得挺花哨，周身用了很多种颜色的瓷砖。建成了，我和同学瘪着口袋去参观，哪里是什么超市，空间分门别类无数块，卖什么的都有，当然都是高档的，小吃的价钱也相当可观。建造之初附近的有钱人没现在多，生意颇有点冷清，小吃店的师傅和服务员趴在餐桌上打瞌睡。前两天我又去，厕所里人流都不断，才几年啊，日子就好过成这样。吃过晚饭我常去里面的纸老虎书店，翻完这本书再翻那本，肚子里消化得差不多了就打道回府。除了打折，坚决不买书。

另一个散步地点是昆玉河边，沿着水走身心通泰。尤其夏天，看水看船看人坐在河边的大排档里喝冰镇的啤酒。酒我没兴趣，羡慕的是黄昏降临时他们所有的安宁的时光。即便现在，一到夏天，置身琐碎喧嚣的生活里时，我都时时有去昆玉河边坐一坐的冲动。端一杯冰镇的扎啤，看世界以椅子为圆心慢慢地向四周静下来，你们疲于奔命地跑，我希望世界慢下来。慢下来。河边要建成北京的大氧吧，一直有此传闻。我不知道大氧吧到底是个什么样子，纳闷的是万柳之地柳树甚少，昆玉河边倒还有几棵像样的，马路两边的全是瘦骨嶙峋，比手指头粗不了多少。现在应该好一点，因为柳树长得快，起码三五年之后，那些营养不良的小柳条至少看起来像柳树了。

大部分时间我都待在宿舍，3区534室。去一趟北大很麻烦，公交332支线兼作校车，早去晚归的人很多，挤不上正常。后来校车多了点，课又少了，更不需要去学校了。现在想起来，我好像一年到头坐在那把廉价的电脑椅子里。食堂在楼下，打了饭上来吃，如果没有别的事，找不到理由离开那把椅子。闹SARS的时候封校、停课，我在宿舍里结结实实坐了近两个月。疯狂地下载电影看，隔壁的一个同学据说那段时间看了一百多部。那段与世隔绝的时光是我的好日子，看完电影我开始写长篇小说《午夜之门》的第一部《石码头》，断断续续又写了其他几个小说。能有大块时间来写作，我感到幸福。这一天是你自己的，这一天你可以只干一件事。当时的北京前所未有的清静，马路上人烟稀少，公交车空空荡荡地开，救护车的叫声让人心惊肉跳。我们每天量两次体温，傍晚在楼下领取一袋校医院煎制的中药，喝下去为了抵御病毒。晚上我们会三两个人结伴散步，在空荡荡的马路上空荡荡地走。

这是我在北京最安静的日子。马路上的空，和2008年春节有点像。因为买了房子，欠一屁股债，加上回去的车票紧张，2008年的春节我决定在北京过。这也是我头一次在远离家乡的地方过年，夜晚爆竹和焰火此起彼伏，我从网上断断续续地看春节晚会，感到了被遗弃的凄凉。大年初一走到中关村大街上，半天看不见一辆车，其冷清让我想起SARS。但那时候的冷清和恐慌要全北京人乃至全国人民来承担，所以我感到的是安静；而现在的冷清只有我一个人守着，我觉得凄凉。我一直不喜欢“京漂”这个说法，但那几天我强烈地意识到自己在“漂”着，晃晃荡荡，和一个可靠的背景失去了联系。

第二个住处“小屋”，在北大，未名湖畔的镜春园，那个大院子住过嘉庆皇帝的四公主，门前有两棵大槐树。大门从清朝以来就在腐朽，朱漆剥落，但仅从残木和斗拱的规格也不难想象当年的富贵繁华。院子里有柿子树，深秋主人用剪刀和长竹竿打柿子，底下有人拿布兜子接应，我在旁边看。红通通的柿子很诚恳，叶子落尽只有果实挂在枝头。我租的房子嘉庆皇帝的四公主从没见过，她不会想到仅靠砖头、楼板和石棉瓦就能搭建起一间五平方米的小房子，而且租金每月要八百元人民币。这间房子建在院子里，单砖跑墙，屋顶倾斜，冬冷夏热。我住进去的时候是秋天，室外温度适宜，进了小屋就寒气逼人。房东住在高大的房子里，当年四公主裙裾在其中贴着地面舞动，可以设想房间里一定四季如春，所以房东迟迟不烧暖气。而我在小屋里从中秋就盼望暖气进来。整个秋天我都住在里面，直到冬天，那是我在北京待过的最冷的房间。

但是我喜欢未名湖，能枕湖而居，就算附庸风雅，冷一点也值；虽然没有践行当初的宏愿，每天环湖漫游。清冷的早上我去湖边读英语，看起来很像个勤奋的学生。晚上去图书馆或者自修室，10点左右沿湖边回小屋。有一个节日晚上，博雅塔装点上彩灯，湖面上漂荡很多纸船，我忘了那是什么日子，只记住了那晚未名湖幽艳鬼魅，有别一番意味。那段时间我学习认真，除了日记和功课，别的东西不写。我憋着，准备忙过这阵子再动手，写小说也写散文，散文的题目都想好了：未名湖、小屋和整个秋天。但终于没写出来。所以，湖边的小住留给我的，风雅、寒冷、外语和一些不高兴的事之外，就是一篇想象中的散文。我在那里住了不到三个月。

毕业后租的第一处房子在芙蓉里，六楼，两年，从楼梯的窗户可以看见楼下的万泉河公园。租这里的主要原因是它靠近北大，我可以去北大的食堂吃饭。多年来我都无比热爱食堂，因为有消毒餐具，吃完饭连碗都不要洗。我可以就近去图书馆看书，去大讲堂看电影和演出，去听平常难得见到的大学者的讲座，可以去中文系继续参加师生们的讨论。这是两室一厅的房子，与一个做书的朋友合租，共用厨房和卫生间。我跟房东说，我们都没什么钱，价钱别整得太高。事实也如此，那时候很穷，逛书店尽量不带钱。现在我还怀念那地方，周围有很多书店，是我晚饭后散步的好去处。北大里面的书店，旁边海淀体育馆里的第三波书店，公园边上的采薇阁旧书店，还有海淀桥边上的巨大的中关村图书大厦，我住的第二年，第三极书局也开张了。一周里所有书店都可以轮上一遍。

这房子的另一个好处是，过了马路就是公园，适宜散步、乘凉和晒太阳，夏天晚上每周末还能看两场露天电影。穿着拖鞋夹在松散的观众里，我恍惚回到多年前的乡村，而露天电影即便在乡村，也绝迹多年了。公园角落里装备了各种健身器材，每天晚上都要开展一场轰轰烈烈的群众健身运动，以老太太居多。她们健身的时候，旁边经常蹲着阿狗阿猫，宠物比子孙更忠实于这些老人。我一直很想荡西北角的那架秋千，但一跑到那里就发现上面坐着两个小孩。作为叔叔，我不能跟他们抢，我就接着跑两圈，然后出了公园去采薇阁。我在好几个小说里写到这个公园，重点是喷泉广场边的很多块大石头，乍一看很有点像英格兰巨石阵。喷泉我记不得是否看见开放过，倒是有很多运动爱好者在上面练习轮滑。公园里从来少不了情侣，他们当然躲在小山包的后面或者树丛里，至于躲进去干什么，我没好意思看。

住在这里我觉得身在民间。周围有很多老房子和老住户，有大批的外来房客和民工，我可以在去西苑早市买菜的路上看见各色人等，办假证的、卖盗版光盘的、假古董贩子、小商小贩、在北大旁听的外地青年、一条裤腿长一条裤腿短的民工。到了晚上，他们会聚在承泽园门口的麻辣烫和烤串摊子前解决晚饭，满满当当的热闹的烟火气。我很喜欢那种过日子的感觉，喜欢看他们坐在小板凳上，大口喝酒大块吃肉和烧饼，然后爽快地大喜大悲大声笑骂。我也常常凑上去吃两串麻辣烫和烤肉。我写过一些关于他们的小说，很多人觉得不可思议，照理说他们与我的工作和生活不沾边。

为什么就不能沾边？离开北大，下了班，我还得过日子，身边生活的就是这么一帮普通人。这个世界上这些人毫无疑问是大多数，我不是中产阶级，也没法小资，高官和巨富都不靠，也不住高档社区，出门碰见的只能是他们。你不能因为他们是办假证的、卖盗版碟的就对他们另眼相看，他们也是普通人，可能比你我都正常，不过是职业貌似有点古怪而已。要说为害社会，哪个贪官和奸商不比他们罪孽深重？我也从没把他们当成什么“底层人物”来写，在我看来他们就是一个个“人”，有我的亲朋也有我的好友，跟他们聊天我没有心理负担，也不必藏着掖着，他们比我还好说话。在北京，宾馆、酒吧、夜总会和高档社区是一个人间，很多人围着个麻辣烫的摊子也是一个人间，热气腾腾的烟火人间。我写他们，因为我在其中；我写他们，因为他们在我身边。我不想替他们诉苦，也不要为他们哭穷，我只是想实实在在地把他们写出来而已。

在芙蓉里，读书时的那台杂牌台式电脑和廉价电脑椅继续跟随我战斗。这里是北京市海淀区，我的关于北京的小说中，大部分故事都发生在这里。我在小说里不断重复这个地名，海淀，芙蓉里，当然还有北大、西苑、苏州街和中关村大街等。我一直住在海淀区，相对于朝阳区、宣武区、东城区和西城区，我对这地方更熟悉一些。2006年我写了一个中篇叫《跑步穿过中关村》，写的时候我住在芙蓉里，写完了，我搬到了中关村。

海淀南路2号楼6门，五楼的一个两居室。租金不低，但相对于这一带的市价，已经很便宜了。北京最好的大学、中学和小学都在周围，租房的学生和家长排长了队，价钱就直往上跑。站在窗前我能看见人大附中的学生在校园里走动，看见他们在操场上打篮球。在所有的运动中，篮球是我最喜欢的项目，来北京之后，已经几年没摸过篮球了。我想这下好了，可以每天傍晚去附中打球。女房东北大中文系毕业，高我若干级的师姐，为了感谢能在激烈的竞争中租下这套房子，我给师姐送了本小说集。

下楼出门左拐就是中关村大街，我对这条街充满了莫名其妙的好感。每次想起这个名字，我就觉得会有源源不断的故事可以讲。我要在靠近中关村大街的地方好好地讲几个好故事。两居，意味着可以拿出一个房间来作书房，如此美好，我把打好包的书解开，一排排摆进书橱。我喜欢看见成排的书上架，三天两头往书店跑大概就跟这个奇怪的爱好有关。现在回头数点，已经记不起来在海淀南路的一年里写了多少东西，不多，但也不会太少，有几个故事我还是比较满意的。我开始有了“生活”的感觉。一个家需要的所有东西这里都有，除了电视，我已经好多年没有看电视的习惯了。在我的感觉中，“家”和“生活”息息相关，但我还是不习惯称这租来的房子为“家”，我在“生活”，在“海淀南路”。下了班，朋友聚会结束，他们理直气壮地回“家”，我说，我回“海淀南路”。就像住在芙蓉里时，我说我回“芙蓉里”。区别于作为“宿舍”的万柳公寓和湖边小屋，“芙蓉里”和“海淀南路”的定义介于“宿舍”和“家”之间。其中艰难而又漫长的过渡，已经标示了我在北京生活的深入。

2007年年末和2008年上半年，我经常站在海淀南路的窗户边往东南看，越过人大附中的教学楼可以看到中关村大街边上的一幢居民楼，我新买的房子在其中的某一层。小区的地址上要写“中关村大街××号”，我在一点点靠近这条街。装修，采买家具，琐碎的细节如此烦人，不过我提醒自己耐心点，再耐心点，一个真正的“家”在慢慢长成。我按照我的设想去布局房子，把家具的尺寸精确到厘米，比较地板颜色最细微的差别，好了，一个第一眼看上去让我想哭的破旧的房子的壳，变成了温润丰满的家，我想要的一切这里都有，或者即将出现，我的手经过墙壁、家具和阳台上的双层玻璃，觉得身体里某个飘荡的东西慢慢落地。我不再需要在每年的7月份为下一个住处发愁，不需要再去网上、房屋租赁公司和朋友那里打听，哪里有适合做我临时的窝。

还在为租房发愁的朋友质问我，拿什么买的房子？我说，在北京这地方，穷人买房子要的不是钱，而是胆量，只要你敢借债。我东拼西凑，背高高的债，我想来日方长，有足够长的时间去一分分地还。我不想整天为一个窝伤脑筋，不想因为过段时间还要搬家，就让一大堆书和其他的物品委曲求全地待在上次搬家就打好的包里，此刻码放在墙角或者床底下——而为了找一本书，我常常要把所有地方都搜查一遍，拿到手时阅读的兴致已经没了。在我自己的家里，我要让每件东西都待在它该待的位置上。想到它时，头一歪，在那儿呢。所以我定做了六个书橱，让它们一直高到屋顶，被缚的普罗米修斯们全都解放，一一归位。

房子装修好，晾着跑味儿的那段时间，我和家人每天从海淀南路往新房子里运书，蚂蚁搬家似的，运一点摆放一点。看见书橱里日渐充实起来，我背着手在书房里转来转去，这是我的房子，我的家，看这一排排的书，我觉得自己像个有学问的老地主。老地主们一天三次来到自己田头，跟我一样想，看，这一顷顷的地，这茂盛的庄稼，全他妈是我的，今天我想吃米就吃米，明天想吃粗粮了，咱就改吃山芋和高粱。这日子很好。比进书店看那成山成海的自我叫卖的喧嚣货物感觉要好得多，在自己家里，我从书橱里抽出的每一本书都是我想看的。

然后我搬家，从“海淀南路”搬到了“家”里。三十岁这年，我有了稳定的卧室、书房、厨房、洗手间和生活，不用担心催缴房租的电话，不需要再看房东恩赐般的脸，我可以改装和修正家里的所有东西，包括我的生活。

此心不安处是吾乡

这一切听起来如此曲折和完美，仿佛我已经在中国的首都扎下了根，仿佛我是一个极其恋家的好男人。我也常这么问自己，而一问我就知道露了馅。我把自己以物理的形式安顿下来，这只是一个可以稍事停顿的逗号，意味着一篇驳杂的文章才刚刚开始。

除了故乡，北京是我目前待得最久的地方。在我想也许我得在这里生活之前，生活已经开始了，海淀、北大、硅谷、中关村、蔚秀园、承泽园、芙蓉里、天安门，有一天我无意中回头，发现它们正排队进入我的小说。最早的一个北京小说《啊，北京》，我没有任何关于“北京”的野心，甚至都缺少要写一个北京故事的明确意识。它是我在北京大街上走过之后，自然而然留下的足迹。生活主动找上了门。我在念书，不上课的时候窝在万柳学生公寓的那间分不清方向的宿舍里。北京生活对我很抽象，故事来源于朋友和虚构。我想象如果我和他们一起走在那条路上，一起见到某个人一起做某件事，我会如何。我只能把他们放到我熟悉的地方，我的地盘上我才能做主。然后是《三人行》《西夏》《我们在北京相遇》等，我知道我在写北京了。《跑步穿过中关村》、《天上人间》、《把脸落下》、《逆时针》和《居延》都是以后的事了。

能写，就得好好写。我想象可能发生的故事，可能有的感受和发现。这个时候，我于北京，很大程度上符合那句绕口令似的术语：缺席的在场，或者在场的缺席。学院与切实的北京某种程度上是隔绝的。我的感受和发现纯属虚拟，没有经过实实在在的生活来证明。2005年毕业，大夏天我一头扎进北京火热的现场。楼房像庄稼一排排长出来，宽阔僵硬的马路，让人绝望的塞车，匆忙、喧嚣、浮躁、浩浩荡荡、乌泱乌泱、高科技、五方杂处的巨大玻璃城。我有点蒙。这些场景我在小说里想象过很多次，但那只是纸上谈兵，远远没能想周全，更没有想明白。没吃到梨子，永远不会知道真正的味道是什么。一个愣头青，下嘴发现梨子不是甜的。他早知道不可能是甜的，但甜是唯一的，不甜却有无以计数之多。我只能从细节入手，一个个分辨个中三昧。

身份。这不是你从哪里来的问题，而是：你是谁？在过去，我可以理直气壮地告诉任何人，我是学生，我是老师，有案可稽。身份证、档案、学生证、教师证，每一个硬硬的都在，它确认你是你，这地方你可以合法自在地活下去。但现在，北京要求你这个外来人拿出户口、编制，证明你有可靠的来源和归属。一种机制在要求，机制里的人也在要求，拿出来吧，给你自由。如果你拿不出来，你只能不自由。从抽象的到具体的，大家看你的眼神就不对。好心人担心大家都有时你没有会伤害你；不那么懂得尊重别人的人，会在撒酒疯时指责你算哪根葱，一边凉快去。

我不知道北京是不是全中国最需要身份的地方，我也不知道那张纸竟如此重要，反正很多时候我被它搞得很烦。我决定买房子时，有关机构跟我说，外来人员必须捏着暂住证才能办手续。我屁颠屁颠去办暂住证。这个派出所不行又跑那个派出所，这里不办必须到那里办，这个时段不行必须下个时段，材料不齐今天办不了，今天不行因为还有十分钟我们就要下班了，明天早上来拿吧。为了这个暂住证我跑了五趟。制度化当然是好事，但是当它成为不停地向你证明你不是你的契机，就相当不可爱了。

很多朋友已经在受此困扰时，我待在学校里念书。我知道身份对他们的重要性，也理解寄人篱下和流浪的甘苦。当我原封不动地一一领受，才知道先前的理解和体贴只能是隔靴搔痒。这种事没法总结和概括，必须贴着皮肤一寸寸地触摸和刮擦，才能真切体味到渗进骨头缝里的那种怪兮兮的感觉。

身份。依然是：你是谁？这回是你与北京的关系问题。现实身份确证的琐碎细节烦了我好一阵子，好在我没有顾影自怜的癖好，习惯了就视若等闲。生活能玩出多少花样，该做的做，不该做的遵纪守法听通知，随它去吧。但我依然为身份焦虑。弗洛伊德说，人的精神焦虑可以分为现实焦虑、神经焦虑和道德焦虑三种类型。我搞不清一个人没事就茫然算哪一个类型。这感觉是我坐在公交车上穿过北京和站在天桥上看北京时的基本状态。

很茫然，那么多人，只能用“乌泱乌泱”来形容，这个词里有种黑暗和绝望的东西在，我怎么就孤零零一个人躲在一辆车里。人周围是人，车周围是车，车和人的周围是人和车，是无数的高楼和房间，房间里有更多的人。一个人深陷重围，完全可以忽略不计，是一滴水落在大海里。在天桥上看得更清楚，尤其是上下班高峰，你看见无数辆车排列整齐，行驶缓慢至于不动，这个巨大的停车场中突然少了一辆车、一个人，你知道吗？这个世界知道吗？他为什么要待在这个地方？北京。你，我，我们为了什么要待在这里？北京。人之渺小，车之渺小，拿块橡皮轻轻一擦，碰巧一阵风来，干干净净地没了。我站在天桥上常常觉得荒谬又悲哀。咱们都是谁啊？我觉得自己很陌生，北京很陌生，这个世界也很陌生。

在这样一个地方，你是谁。像一枚钉子，随便就被深埋掉；要么可以轻轻拔掉，你盯着它看，它就放大，孤零零地放大，如同一座摩天大厦，外在于这个城市，随时可以消失。这就是我一直感觉到的，我外在于北京，跟单位、编制、户口、社会关系等统统无关，只和自己有关。这种“外在”孤独、寒冷，让我心生不安。

的确，在北京我常常不安。

可是，有让我心安的地方吗，心安得让我有扎下根的踏实和宽慰？好像也没有。即便故乡，苏北的那个小城和乡村，我也逐渐心有不安。我在一天天远离那里，熟悉的人陌生了，旧时的田园和地貌不见了，像生在我身上的血管一样的后河都被填平了。故乡仿佛进入了另一种陌生的生活轨道。我回去，如入异地；料想很多人看我，也是不识的异乡人。待在家里，偶尔也会没着没落，父辈祖辈的故事听起来都远在梦里。我不知道哪个地方出了问题。

所以我想，我写了北京，也许仅仅因为我在这里生活，我心有不安。因为我要写，所以就潜下心来认真挖掘它的与众不同处，它和每一个碰巧生活在这里的人的关系，多年来它被赋予的意义对生活者的压迫和成全，一个城市与人的关系，其实也就是一个人与世界的关系。北京的确是个独特的城市，有中南海、天安门、故宫、长城和十三陵，有北大和清华，有中关村和硅谷，有“京漂”、外来人口和已经结束的奥运会。

如果我碰巧生活在上海、广州，或者香港、纽约和耶路撒冷，时间久了，我想我的写作也会与它们发生关系，即使我可能在哪儿都很难有生根发芽之感。这可能是常态，在哪里你都无法落实。唯其如此，此心不安处，非吾乡者亦吾乡。只能如此。

2009年2月9日，知春里

《生活在北京》发表在《江南》2009年第2期，后被收入《无法返回的生活》一书。自2002年来到北京，徐则臣在这里历经求学、工作、安家，与这座城市的联系不断加深。对于徐则臣而言，北京首先意味着时间的加速度和空间的不断迁转，这与徐则臣过去工作过的那些小镇晃晃悠悠的节奏全然不同。在北京生活多年，徐则臣以异乡人的姿态不断靠近北京、融入北京。在这篇散文中，徐则臣写出了异乡人与北京这座城市不断融合的情感历程，也写出了现代人内心深处的无处归依。

——吴旦

我眼中的京味文学

石一枫

说实话，我本人虽然操持着一种近似口语的语言写作，而我的口语据说又是北京话，但对那种特传统、特典型的“京味小说”感觉并不格外强烈。或者说该喜欢也喜欢，但喜欢的往往是几个鲜明的人物，比如老舍的祥子、虎妞儿，邓友梅的那五，陈建功那群“找乐儿”的老票友之类，这种喜欢常常源自于文学普遍范畴里的“好”，没什么来自于地域性的偏心眼儿。就像看到张爱玲写的上海女人、陆文夫写的苏州吃货，我也同样喜欢，与之相比京味文学里的老范儿北京人也没让我产生“找着亲人”的感觉。

原因很简单，那个时代的北京生活我没经历过。所谓“天棚鱼缸石榴树，先生肥狗胖丫头”，或者胡同口的枣树底下喝花茶一盘臭棋杀一整天的生活图景，我也只是在文艺作品里才能见识见识。老先生们尽可以抚今追昔，我要也跟着打地图炮，那就意淫得太没凭没据也太没皮没脸了。我很清楚自己连当个遗少的资格都不具备。事实上，我的童年时期基本上是在一片蓝裤子和绿裤子组成的森林里度过的，上学上的也是部队子弟学校。按当时的概念，北京西部那片大院儿扎堆儿的地方还属于“郊区”，坐地铁去趟西单都叫“进城”了。后来在东四一带上班，这才开始在胡同里穿梭，所见之人也不是坐拥朱门大宅的低调富豪或者群租在小偏房里的打工者，连说北京话的都不多见，哪有什么王掌柜、唐铁嘴、刘麻子？

以前谈到“城市和乡村”之类问题时，我说过一句实话：倘若给我空降到纽约、东京，一定比扔到中华大地的某个村儿里更自在。谈到文学的地域性，我也得再说句实话：我看二环里的老北京，和看外滩的老上海、西湖边上的老杭州一样，全是些隐藏着上个时代蛛丝马迹的遗迹，同样新鲜却也同样陌生。记得以前看过某杂志组织过一批文章，找一帮北京作家写胡同，大多数人都写得温情脉脉眼泪汪汪，唯有王朔完全是一副野孩子不屑认谱牒的嘴脸，痛陈胡同里上厕所的不方便及其在胡同里打群架被人围殴的惨痛经历。在自感外化于“老北京”这方面，我想我和王朔的感觉是差不多的，但和他不同，今天的我要是听说谁号称“住不惯楼房”或者“不接地气不舒服”，那么横生的就是肃然敬意与悄然妒意了，因为我知道，对方很可能已经爬上了我们这个时代资本食物链的顶端。

当然，就算并不拥有多么坚贞的文化归属感，也不妨碍我继续以“北京作家”的身份招摇撞骗，这倒不是因为北京这座城市有多宽容，而是因为北京这座城市太大也太多变了。我们都知道，除了那个仅作为历史和民俗符号存在的老北京，还有一个革命的、政治的北京和市场的、经济的北京，而后两个北京比起前一个北京，其真实性毫不减弱甚而更强。对于我来说，今天的北京更多的是一个现代巨型城市的天然样本，而这种城市总会处在时代的风口浪尖上。就像全国各地都有装修风格、食物种类大致相同的星巴克咖啡馆，你在别处也就是“蹭蹭网，发发呆”或者跟披头散发的布裙女子聊聊人生，而在中关村的星巴克却会目睹神情亢奋的理工男喝着三十块钱的咖啡聊着三个亿的融资。要是到了东四环外野模遍地的“文化产业园”里，没签过阴阳合同都不好意思跟人打招呼了。我们总是说《安娜·卡列尼娜》写到了多么深刻多么宏大的主题，但却总是忽略安娜自杀为什么选择卧轨。这也许仅仅因为19世纪的俄罗斯刚刚普及了火车，托尔斯泰就是这样直截了当地强调了安娜的故事只能发生在他的当下而非过去。同样，北京的安娜想必也是会顺理成章地“卧轨”而非投井、服毒，像尤二姐一样吞金，这也是因为生活在北京的人们在某种意义上具有中国最为明显、强劲、不容置疑的当下性。不过话分两头说，题材的优势往往意味着题材的难度，人人都看到的东西也就等于人人都有发言权和评判权，如果你所写的北京不像今日之北京，那么任何一个非专业的读者哪怕是并不生活在北京的人都会指出你的纰漏。基于这个原因，以北京为题材写作的作家既占了这个地方的便宜，也得清楚便宜不是说占就能占的，它要求你有着更加客观、全面的观察，也要求你尽量保持一个生活中人的状态，而非任性地成为书斋里的作家。

再说回到那些京味文学的经典作品中去，我们也应该意识到老舍之所以是老舍，并非仅仅因为他写了小羊圈胡同和一群形态各异的老市民，更是因为他所触及的往往是一个时代最主要、最无法回避的社会历史问题：阶级分化、民族救亡、旧时代的消失与新时代的来临。作为一个特殊的城市，这里的人和故事天生与时代的走向息息相关并且可以成为一个国家命运最典型的代表，也许这才是北京对于作家而言最重要的资源。从这个意义上来讲，“京味”如果只是作为一种腔调存在，其意义也就不那么重要了，而足够宽广、深邃和具有总体性的视野和眼界，才是这个地方文学风貌的价值所在。

《我眼中的京味文学》发表在《福建文学》2018年第8期，是探讨“全球化图景与地域性写作”专题的一篇随笔。在这篇文章里，石一枫写下了他对京味文学的切身体悟。在他看来，文学作品中的“京味”不只是一种腔调，更是北京这座城市宽广深邃的内在，是人与城市、与时代命运紧密结合的表现。正如他所说，老舍之所以是老舍，并不仅仅是因为他书写了北京胡同里的老市民生活，更是因为他触及了一个时代的社会历史问题。这是石一枫个人的思考，但从这篇文字中，我们也可以看到新一代北京作家对何为京味、何为北京文学的新理解。

——吴旦

北漂纪

袁　凌

一

十六年前，我第一次乘坐火车北上，穿越黄河的分界线和华北平原，地图上显眼的黄河已变得微小，我没有注意到何时经过了它。平原一望无际，地土比南方干燥松散很多，几乎没有成形凸出之物。时值初夏，农人在铁路线两旁田地里收割小麦，还有在北方出产的花生，挖掘出植株后就地摊开晾晒，他们自己的脸面和手臂也现出手下庄稼的颜色，皱纹在无遮无挡的太阳下摊开。我写下了一句诗：我晒到了北纬39度的阳光。

到达北京近郊，景物倏然变得不同，和斑驳楼群一起出现的，是分布铁路两旁的大片灌木丛，挂罥无数的塑料袋和垃圾，随列车裹挟的微风飘动。我知道这是一座大城的序幕，但还是对这种邂逅有些不适应。

到北京的当天晚上，我住在六铺炕附近一家招待所里。

扭开门把手时我被电击了一下。躺在床上，头往铁床架上靠的时候又被电了一次。伸手去揿床头灯，金属按钮再次让我被电了一次。我的心恐惧起来，似乎来到了一间四处漏电的房屋，稍不留意即可身亡。我翻身起床小心地开门，叫来了服务员大妈，告诉她屋子漏电。她完全面无表情地看着我，似乎看着一桩难以理解的事情，没有做任何解释又离开了。

后来我终于明白，这是北方的静电，是每一个从南方初来北京的人都曾经历的恐惧。

秋天在清华园里安顿下来，我学生宿舍里的主要陈设是两张铁架子床，倒不再时常经历皮肤一激灵的恐惧，或许北方干燥的空气渐渐接纳了我，架子床上层书籍的尘灰安抚了静电。

每天在走廊尽头的大水房里洗漱，有一段学着电影里“混社会”的样式，省去洗发精用洗衣粉洗头，流到眼睛里龇牙咧嘴，仰头浇上半天冷水。大水房朝向西边，夕阳回光返照，远处的山脉依稀连绵，近处的院落也现出参差，像是深宅大院，常常让我生出无端幻想。我能了解这座城市的多少内情，它过往沉积的秘密有几分会与我有关？这似乎是我来到北京的缘由，眼下却像阻碍重重，无从穿越。

校园里有一条弯曲的人工河流，淌着黑色的污水，一直往西边流出校园，进入北大的地界。我顺着河流走去，离开宿舍区食堂、林荫道和百年大礼堂，穿过河边的灌木，后来发现到了校办殡仪馆，或许有火化的烟囱。四处隆起小丘，深秋树木荒凉，感觉园子已经死去了一百多年，又仍旧活着，有一种回声，想到那个不久前“铊”中毒的女生，似乎自己也会不经意遇难。

去到师兄居住的单身宿舍，进门像是一间库房，书籍堆到了屋顶，只给人留下穿行的缝隙，被线装书陈年的气息统治，不论如何泛黄、落灰、虫蛀，书籍是这里真正的主人，师兄不过书页中一条蜗居的虫子，等待出头之日。我明白了一件事情：我不想待在这里，成为另外的一条，从生到死被安排妥当。

我经常在远离校园的地方奔波。有限的待在宿舍的时光，我常常拿着新出的报纸，上面有我的一整版稿件，对着铁架子床一字字地重看，依稀闻到印刷机的油墨味儿。这似乎是很确定的一种保障，身体却又微微颤抖，意识到自己即将做出一个决定，改变三十岁往后的人生轨迹，或许会像抛物线般坠落。

同住的室友在台灯下看马哲的参考书，往他那台紫光电脑上打读书笔记，他入学前来自山东某个市的团委，想着博士毕业后回去上调一级，进入团省委，眼下这算是仕途的快车道。他的家人都在山东，每晚要用IP卡打长途电话联络，有时我能听见他儿子牙牙学语。我感到我们的全然不同，身体中微微颤抖的希望，不知如何对他讲述。

冬天的末尾，我搬走了铁架子床上的被褥和书籍，离开了清华园。

二

八到十个人群居在金鱼池小区的一幢复式房子里。那时还没有“群租”这个不合时宜的名词，八个人都是《新京报》的同事还有眷属，我住其中朝北的一小间。另一同事住朝东的一小间。两个同事合住朝南的一大间，有时候老胡的老婆带着丫头从石家庄来看他，有时则是小韩的女友来同居。楼上有一个女同事独居一小间，另有两个男同事合住长条形屋顶倾斜的阁楼，屋顶低的那一边只是摆了一张行军床，作为长期出差的小李偶尔回京安放身体之处。因为总有人在出差，屋顶下满员的时候并不多。

房子是回迁房，眼下叫金鱼池的这个地带，就是从前老舍笔下的龙须沟，龙须沟固然早已填平加盖，名字中的金鱼池也不见踪影，从来没人提起它在文学史上曾经显赫的过去。

房子具有回迁房的一些特征。譬如墙壁单薄，外表看上去清爽白净，造型也不错，里面的温度却是冬冷夏热。户主没有装空调，冬天也没有顶事的锅炉暖气，而是早早装上了电暖气，一开闸电表数字呼呼上蹿，各家分摊时必有抱怨，每次受不住了稍微开一会儿都有负罪感。阁楼屋顶有个地方漏雨，慢慢变成很大的一块斑渍，一些石灰渣子落到地上，总担心有天那块地方会整个掉下来，在它最终可能掉下来之前，我们集体搬离了那里。

这里离虎坊桥的报社不远。时近午夜，离开主管编辑那间烟雾腾腾的楼梯间，走下光明日报老楼的八层阶梯，已经没有公交车，顺着永安路慢慢地走回去。街上的老式路灯永远电力不足，带着朽红的光晕，路旁有一处处塑料小灯链扭成的“串”字，下面升腾烟雾，两三个晚秋仍旧穿着汗衫的北京爷们儿在吃喝，脚边已经躺了一堆空酒瓶子，小桌上还竖着一打半打，他们真是尽量打算把一年中的日子都当成夏天来过。街面空空荡荡，却不时要小心绕过一堆形态可疑的呕吐物，让人胃里一下子揪紧起来，一直紧到喉咙。

除了这样的时刻，心里大抵是带着一种倦怠的松快，终于交掉了稿子，又若有所失。似乎在北京，除了在带着一个大后脑勺的台式电脑上码出来的这一篇篇稿子，没有其余可靠之物。一个房子里租住的同事们也大抵如此，老胡虽然在石家庄有家属，却似乎不大希望她们来，一个看上去不能再普通又有点憔悴的北方女人，一个有点像老胡自己的胖丫头，带着一副混不吝的神情。老胡一开腔大抵是叱骂，有时会因为淘气揍她，可她像是从来也没怕过。有一次老胡还当着室友的面揍起了老婆，大家连忙去劝架，老婆虽然哭了，对于老胡和妻女，这似乎也并不特别，只是他们一种通常的交流方式。

我会想到，自己已经三十岁了。从前浓密得沉重的头发已经微秃，自从在清华园的水房里用洗衣粉就冷水洗头之后，这个过程倏然加速，顶门心已经感到深秋的凉意。和那些在街上留下呕吐物的人们不同，我没有穿着汗衫坐在发光的“串”字下彻夜吃喝的权利，早晨在昏沉睡意中可能接到一个电话，立时挣扎爬起，背包去两千公里外采访。

和老胡合住的室友与女友同居了，我把底层的小屋留给他们，自己搬到楼上，接手了那张行军床。行军床原来的主人在外出差越来越久，我和他也类似，可以彼此不妨碍地共用这张床。除了这张行军床我还拥有一张桌子。有段时间我把一张照片搁在桌子上。

这是一张死者的遗照，他的父亲是我在奉节县采访中认识的一位爆料人和向导。儿子在唐山铁矿里触电身亡后，他给我打来电话，在虎坊桥路口旁的四川小馆里，他拿出这张照片，小心翼翼地摊在看不出颜色的塑料桌布上，怀疑儿子是电击致残后被故意弄死，希望我帮帮他。

我没能帮到他，只是把照片放在我的桌子上。照片上死者躺在冰柜里，耳朵和紧闭的眼睑旁边有凝结的血块，浑身显出紫绀色。有时洗漱之后，我提醒自己看一眼照片，再入睡。

那天我从报社归来，发现照片不见了，问室友老宋，说是撕掉扔进垃圾堆了。“太吓人了。”老宋说。

我险些跟他打了一架。

我们不想待在这套房里等待第二个冬天，决定搬到报社附近的小区里去，这是一片老式的规规矩矩的居民楼，地段名叫禄长街，还有一条相邻的巷子叫寿长街，又开着卖花圈的铺子，让人有一种和字面意思全然相反的联想。

我仍旧和老胡一家合租一套两室一厅的房子，也是从前的《新京报》同事腾出来的。我住次卧，房间里除了一张床，有一个小小的书架，房子正像老式居民楼那样不新不旧，有种纯朴的感觉。但是我忘了书放在什么地方，和在金鱼池时一样，它们离开清华园的铁架子床之后就失去了上架打开的权利，应该只是待在纸箱里，码在床脚，现出令人不适的轮廓。

院子里有一棵大树，枝梢升到了窗前。这是房子的前任芸告诉我的。她住在这里时是春天，大树的枝梢透出不可重现的清润，尖端抽蕊发芽，似乎不属于厚重的大树。我们因为这棵大树交谈起来，芸告诉我她刚到北京的住处。当时她从上海过来，挤在一个高中同学的铁架子单人床上，在报社附近找房子，一时没有合租的人。下班时一个摄影记者对她说：“我们那里有一个地方，你去看看，要是不嫌弃可以先住一下。”

芸去看了。那称不上是一个房间，只是一个缩进去的空间，够放一张床，睡觉需要从床头爬上去。芸接受了这里，住了半个月。从那个洞里，芸每天清早接到派料，起身去采访，有次料来得太早，她没有洗脸刷牙，就冲出去跑了一天，傍晚才回来，也并不觉得辛苦。

她感谢那个摄影记者和他的室友，给她提供了这么个地方，直到她找到眼下我住的这个房间。她在这里住了半年，又跟着合租的室友搬去陶然亭，那对情侣希望住宿环境新一点。

我去芸的新房间。

这是个新建的小区，芸和室友租的房子临街，在那条只是铺上了沥青、显得没有完全整饬好的路上，依稀可以看见她的小房间。半斜开的窗户，里面有一丝微光，似乎带着蓝色。后来我一直怀疑，是她台式电脑的鼠标发出的。当电脑关机之后，这个光电鼠标还会一闪一闪。

她似乎需要这点闪烁，陪伴熄灯后的黑暗。房子在七层，有电梯，但有次停电了，漆黑中一层层爬上去，感到是在一口井中，依靠摩托罗拉手机的一点点光亮。中间在台阶上坐下来，想象这时有个北方的男孩在身边，摸摸她的头发，眼睛会湿润，像是那株窗外的植物被浇灌了。

同居的一对恋人时常吵架，看起来每天都可能分手，可是他们有了孩子，后来结了婚，去了海南。看起来报社像几千口的一大家人，各人在屋顶下还得找各自的归宿。

三

半年后我从那家报纸离职，和芸一起去了上海。再次回到北京，我住在联想桥附近的一套一室户里。

小区在一条巷道尽头，房间比禄长街那间要再旧一点，有些地方墙皮剥落了。床头墙上有一副前任租户留下来的镖盘，我没有取下来。

比起我和芸在上海华师大后门租的那个房间来说，这里太安静了。那个房间面临人字街头，几乎就是在“人”字形分叉的顶头，面对一整条街道汹涌的车流。似乎只有在上海才有这样位置的房子。为了适应街道交叉的方向，房间是椭圆形的，像船舱的头部，悬挂着几副落地的旧绒窗帘。芸说她喜欢这间房子的形状，“住在这儿感觉像公主”。

芸从来就不是公主。她只是下岗的纺织厂工人父亲和尚在经营的搪瓷厂工人母亲的女儿。母亲很忙碌，她只是父亲的公主。

从第一刻开始，街道的喧闹声似乎要把房间抬起来，两层玻璃完全挡不住。发动机沉重或粗犷的轰鸣，疲惫后释放的叹息，掺杂着喇叭忽而尖锐的杂音，似乎全然不受管制。这种杂音特别刺激听觉，像是一个个刺客从那条汹涌的河流上忽然跳起来，穿破纸一样单薄的窗玻璃，杀入耳朵。

夜晚随着路灯变亮，河流的样式更加清晰，车声越发高亢起来，在10点左右达到高峰，像是这座城市的夜生活，午夜过后也不甘于寂寞，从未完全平息。清晨太阳早早升起在街道尽头，热力穿透了窗帘，车声又周而复始地高涨起来，喇叭声尤为刺耳。

不知我们是怎样适应了这里，在洪流之上酣然入睡，也不知芸的父母是怎样适应了她回到上海而不归家。我见到过一次那个沉默的男人，在长宁区某处的街头，看着他骑老式自行车过来，穿着一件电工的工装，无声地把一件东西交给我，多年下岗打零工的生涯完全磨灭了他任何尖锐的神情，即使对于我这样一个带走了他女儿的外人。

芸的台式电脑从北京归来，搬到了这间屋子里。当时没有笔记本，我们背着台式电脑的显示屏和机箱辗转，不以为沉重，能有一只平板的显示屏已经不错。但那只光电鼠标不见了，消失在奔波途中。夜晚窗帘从无全然遮蔽马路上的灯光，无须蓝色的小小光亮。

在人字街头上方住的时光不长。生活和心境还没有安定下来，我就折回了北京，芸追随来到这里。我们去市场买了几株盆栽，其中一种叫猪耳朵，生出长长蔓丝，顶端触须微微卷曲，总是习惯穿过相邻绿萝的茎叶，缠绕无从分解。我们也像是这样的两株植物，但最终，我们在这间屋子里分了手。

芸走后的那个上午，阳光依旧不错，我坐在屋子里，看着空空荡荡的景物。窗台上的猪耳朵衰弱了一点，似有灵感。我为它只拥有这么个名字感到抱歉。镖盘仍旧在墙上，带着黑黄分明相间的刻度。我用剩下的最后两只飞镖扔了一次。扎中了靶心，但没有什么被改变。

夜晚我穿过灰色巷子出街口，巷子里长期停着一些废弃的车辆，蒙上厚厚尘灰，喷漆已经剥落，露出锈蚀的内情。其中有一辆，常春藤蔓从车头的变速箱里长出，冒出了锈蚀的车头，车灯的窟窿也缠绕翠绿之绳，探寻空气，整辆车和植物不可分割，变成了半是死去半是活着的一种东西，让人想到它为何被抛弃在这里，时光已逝去多久，却永不会有人探望。

我在巷子口看到一个乞丐。他垂头背靠废弃的小汽车轮胎坐着，对于随时向路人乞讨失去了兴趣。路灯的晕黄灯光落在他身上，也渲染了植物的蔓丝。我忽然生出一个念头，在他面前蹲下来，问他叫什么名字，是哪里人。他面无表情，显得这类问题对他毫无意义，或许也没有答案。我掏出一张百元钞票，带着票面的微红，搁在他眼前的空缸子里。奇迹发生了，他刚才麻木的表情忽然变化，露出了一丝微笑，像是打开一个豁口，带着惊讶和因此而来的羞怯。

我在这一道豁口里走开了，想象他幕布后面的情形，我们都是一样孤独的人。

四

我在通州住过一小段日子。

是在地铁八通线华联家园站的附近，并排几幢现代风格的楼房，外表带着一些装饰图案。房间也是不区分厅卧的大开间，统一装修，可“拎包入住”，专供在国贸大望路一带上班，暂时还买不起大房子的白领。八通线地铁刚开通不久，这种需求多了起来。我租的就是一对先前在国贸附近最高的写字楼里上班，结婚后又去美国读书的白领的房子。

这是我在北京第一次真正独居。晚上我会失眠，听见小区保安在楼下走近，又走远。围墙附近杨树风声飒飒，下雨前树叶翻滚，现出一团亮光。深夜保安脚步停息了，我在单人床上欹侧，枕边一本荷尔德林的诗集。在北京，我拥有的只是这个身体，和荷尔德林在一起。

小区门外街边比较安静，到底是新的社区，在附近一片小树林，我意外看到摆了几十个蜂箱，有人就着一片槐花养蜂。这是我第一次看到有人在城市里养蜂采蜜。晚上在带着晕黄的路灯光下，有几处出摊卖碟子，我吃饭后沿路搜罗过去，买两张回去，在我新近拥有的带光驱的笔记本电脑上看。这个笔记本对我是一大笔支出，但仍旧是值得的，我告别了需要拖着台式机搬家的日子。

有时我在午饭后走到附近的火车站去，这主要是一个货运站。没有什么旅客上下，只是堆着许多原木。它们大约来自遥远的关外，长途跋涉之后现出棕红，散发松脂的隐约气息，现着浑圆却称不上宽大的轮廓，大约那边的家族都被砍伐过一茬了，只有极少的时候，看见巨大的原木，一节车皮似乎只能放下几根，似乎最后的孑遗，让我想到家乡传说中的黑林子，藏在四岔河和神仙湾最深处，却也让人怀疑是否真的还存在。火车站紧挨着八里村，属于地铁的上一站，破破烂烂的几条巷子，带着想不到的各类名目的招牌，有一种完全不讲究的热闹，和华联家园附近完全两样。

在这个村子里，我见到了研究生同学胡勋。自从八年前毕业分配，我们没再见过面，完全没想到他会住在这里。

他的身份是社科院的博士后，社科院在这里有一处单身宿舍。他和女友同居，和其他一对伴侣合住。

屋子的内情令我意外。房间的中央部分被布帘隔了起来，我们顺着一条环形的过道，去到属于胡勋和女友居住的部分。这个半段环形的空间里摆着一张床，另外还安置下一副灶具。房间不怎么透光，白天需要开着电灯。

这无法和我独居的公寓相比。灶台下面搁着几株有点萎缩的青菜，胡勋说是赶菜市场关门时去买的，那时菜价会大打折扣，一块钱一大把，够他们吃上几顿。

女友是新加坡人，随胡勋来中国后没有工作，两人靠胡勋的博士后津贴生活，租不起房子，只能住在这样的环形单身宿舍里，胡勋每周三次赶地铁去花家地的社科院本部上班。地铁到了八里庄基本上不去人，他就走一站到华联家园的地铁去排队，三轮之后大约可以上车，贴着车门赶到大望路换公交。我想到从前在上海读书，胡勋说起每次坐火车回贵阳，买不到坐票，在车厢连接处蹲下来，或者找个洗脸池窝上去，事先吃两块巧克力，四十多个小时不下来，也不上厕所。

女友看上去清秀温柔，两人在一起的神情显得肖似，胸前悬挂着相同式样的小小十字架。比起在学校的时候，胡勋像是变成了另一个人，天生和女友匹配的。

我们穿过那些墙皮剥落的巷道，去菜市场门口吃烧烤。胡勋一定要请客。烧烤很便宜，但我有点过意不去。地上吹着微风，纸屑微微飘动，胡勋咬着一串抹了辣椒的烤茄子，对我说起明年一切都会好，他们会去美国，那里有足额的奖学金。她并不需要找工作。女友不大听得懂汉语，她的烤茄子上没有抹辣椒，她恬静地微笑着，间或听胡勋转头用不大熟练的英语跟她说上一句什么。

我想到虽然他们住在这样的环形房子里，傍晚去即将关门的菜市场买菜，却是幸福的。远处隐隐传来货运车站的汽笛声。

五

我应聘到一家杂志社做编辑，每天从通州挤地铁去上班，路上太折腾了。单位提供了过渡住处，在《城南旧事》里写的香炉营旁边。

香炉营已经拆迁了，那些年北京拆迁的进度还不那么迅速，多数人搬走之后，每条巷道还剩下一两家钉子户，整个街区空荡荡地摆在那里，暂时没有人来翻动，看起来要一直搁下去似的。我有时想到，它是否该作为历史古迹被保留下来，当然联想到林徽因梁思成旧居被拆事件，这是不可能的。英子看人摇动辘轳汲水分水的那口大井台，也早已不见踪迹，不用说水光泼溅的情形。

晚上我喜欢在空下来的几条巷道里转，路灯的电路没有切断，迁走人家的门牌号还在微微发光，连同一些“文明户”“五好家庭”之类的小金属牌额，让我想到家乡的“十星户”“计划生育放心户”之类牌子，往往挂着牌子的农屋已空无一人，瓦屋顶也要从中段塌下来了。

我住的小区大约就是居民的回迁房，房子是杂志社租下来给一个高层住的，他的衣服虽然成列地挂在柜子里，人却不常来，我有幸沾光。这位室友是一名退伍军人，在杂志社的身份有些特殊，近乎社长当年在部队的私人关系，他没有成家，常年似乎在外边替杂志社跑一些文化产业项目，譬如说投资拍电视剧，却从来没有成功过。

偶尔回来，他总是酩酊的状态，不知是工作的应酬与否，不大跟我说话，似乎对于有下层员工和他分享房间感到不愉快，一个人待在屋子里，有时看上一会儿电视，在客厅的茶几上留下几根烟蒂。

房间光线不足，天气暖和的时候，我宁愿待在院子里的几条长椅上，读一点书。我记得仰躺在长椅上读亚里士多德的《天象论》，亚氏写到恒星是一类永恒的生命体，虽然不及永生的神，但也拥有不灭的灵魂。书页上方是晴朗的北方天空，带着一点白云，我找不到恒星的痕迹，但它们在蓝色的某处深处隐藏着。这么多年来，我似乎第一次发现北京的天空很干净，像是被英子记忆中的井水洗涤过。

我习惯了在单位的写字间里待到很晚。单位就在宣武门路口附近的庄胜大厦楼上，那里人的气息更多。有时候跟熬夜的同事一起下班，在大楼底层拐角的地方道别，看他背身在风口里点一根烟，抽上两口。我的技术不过关，无法在风口里点燃香烟，也还不想抽。经过香炉营走回小区，一步步更浓厚地闻到退伍军人的气息，双脚沉重起来。

我打算另外去找个房子。

有个合租信息是在广安门外。这和我理想中的地段有些距离，但我仍旧抱着试试的心情去看了看。

信息上说是三室一厅的房子，去了我才知道，主卧有三个女孩合租，次卧里也住了两个女孩，都是打工妹的样子，留给我的是第三间卧室，位置是一进门，过道一侧是这间卧室，另一侧门对门是全屋的厕所。几个女孩眼巴巴地看着我，看来她们由于工资微薄，很希望有人来分担房租，并且不在乎合租者的性别。

有一刻我很想租下来，体会一下和一群打工妹相处的感觉，即使这间三卧的价格定得和主卧差别不大。但是想到门对门的厕所，关着门仍隐约飘散的气味，早晚和她们轮番抢厕所和淋浴的尴尬，不能在家穿短裤打赤膊的忌讳，我还是却步了。出门的时候，我仍旧和她们一样感到某种遗憾。

看了几处房子，我交了一个月中介费，租下了手帕口附近一间合租的次卧，结束了和退伍军人合住的日子，也离开了英子记忆中的香炉营。不知道它还在那里撂了多久，直到开发商的挖掘机大举进场。

六

这间房子在一个极其老旧的居民楼片区里，几乎称不上是小区，要穿过曲折小巷到达院子，街巷像是在一场防空运动上包上了厚厚的甲胄，不知道它的来历。但是房间内部经过装修，铺有复合木地板，看上去很新。

我把行李和经过辗转剩余又新添的几箱书带到这里，跑了一次二手货市场，让它们有了再次摆上书架的权利。房间不大但也够一个人住，除了地板还有空调，自然也少不了北方的老式暖气。虽然窗户朝西，夏天过去仍旧留有余热，我还是有了拥有一间房子的幸福感。同住的是一个早出晚归上班的男生，总是关着门。客厅很小，类似一个过道，我们见面的时间很少。

夕阳停歇在一片老旧平和的屋顶上。床上铺着一个女性朋友帮助我采购的碎花被子和枕巾，她还承诺刺绣一个枕头送给我。这让我对这儿有了一点家的错觉。我不用那么经常逗留在单位的格子间里了。

每次去单位，需要走过那些像是包着厚厚甲胄的巷子，穿过叫里仁街的一条短短街道去搭公交车，街道一旁新开发成了小区，和周遭有一条清晰的分界线。有两次打的回来的时候，被司机听成女人街。后来我知道，它的真实身份和这类想象截然相反，叫作半步桥，一个我在沉重的近现代史册上屡次翻阅的名字，那座小区从前是半步桥监狱和看守所的地盘。

半步桥的起源不明，自从修了民国第一监狱，似乎衍生出了“奈何桥”的意思，流传下来一首犯人唱的歌《七笔勾》，大概是过了此桥，将爱恨情仇、烦恼牵挂、人生抱负一笔笔勾销的意思，逐段唱下去，终究勾销完毕，最后被勾销的大约是桥本身，眼下已和当初的监狱一样杳无踪迹。但在那里仍旧有一丝气味隐藏，我似乎也理解了旁边巷道墙壁和屋顶如此厚实的来由。

很久以后我走进小区，看到赭色楼房顶楣有小天使的浮雕，显得特别。联想到狱内设有刑场，民国和新中国成立后处决过很多犯人的往事，猜测小天使大约是拯救含有怨毒的亡灵。因为这个缘故，这个小区的房价也比周围低一截，开发商据说都因此破产了。在小区的一侧，保留着监狱曾经的大墙、砖棱和被爬山虎覆盖的陈旧的高压电线，显得平和，围墙中段矗立一座岗楼，没有了值守的身影。

冬天来了，里仁街上变得更为寂静。平房四处发烟，被风压贴着屋顶，路边也似乎生有煤炉。路面积水成冰，小区外停的几辆车底盘上挂了凌条，这种家乡屋檐寻常的景物是我在北京第一次看见。屋子里暖暖和和的，但那个女性朋友的刺绣枕巾没有到来。

在里仁街的出口，能看到不远处的南三环，夜晚高架桥下灯火闪烁，似乎穿过那个路口是另一世界，更为荒凉空旷。我的租屋在这条界线内不远，不知哪一天会越界，落到更荒凉的地带，像地上偶然的纸屑、痕迹被一阵北风带走。

室友的租约到期了。他是把整套房子租下来，再转租一间给我的，我从来没有见过房东。眼下他想搬走，却不愿放手这套房子，不肯让我直接跟房东续签，打算仍旧当二房东，并且把我住的房子租金提高了两百块。当初租住时他给我瞟了一眼合同，我发现这间房和他住的主卧条件相去甚远，价格差别却不大，眼下更无法接受他的涨价，因此只好散伙。但我的合同是比他晚一个多月签的，还没到期，想让他分摊一个月的租金，因此第一次去了他住的房子，逗留了比较长的时间，却没能成功，他保持着沉默，似乎一种其奈我何的态度。

我回到自己的房间里，生闷气，房间也似乎失去了从前的好处，显出各种不起眼的缺陷，譬如冬天的暖气不足，阳光又偏偏和夏天正相反，转到了南方去。木地板铺的时间还不久，有些地方却有翘起的迹象；说到公用部分，卫生间太黑太小，没有通风口，也没有专门的厨房，做饭的心情不大。电视老旧了，彩色像是事后涂抹上去的，看纳达尔在红土上的网球比赛，难以分辨网球落到了哪里，而这是我晚上不想入睡时喜欢上的一项节目。

想到这些，更觉得自己吃了不小的亏，简直想要找个办法报复他，脑子里出现种种的方式，调动自己可能有的一些能耐和关系，似乎办法还不少，一时牙咬得紧紧的。转念又发现，自己想出来的这些方式，没有一种是一定会见效的，代价也都不比半个月的房租小。毕竟我和室友一样，只是个漂在北京的外人，才会来租这样的房间，他大约也是看穿了这一点。

想到后来，最现实的是放弃这间房子，按时搬走寻找下一处。好在冬天已经过去，找房子搬家的奔波不用那么苦寒。我也实际这么做了，在一年差一个月的时候告别了这里，去向下一个住处。

七

我请一个同事来帮我搬家，他新近买了车，一个后备厢加上后排座位，正好把我的家当全部装下，从半步桥迁移到了三里屯附近。

那些年三里屯正值繁华，但南街已经开始拆迁。我租的房子在南街往东一点的一处老家属院里，和酒吧街隔着几排老房子和半个街区的距离，几幢高大的建筑挡住阑珊灯火。合租的是一个腼腆的男生，看起来有一种温柔感，和前任室友差别很大，也不是“二房东”。但当然，他和所有先来者一样住了较大朝南的屋子，留给我的是朝北的较小次卧，光线和冬天的温度都不如主卧，不过价钱也着实便宜一些，毕竟是跟房东签约。

这是我离开金鱼池之后又一次租朝北的房间，让我想到老狼的那首《流浪歌手的情人》：“我只能给你一间小小的阁楼，一扇朝北的窗，让你望见星斗。”或许因为从窗户里看出去，晚上真的能看见几颗星星，透过院子里几株大树的缝隙。

房间里除了一张床，主要的家具是一副连带书桌的白木书架，式样和颜色淡雅，看上去很不错，也是我选择这处房间的原因之一。我把装在同事后备厢里带过来的书都上了架，摆得满满的，在桌前坐下来，打开黑乎乎的笔记本电脑，有一点儿幸福感，打算在这里认真写点什么。

但是过了不久，书架部分忽然没有征兆地塌下来了，差点打在我的头脸上。我把书都拿下来，书架没有复原，内部连接的铁钉子都崩开了。我只好请房东过来一趟。

房东没有找我的麻烦，毕竟他当初保证过书架很牢实，可以插满书籍。“宜家的东西不经用。”端详一会儿之后他说，我才知道书架出自一向不熟悉的品牌宜家。

想不到什么补救的办法，最后把书架拆了下来，只留下桌子。这样我的书又回到了纸箱子里，摞在墙边。好在书桌显得宽敞了。

晚上我离开小区，走到三里屯酒吧街上去。这里和隔着半个街区我的租屋是两个世界，十字路口人车堵塞，无尽的喧嚣和灯光汇合流泻，路北一排酒吧，路上密麻麻地站着身姿前倾、神情急切的女性，随时拉人入内，倒没有人烦扰我，大约注意力都在车主身上。酒吧里面灯光迷离，人影晃动，那是我来北京之后未曾进入的世界。

我穿梭而过，到了使馆区。使馆区严肃安静，四处围住铁丝网，设置路障，却也让我明白了刚才酒吧街热闹的一个来源，这里有很多的外国人。我顺着一条开放的横街走入，经过两个警卫，他们纹丝不动的站姿像是出于一种命运，有的在铁丝网的暗处，只有走近了才能注意到，让人心里一紧，他却保持着面无表情的姿势。

我走入竖街，两旁斜伸出浓密的树木，在上空合成穹庐，成为压低了的另一重天空。这是一种修长乔木，含有特别的青翠，似乎属于南方。另一条街道遍种柿子树，眼下也饱含青翠，我喜欢顺着这两条街走一个来回，再穿过酒吧街，回到沉寂的小区，我的拆去了书架的桌子前边，面对笔记本上敲下的文字，属于往昔黑暗深处的时代。

有时候我没有走得这么远，只是从小区大门外往北走，进入这片街区更内部。路旁有一所技工学校的体育场，隔着铁丝网，零星有人在晚饭后健身。穿过两家打烊的餐厅，迎面有一所外表黑沉沉的建筑，黑暗中闪着一些明灭的小灯，隐隐看出下面的装修，带着浮雕和护板的线条，是一家夜总会，叫名门夜宴。

它似乎没有窗户，四周包裹得严严实实，我完全不知道它的内情，入内的是些什么样的人。它的名字让我想到最近冯小刚的一部电影，不由联想到里面可能进行的诡谲、权谋与情色，所有的欲望和金钱在这里复合、发酵、膨胀，或许有天会爆炸，带来难以预料的毁灭。但眼下，它保持着黑沉沉的名门气度，和渺小寒碜的我完全没有关系，即使走近一步也感到心理压力。

许久以后，听说它果然在“天上人间”的风波中被一并封闭，我再次路过那幢建筑时，它已变成了一家商场之类，封闭的门户都已打开，外墙的浮雕护板显出破敝，像病人发黄的皮肤，底层似乎变成了两家快递公司收发货点，毕竟它不当街门面价格上不去，当年豪门的气质不见踪迹。

那些夜晚，我从名门夜宴往回走，回到家属院中，院落里几株乔木掩蔽，下面裸露着北方的黄土没有精心整修过。空地上莫名地摆着一只旧沙发，布套已经破烂，但还保留着一只沙发的模样，或许偶尔有人小坐。多年后我看到刘若英拍的电影《后来的我们》，周冬雨拉着井柏然从院子里抬回去一只旧沙发，就想到了这只。不知它在院子里究竟摆了多久，近年北方的雨水增多，它在够不上遮蔽的大树底下，能够耐得起几番风雨和潮气侵蚀。

有天深夜，室友出差未回，我坐在出租屋的马桶上，忽然感到腹部剧痛，连续腹泻到虚脱，坐在马桶上无法起身。有一刻我觉得自己会就此死去。如果这样，将像落在水泥街道上变脏的雪一样，被成吨的工业盐融化流入下水道，不发出声音和留下痕迹，无声地来，无声地走，失去性命很久才会被人发现。在卫生间的下水管道上，有一队迁徙的蚂蚁，永不停息地上下穿行。我的性命比不上它们中的一只，尽管被叫作“蚁族”。

八

2010年秋天，我到了眼下的住处燕丹村。

那之前的一段，我想去住地下室。一方面由于身上仅余几千块的资产，另一面是遗憾没有这类经历，似乎缺了一块。

我去过几次地下室。一次是在双井附近，去探望一位上访的大姐。顺着台阶下去，通道顶上横亘热气管道，两旁是排列的小门，像是一个个储物间。大姐住在其中一间里，一张单人床外刚够靠床头摆下一张小桌，桌上摆着电饭煲，床位上摆一个案板和碗筷，其他东西都装进塑料袋，挂在墙上。大姐说冬天不冷，夏天也不热。就是洗衣服有点费事，挂在廊道里阴干。另外一次，是有个朋友来京住在建国门附近的地下旅馆，走下去以后像迷宫，拐两个弯才找到他住的房间，推开门是一副床炕，炕上铺的床垫横顶在门上，人要站在门外爬上床去，顶头墙上有一个九英寸小电视。

我在网上搜了几间半地下室，打算去看其中靠近四惠的一间，又有点犹豫，这时接到了一个朋友将要退租在燕城苑的房子，回陕西谋出路的消息，过去看了一趟，价格不贵，就放弃了继续寻找地下室的打算，虽然房子没有装修过，但通透不缺阳光，我住的房间外边有两棵银杏树，叶子正在变得金黄，偶尔有一两片无声飘落。

房子离天通苑地铁站有五六站公交的距离，我第一次去赶晚高峰，等公交的人黑压压排到马路中间，似乎调来全北京的公交也挤不下。在《新京报》时做过一组报道，叫《十万人困守天通苑》，不想今天自己成了其中一员，且走得更远。后来我坐了路旁吆喝三块钱一位五块钱两位的面包车。

上车之后，我才知道不是三块钱一位这么简单。对面两条长凳座位，先上的人还可挨茬坐下，后来的在中间加小板凳，再后来的转不开身，近于被夹在两旁人伸出的膝盖上，头顶车篷，车门最后是贴着人的脊背强行关上的，像是听说过的号子里塞人的情形。车子开行，黑暗中人们看不见彼此，但听得清呼吸，关节和人体的旮旯彼此屈伸搭配，最大化利用空间。有几位不知怎么替胳膊找到了缝隙，仍旧在看手机，屏幕的微光照亮了巴掌大的一片脸。车厢外风声呼呼，感觉是一具夹心面包在运行，一旦翻车，只能挤压成肉泥，似乎在这条路线上的人谁也不在乎安全保障，把命交给了这个上车的机会和三块钱的价格。

房子实际在燕丹村地盘上的一个小区里，据说是当年燕太子丹的封地，也是供养死士荆轲的地方。除了一些附庸典故的对联，刺秦的往事自然渺无痕迹，但我在小区池塘边目击了一起刺杀事件，今天仍历历在目。

那天我饭后下楼，正待走进小区公园去散步，听到那边人群骚动起来，有人喊着杀人了，从公园那边跑过来两个警察，跟着一个小区老保安，在楼下观望。老保安说是刚才从栅栏上翻过来的，不知上哪座楼了。正在这时，一个男子的人影出现在对面三楼楼道，招手喊“我在这儿”。两个警察立刻跑上楼去，过一会儿押着一个小伙子下来。小伙子穿着白衬衣，经过我面前的时候，他的一只胳膊露着，从肘部到手指全是鲜红的，在阳光下怵目，我想到了“沾血的手”这样的名词，但眼下不是沾血可以比拟的，没有什么可以替他洗刷，他显出一副听天由命的神情。

后来知道，他是租居在村里的外卖小哥，刚才杀死的人是女友。女友提出分手后，他请求约在相邻的小区池塘最后见一面。见面时他准备了一把刀，当最后恳求无效后，把刀插入了女友的心脏。女友失血死亡后，他还在旁边坐了一会儿，被散步的老人发现，直到派出所的人到来，他才如梦初醒似的翻越栅栏开始逃跑，却又放弃了。

我没有看到女友的遗体，公园封闭了几天。再次开放时路过那里，地上还有褐色的斑点，心里一阵发瘆，似乎触碰到了一个完全不同的世界，含有致命的禁忌，不由自主地加快脚步。一直经过了很多趟，这种感觉才渐渐消除，和地上的斑点一样被人遗忘。这件事的流言也渐渐平息了，像是根本没有发生过，没有人关心那个青年的结局。

我想到他在阳光下被人挟持着走来，伸出那只洗不干净的血手，全然盖住了常年沾染的饭菜气味。虽然在耀眼的阳光下，却处在无法解脱的内心黑暗里。

小区北边有两大片田野，据说是燕丹村民预留的回迁房地基，我初到燕城苑的那个秋天，它无所事事地开着大片的苜蓿花。苜蓿花是紫色的，有点像豌豆，深得像是可以藏住人。花田中被人蹚出两条小路，成了我日常散步的路线。苜蓿田尽头是苗圃。有时我会有种不加价住到了公园附近的感觉。

秋深的时候，收割机开进了苜蓿田，田野四处飘散新鲜草茬的气息，刈割过的草地空空荡荡，散落着从收割机后身断续吐出的草捆，在运走之前会晾上好几天，让我想到英国乡村草场的情形。经过一个冬天的沉寂，春天苜蓿宿根自行发芽抽枝，开放花朵，引来蜜蜂嘤嗡和养蜂人在附近落脚，等待秋天的刈割。

这样周而复始的情形持续了好几年，直到有一年的秋天，耙地机的履带隆隆开进了打草过后的田地，深深掘开泥土和其中的苜蓿宿根，打上了百草枯。那一片田野被拉上了围栏，土地完全变为黑色，裸露深壕，似乎由生机的床铺变为墓坑，准备在处决后掩埋一群沉默的人。准备去散步的我耳膜嗡嗡作响，感到我在这里的好日子似乎是结束了。

但日子仍旧持续下去。谜底揭开，春天田野里种下了玉米，玉米缓慢又按部就班地生长起来，在夏天的烈日下似乎面临焦枯，完全不像会有收成的样子，却终究在入秋后成熟起来，有了第一季的收获。比起苜蓿田的开花来，不知算是有所得还是遗憾。

没想到我会在这座屋子里住了九年，直到电线老化，水管滴漏。近两年酷暑，小区总是免不了短路停电，据说是有人私自给村里的门面接了电线。超过负荷时，池塘边的电压器发出一声巨响，难以形容的刺耳又难受，冒出一团火花，小区顿时漆黑一片。更多时是跳闸，电工房只好安排一个人值班，随时跳了随时推上去，一晚上折腾数次。

2017年7月中旬某天，晚上黑云低压，天空没有一丝光亮，闷热难忍，似乎世界就要窒息。小区再一次短路断电了。我从外面回来，看到小区大门口聚集了黑压压的人群，堵住了马路要求解决问题，区委前来处置的干部坐车被包围在人群中，紧闭车门不敢下来，四周的人喊着说“我们的老人小孩都快热死了”，他们在车里吹空调，有两个赤膊的人试图去堵住车底的排气孔，被家属拉住。一会儿天空发出震耳的雷鸣，布满了奇怪的闪电，像是一个一个首尾衔接的花圈，又像劈开大地的一道道创伤，瓢泼大雨随即洒落下来，似乎完全是黑色的，伴随着愤怒低沉的雷声。大雨过后气温回落，临近窒息的人们总算感到了一丝清凉，小区的电力恢复，小车才得以脱身，一场群体性事件渐渐平息下去。

最初合租的室友离开之后，青来到了我的生活中。当时她住在天通苑的一个群租房里。我去过她那里两次。三室一厅的屋子里有十个人合租，青住在一个客厅的隔断间，有一个假窗户，一张床，床头抵着电脑桌，桌上有一部座机，她在这里打电话采访和写稿。大白天屋里开着灯，光线完全透不到这里，我担心青骨头里的钙质会日渐流失。我把她接到了燕城苑的房子里。

我们在这里共同度过四年，以后青离开了北京，但偶尔还回来，再后来终究剩我一个人了。我开始听一首花粥的歌《远在北方孤独的鬼》。那些日子，我再次听见保安的自行车在窗下深夜定时经过。再后来装了摄像头，自行车的轮毂声才终于消失。两居室的屋子无人合住，因为寂静显得有些大而无当了。

我感到自己需要一个塑料娃娃。这是从一个朋友分享的文章引发的，文章的作者是他的中学老师，老师北漂了三年，没有找女友，用一个塑料娃娃陪伴自己，临走时才恋恋不舍地将它扔进了垃圾堆。

虽然燕丹村里可以买到，我还是按照偶尔听说的，从淘宝上订购了一个。我让它在空下来的卧房里待了两天，才拆开了包装，我就感到了后悔。它只是一坨塑料，不管如何设计得像人的样子。

处置它成了一个问题。我不想把它扔进垃圾堆。感觉需要在田野上找个地方埋掉它，毕竟它陪了我一会儿。担心土地坚硬，我另外网购了一套园艺铲。从前我希望购置一套农具，像有些居民一样在苜蓿田周边开拓一小块土地，撒上菜种，现在却是用来埋葬。

晚上我在田野上寻找了不短时间，不知道在哪里挖坑好，哪片土地至少在近期不会被翻动。后来我选中了一片苗圃中两棵树中间的位置。如果人们移走树苗，看起来也不会涉足这里。挖了一个坑，把娃娃泄了气，手脚蜷曲地放入包装箱，有些委屈地埋了下去。

我以为这年春天它总算是安全的。但过了一个月左右，我一时起意去查看，苗圃已经大大变样，新挖了许多大坑，以前的树木被起走，新栽了一批树木，坑挖得比我想象的大很多。我有点提着心走了一圈，没有发现娃娃的头，稍微宽心之余，发现娃娃的学生制服裙挂在一棵新的小树上，不由心里一沉。再在苗圃周边打量，在荒芜的灌木丛里发现了两只塑料腿。看起来是被挖掘机的利齿斩断，被工人抛掷在这里。

我明白了，这片土地上没有任何一块地方属于我，不论是播种庄稼蔬菜，还是仅仅埋下一个塑料娃娃。就像我住了九年的出租屋，并不会和我的关系更紧密一些。

这个夏天，也许我将离开它，再次迁徙。

《北漂纪》发表于《芙蓉》2020年第3期，后来被收录到袁凌的自传体散文集《在别处》中。2003年，袁凌考取了清华大学思想史博士，第一次乘车北上，从此开启了自己的北漂之旅：袁凌先是在清华园读书，而后退学加入《新京报》并和同事群租，不久后又与他人合租。他也曾离开北京前往上海，再次回到北京后，仍然是在不同的房子里迁入又迁出。

《北漂纪》一文从北漂最常见的特征——住所的变迁入手，写出了异乡人在北京的流离。在叙事中，袁凌将房东、租客和室友这些北漂生活中的常见“角色”一一展现在我们面前。在书写漂泊经历时，尽管也有穿插恋情、与故友相见等相对温馨的记忆，但袁凌用笔节制，更侧重表达人的漂泊感。

——吴旦

北京城的风景

陶然亭的雪

俞平伯

小　引

悄然的北风，黯然的同云，炉火不温了，灯还没有上呢。这又是一年的冬天。在海滨草草营巢，暂止飘零的我，似乎不必再学黄叶们故意沙沙的作成那繁响了。老实说，近来时序的迁流，无非逼我换了几回衣裳；把夹衣叠起，把棉衣抖开，这就是秋尽冬来的惟一大事。至于秋之为秋，冬之为冬，我之为我，一切之为一切，固依然自若，并无可叹可悲可怜可喜的意味，而且连那些意味的残痕也觉无从觅哩。千条万派活跃的流泉似全然消释于无何有之乡土，剩下“漠然”这么一味来相伴了。看看窗外酿雪的同云，倒活画出我那潦倒的影儿一个。像这样喑哑无声的蠢然一物，除血脉呼吸的轻颤以外，安息在冬天的晚上，真真再好没有了。有人说，这不是静止——静止是没有的——是均衡的动，如两匹马以同速同向去跑着，即不异于比肩站着的石马。但这些问题虽另有人耐烦去想，而我则岂其人呢。所以于我顶顶合式，莫如学那冬晚的停云。（你听见它说过话吗？）无如编辑《星海》的朋友们逼我饶舌。我将怎样呢？——有了！在“悄然的北风，黯然的同云，炉火不温了，灯还没有上呢”这个光景下，令我追忆昔年北京陶然亭之雪。

我虽生长于江南，而自曾北去以后，对于第二故乡的北京也真不能无所恋恋了。尤其是在那样一个冬晚，有银花纸糊裱的顶棚和新衣裳一样綷縩的纸窗，一半已烬一半还红着，可以照人须眉的泥炉火，还有墙外边三两声的担子吆喝。因房这样矮而洁，窗这样低而明，越显出天上的同云格外的沉凝欲堕，酿雪的意思格外浓鲜而成熟了。我房中照例上灯独迟些，对面或侧面的火光常浅浅耀在我的窗纸上，似比月色还多了些静穆，还多了些凄清。当我听见廓落的院子里有脚步声，一会儿必要跟着“砰”关风门了，或者“搭”下帘子了。我便料到必有寒紧的风在走道的人颈旁拂着，所以他要那样匆匆的走。如此，类乎此的黯淡的寒姿，在我忆中至少可以匹敌江南春与秋的姝丽了，至少也可以使惯住江南的朋友们了解一点名说苦寒的北方，也有足以系人思念的冬之黄昏啊。有人说，“这岂不将钩惹我们的迟暮之感？”真的！——可是，咱们谁又是专喝蜜水的人呢。

总是冬天罢，（谁要你说？）年月日是忘怀了。读者们想决不屑介意于此琐琐的，所以忘怀倒也没要紧。那天是雪后的下午。我其时住在东华门侧一条曲折的小胡同里，而G君所居更偏东一些。我们雇了两辆“胶皮”，向着陶然亭去，但车只雇到前门外大外郎营。（从东城至陶然亭路很远，冒雪雇车很不便。）车轮咯咯吱吱的切碾着白雪，留下凹纹的平行线，我们遂由南池子而天安门东，渐逼近车马纷填，兀然在目的前门了。街衢上已是一半儿泥泞，一半儿雪了。幸而北风还时时吹下一阵雪珠，蒙络那一切，正如疏朗冥蒙的银雾。亦幸而雪在北京，似乎是白面捏的，又似乎是白泥塑的。（往往到初春时，人家庭院里还堆着与土同色的雪，结果是成筐的挑了出去完事。）若移在江南，檐漏的滴搭，不终朝而消尽了。

言归正传。我们下了车，踏着雪，穿粉房琉璃街而南，炫眼的雪光愈白，栉比的人家渐寥落了。不久就远远望见清旷莹明的原野，这正是在城圈里耽腻了的我们所期待的。累累的荒冢，白着头的，地名叫作窑台。我不禁联想那“会向瑶台月下逢”[①]的所谓瑶台。这本是比拟不伦，但我总不住的那么想。

那时江亭之北似尚未有通衢。我们踯躅于白蓑衣广覆着

① 唐李白《清平调》中语。

的田野之间，望望这里，望望那里，都很像江亭似的。商量着，偏西南方较高大的屋，或者就是了。但为什么不见一个亭子呢？藏在里边罢？

到拾级而登时，已确信所测不误了。然踏穿了内外竟不见有什么亭子。幸而上面挂着的一方匾；否则那天到的是不是陶然亭，若至今还是疑问，岂非是个笑话。江亭无亭，这样的名实乖违，总使我们怅然若失。我来时是这样预期的，一座四望极目的危亭，无碍无遮，在雪海中沐浴而嬉，宛如回旋的灯塔在银涛万沸之中，浅礁之上，亭亭矗立一般。而今竟只见拙钝的几间老屋，为城圈之中以习见而不一见的，则已往的名流觞咏，想起来真不免黯然寡色了。

然其时雪又纷纷扬扬而下来，跳舞在灰空里的雪羽，任意地飞集到我们的粗呢氅衣上。趁它们未及融为明珠的时候，我即用手那么一拍，大半掉在地上，小半已渗进衣襟去。“下马先寻题壁字”[①]，来来回回的循墙而走，咱们也大有古人之风呢。看看咱们能拾得什么？至少也当有如“白丁香折玉亭亭”[②]一样的句子被传诵着罢。然而竟终于不见！可证“一蟹不如一蟹”这句老话真是有一点意思的。后来幸而觅得略可解嘲的断句，所谓“卅年戎马尽秋尘”者，从此就在咱们嘴

---

① 宋周邦彦《清真集》中《浣溪沙》句。

② 我父亲从前在陶然亭见的雪珊女史的题壁诗：“柳色随山上鬓青，白丁香折玉亭亭。天涯写遍题墙字，只怕流莺不解听。”

里咕噜着了。

在曲折廓落的游廊间，当北风卷雪渺无片响的时分，忽近处递来琅琅的书声。谛听，分明得很，是小孩子的。它对于我们十分亲密，因为和从前我们在书屋里所唱出的正是一个样子的。这尽可以使我重温热久未曾尝的儿时的甜酒，使我俯拾眠歌声里的温馨梦痕，并可以减轻北风的尖冷，抚慰素雪的飘零。换一句干脆点的话，就是在清冷双绝的况味中，它恰好给喝了一点热热酽酽的东西，使一切已凝的，一切凝着的，一切将凝的，都软洋洋亸着腰肢不自支持了。

书声还正琅琅然呢。我们寻诗的闲趣被窥人的热念给岔开了。从回廊下踅过去，两明一暗的三间屋，玻璃窗上帷子亦未下。天色其时尚未近黄昏，惟云天密吻，酿雪意的浓酣，阡陌明胸，积雪痕的寒皎，似乎全与迟暮合缘；催着黄昏快些来罢。至屋内的陈设，人物的须眉，已尽随年月日时的迁移，送进茫茫昧昧的乡土，在此也只好从缺。几个较鲜明的印象，尚可片片掇拾以告诸君的，是厚的棉门帘一个；肥短的旱烟袋一支；老黄色的《孟子》一册，上有银朱圈点，正翻到《离娄》篇首；照例还有白灰泥炉一个，高高的火苗窜着；以外……“算了罢，你不要在这儿写账哟！”

游览必终之以大嚼，是我们的惯例，这里边好像有鬼催着似的。我曾和我姊姊说过：“咱们以后不用说逛什么地方，老实说吃什么地方好了。”她虽付之一笑，却不斥我为胡闹，可见中非无故了。我且曾以之问过吾师。吾师说得尤妙，“好吃是文人的天性”，这更令我不便追问下去。因为既曰天性，已是第一因了。还要求它的因，似乎不很知趣。如理化学家说到电子，心理学家说到本能，生机哲学者说到什么“隐得而希”……

闲言少表。天性既不许有例外，谈到白雪，自然会归到一条条的白面上去。不过这种说法是很辱没胜地的，且有点文不对题。所以在江亭中吃的素面，只好割爱不谈。我只记得青汪汪的一炉火，温煦最先散在人的双颊上。那户外的尖风呜呜的独自去响，倚着北窗，恰好鸟瞰那南郊的旷莽积雪。玻璃上偶沾了几片鹅毛碎雪，更显得它的莹明不滓。雪固白得可爱，但它干净得尤好。酿雪的云，融雪的泥，各有各的意思；但总不如一半留着的雪痕，一半飘着的雪花，上上下下，迷眩难分的尤为美满。脚步声听不到，门帘也不动，屋里没有第三个人。我们手都插在衣袋里，悄对着那排向北的窗。窗外的几方妙绝的素雪装成的册页。累累的坟，弯弯的路，枝枝丫丫的树，高高低低的屋顶，都秃着白头，耸着白肩膀，危立在卷雪的北风之中。上边不见一只鸟儿展着翅，下边不见一条虫儿蠢然的动（或者要归功于我的近视眼），不用提路上的行人，更不用提马足车尘了。惟有背后已热的瓶笙吱吱的响，是为静之独一异品；然依昔人所谓“蝉噪林逾静”[①]的静这种诠释，它虽努力思与岑寂绝缘终久是失败的哟。死样的寂每每促生胎动的潜能，惟万寂之中留下一分两分的喧哗，使就烬的赤灰不致以内炎而重生烟焰；故未全枯寂的外缘正能孕育着止水一泓似的心境。这也无烦高谈妙谛，只当咱们清眠不熟的时光便可以稍稍体验这番悬谈了。闲闲的意想，乍生乍灭，如行云流水一般的不关痛痒，比强制吾心，一念不着的滋味如何？这想必有人能辨别的。

炉火使我们的颊热，素面使我们的胃饱，飘零的暮雪使我们的心越过越黯淡。我们到底不得不出于一走，到底不得不面迎着雪，脚踹着雪，齐向北快快的走。离亭数十步外有一土坡，上开着一家油厂；厂右有小小的断坟并立。从坟头的小碣，知道一个葬的是鹦鹉；一个名为香冢，想又是美人黄土那类把戏了。只是一件，油厂有狗，喜拦门乱吠。G君是怕狗的；因怕它咬，并怕那未必就吠的狗。而我又是怯登土坡的，雪覆着的坡子滑滑的难走，更有点望之生畏。故我们商量商量，还是别去为妙。

我们绕坡北去时，G君抬头而望（我记得其时狗没有吠）对我说，来年春归时，种些红杜鹃花在上面。我点点头。路上还商量着买杜鹃花的价钱。……现在呢，然而现在呢？我惆怅着夙愿的虚设。区区的愿原不妨孤负；然区区的愿亦未

① 南朝梁王籍《入若耶溪》诗：“蝉噪林逾静，鸟鸣山更幽。”又宋辛弃疾《稼轩词》中《祝英台近·序》中也有这一段故事。

免孤负，则以外的岂不又可知了。——北京冬间早又见了三两寸的雪，而上海至今只是黯然的同云，说是酿雪，说是酿雪，而终于不来。这令我由不得追忆那年江亭玩雪的故事。

1924年1月12日

俞平伯的《陶然亭的雪》一文的小引部分最早发表于1923年《文学旬刊》第103期，正文则写于1924年的冬天，全文收录于俞平伯文集《杂拌儿》，在1928年由开明书店出版。作为古代文学研究者，俞平伯有着深厚的古典文学修养。而这篇散文，也浸润着一种朦胧的古典美。

文中的小引告诉我们，写此文时，俞平伯身处一个炉火不温、灯火不明的小屋里。此时窗外的雪景，是静穆的、暗淡的。而陶然亭的雪，则是他追忆往昔时想起的情景，那是炫眼的、莹明的雪。同样是雪，同样的人，但心境不同，所观的雪景也截然不同。两种情与景的相互映衬中，隐隐浮现出一缕旷古的幽情。

——霍安琪

上景山

许地山

无论哪一季，登景山，最合宜的时间是在清早或下午三点以后。晴天，眼界可以望朦胧处；雨天，可以赏雨脚的长度和电光的迅射；雪天，可以令人咀嚼着无色界的滋味。

在万春亭上坐着，定神看北上门后的马路（从前路在门前，如今路在门后），尽是行人和车马，路边的梓树都已掉了叶子。不错，已经立冬了，今年天气可有点儿怪，到现在还没冻冰。多谢芰荷的业主把残茎都去掉，教我们能看见紫禁城外护城河的水光还在闪烁着。

神武门上是关闭得严严的。最讨厌的是楼前那枝很长的旗杆，侮辱了全个建筑的庄严。门楼两旁竖它一对，不成吗？禁城上时时有人在走着，恐怕都是外国的游人。

皇宫一所一所排列着非常整齐。怎么一个那么不讲纪律的民族，会建筑这么严肃的宫廷？我对着一片黄瓦这样想着。不，说不讲纪律未免有点过火，我们可以说这民族是把旧的纪律忘掉，正在找一个新的咧。新的找不着，终究还要回来的。北京房子，皇宫也算在里头，主要的建筑都是向南的，谁也没有这样强迫过建筑者，说非这样修不可。但纪律因为利益所在，在不言中被遵守了。夏天受着解愠的熏风，冬天接着可爱的暖日，只要守着盖房子的法则，这利益是不用争而自来的。所以我们要问，在我们的政治社会里有这样的熏风和暖日吗？

最初在崖壁上写大字铭功的是强盗的老师，我眼睛看着神武门上的几个大字，心里想着李斯。皇帝也是强盗的一种，是个白痴强盗。他抢了天下，把自己监禁在宫中，把一切宝物聚在身边，以为他是富有天下。这样一代过一代，到头来还是被他的糊涂奴仆，或贪婪臣宰，讨、瞒、偷、换，到连性命也不定保得住。这岂不是个白痴强盗？在白痴强盗底下才会产出大盗和小偷来。一个小偷，多少总要有一点跳女墙钻狗洞的本领，有他的禁忌，有他的信仰和道德。大盗只会利用他的奴性去请托攀缘，自赞赞他，禁忌固然没有，道德更不必提。谁也不能不承认盗贼是寄生人类的一种，但最可杀的是那班为大盗之一的斯文贼。他们不像小偷为延命去营鼠地生活；也不像一般的大盗，凭着自己的勇敢去抢天下。所以明火打劫的强盗最恨的是斯文贼。这里我又联想到张献忠。有一次他开科取士，檄诸州举贡生员后至者妻女充院，本犯剥皮，有司教官斩，连坐十家。诸生到时，他要他们在一丈见方的大黄旗上写个帅字，字画要像斗的粗大，还要一笔写成。一个生员王志道缚草为笔，用大缸贮墨汁将草笔泡在缸里，三天，再取出来写。果然一笔写成了。他以为可以讨献忠的喜欢，谁知献忠说：“他日图我必定是你。”立即把他杀来祭旗。献忠对待念书人是多么痛快。他知道他们是寄生的寄生。他的使命是来杀他们。

东城西城的天空中，时见一群一群旋飞的鸽子。除去打麻雀，逛窑子，上酒楼以外，这也是一种古典的娱乐。这种娱乐也来得群众化一点。它能在空中发出和悦的响声，翩翩地飞绕着，叫人觉得在一个灰白色的冷天，满天乱飞乱叫的老鸹的讨厌。然而在刮大风的时候，若是你有勇气上景山的最高处，看看天安门楼屋脊上的鸦群，噪叫的声音是听不见，它们随风飞扬，直像从什么大树飘下来的败叶，凌乱得有意思。

万春亭周围被挖得东一沟，西一窟。据说是管宫的当局挖来试看煤山是不是个大煤堆，像历来的传说所传的，我心里暗笑信这说的人们。是不是因为北宋亡国的时候，都人在城被围时，拆毁艮岳的建筑木材去充柴火。所以计划建筑北京的人预先堆起一大堆煤，万一都城被围时，人民可以不拆宫殿。这是笨想头。若是我来计划，最好来一个米山。米在万急的时候，也可以生吃，煤可无论如何吃不得。又有人说景山是太行的最终一峰。这也是瞎说。从西山往东几十里平原，可怎么不偏不颇，在北京城当中出了一座景山？若说北京的建设就是对着景山的子午，为什么不对北海的琼岛？我想景山明是开紫禁城外的护河所积的土，琼岛也是垒积从北海挖出来的土而成的。

从亭后的栝树缝里远远看见鼓楼。地安门前后的大街，人马默默地走，城市的喧嚣声，一点儿也听不见。鼓楼是不让像正阳门那样雄壮地挺着。它的名字，改了又改，一会儿是明耻楼，一会儿又是齐政楼，现在大概又是明耻楼吧。明耻不难，雪耻得努力。只怕市民能明白那耻的还不多，想来是多么可怜。记得前几年“三民主义”“帝国主义”这套名词随着北伐军到北平的时候，市民看些篆字标语，好像都明白各人蒙着无上的耻辱，而这耻辱是由于帝国主义的压迫。所以大家也随声附和，唱着打倒和推翻。

从山上下来，崇祯殉国的地方依然是那么半死的槐树。据说树上原有一条链子锁着，庚子联军入京以后就不见了，现在那枯槁的部分，还有一个大洞，当时的链痕还隐约可以看见。义和团运动的结果，从解放这棵树，发展到解放这民族。这是一件多么可以发人深思的对象呢？山后的柏树发出清恬的香气，好像是对于这地方的永远供物。

寿皇殿锁闭得严严地，因为谁也不愿意努尔哈赤的种类再做白痴的梦。每年的祭祀不举行了，庄严的神乐再也不能听见，只有从乡间进城来唱秧歌的孩子们，在墙外打的锣鼓，有时还可以送到殿前。

到景山门，回头仰望顶上方才所坐的地方，人都下来了。树上几只很面熟却不认得的鸟在叫着。亭里残破的古佛还坐着结那没人能懂的手印。

《上景山》发表于1934年12月《太白》第一卷第6期。当时的中国，正处于一片水深火热之中。作为一名爱国文人，许地山在创作的同时，也一直积极参与各项救亡图存的运动，对国家和民族的未来怀着深沉的忧虑。因此，在景山，许地山目之所及的不是雄伟的宫殿、大好的河山，而是盘旋的鸦群、灰白色的天空、被挖得坑坑洼洼的万春亭……种种乱世之景，让许地山反思历史，思考未来。

《上景山》的独特之处在于它的尖锐。虽然这是一篇游记散文，可是却有着杂文的笔锋。文章言语辛辣，观点犀利，很好地传达了作者身处乱世洪流之中的愤恨与无奈。

——霍安琪

北　平

郑振铎

你若是在春天到北平，第一个印象也许便会给你以十分的不愉快。你从前门东车站或西车站下了火车，出了站门，踏上了北平的灰黑的土地上时，一阵大风刮来，刮得你不能不向后倒退几步；那风卷起了一团的泥沙；你一不小心便会迷了双眼，怪难受的；而嘴里吹进了几粒细沙在牙齿间萨拉萨拉的作响。耳朵壳里，眼缝边，黑马褂或西服外套上，立刻便都积了一层黄灰色的沙垢。你到了家，或到了旅店，得仔细的洗涤了一顿，才会觉得清爽些。

“这鬼地方！那末大的风，那末多的灰尘！”你也许会很不高兴的诅咒的说。

风整天整夜的虎虎的在刮，火炉的铅皮烟通，纸的窗户，都在乒乒乓乓的相碰着，也许会闹得你半夜睡不着。第二天清早，一睁开眼，呵，满窗的黄金色，你满心高兴，以为这是太阳光，你今天将可以得一个畅快的游览了。然而风声还在虎虎的怒吼着。擦擦眼，拥被坐在床上，你便要立刻懊丧起来。那黄澄澄的，错疑作太阳光的，却正是漫天漫地的吹刮着的黄沙！风声吼吼的还不曾歇气。你也许会懊悔来这一趟。

但到了下午，或到了第三天，风渐渐的平静起来。太阳光真实的黄亮亮的晒在墙头，晒进窗里。那份温暖和平的气息儿，立刻便会鼓动了你向外面跑跑的心思。鸟声细碎的在鸣叫着，大约是小麻雀儿的唧唧声居多。——碰巧，院子里有一株杏花或桃花，正涵着苞，浓红色的一朵朵，将放未放。枣树的叶子正在努力的向外崛起。——北平的枣树是那么多，几乎家家天井里都有个一株两株的。柳树的柔枝儿已经是透露出嫩嫩的黄色来。只有硕大的榆树上，却还是乌黑的秃枝，一点什么春的消息都没有。

你开了房门，到院子里，深深的吸了一口气。啊，好新鲜的空气，仿佛在那里面便挟带着生命力似的。不由得不使你神清气爽。太阳光好不可爱。天上干干净净的没半朵浮云，俨然是“南方秋天”的样子。你得知道，北平当晴天的时候，永远的那一份儿“天高气爽”的晴明的劲儿，四季皆然，不独春日如此。

太阳光晒得你有点暖得发慌。“关不住了！”你准会在心底偷偷的叫着。

你便准得应了这自然之招呼而走到街上。

但你得留意，即使你是阔人，衣袋里有充足的金洋银洋，你也不应摆阔，坐汽车。被关在汽车的玻璃窗里，你便成了如同被蓄养在玻璃缸的金鱼似的无生气的生物了。你将一点也享受不到什么。汽车那末飞快的冲跑过去，仿佛是去赶什么重要的会议。可是你是来游玩，不是来赶会。汽车会把一切自然的美景都推到你的后面去。你不能吟味，你不能停留，你不能称心称意的欣赏。这正是猪八戒吃人参果的勾当。你不会蠢到如此的。

北平不接受那末摆阔的阔客。汽车客是永远不会见到北平的真面目的。北平是个“游览区”。天然的不欢迎“走车看花”——比走马看花还杀风景的勾当——的人物。

那末，你得坐“洋车”——但得注意：如果你是南人，叫一声黄包车，准保个个车夫都不理会你，那是一种侮辱，他们以为。（黄包，北音近于王八。）或酸溜溜的招呼道“人力车”，他们也不会明白的。如果叫道“胶皮”，他们便知道你是从天津来的，准得多抬些价。或索性洋气十足的，叫道，“力克夏”，他们便也懂，但却只能以“毛”为单位的给车价了。

“洋车”是北平最主要的交通物。价廉而稳妥，不快不慢，恰到好处。但走到大街上，如果遇见一位漂亮的姑娘或一位洋人在前面车上，碰巧，你的车夫也是一位年轻力健的小伙子，他们赛起车来，那可有点危险。

干脆，走路，倒也不坏。近来北平的路政很好，除了冷街小巷，没有要人、洋人住的地方，还是“无风三尺土，有雨一街泥”之外，其余冲要之区，确可散步。

出了巷口，向皇城方面走，你便将渐入佳景的。黄金色的琉璃瓦在太阳光里发亮光，土红色的墙，怪有意思的围着那“特别区”。入了天安门内，你便立刻有应接不暇之感。如果你是聪明的，在这里，你必得跳下车来，散步的走着。那两支白石盘龙的华表，屹立在中间，恰好烘托着那一长排的白石栏杆和三座白石拱桥，表现出很调和的华贵而苍老的气象来，活像一位年老有德、饱历世故、火气全消的学士大夫，没有丝毫的火辣辣的暴发户的讨厌样儿。春冰方解，一池不浅不溢的春水，碧油油的可当一面镜子照。正中的一座拱桥的三个桥洞，映在水面，恰好是一个完全的圆形。

你过了桥，向北走。那厚厚的门洞也是怪可爱的（夏天是乘风凉最好的地方）。午门之前，杂草丛生，正如一位不加粉黛的村姑，自有一种风趣。那左右两排小屋，仿佛将要开出口来，告诉你以明清的若干次的政变，和若干大臣、大将雍雍锵锵的随驾而出入。这里也有两支白色的华表，颜色显得黄些，更觉得苍老而古雅。无论你向东走，或向西走，——你可以暂时不必向北进端门，那是历史博物馆的入门处，要购票的。——你可以见到很可愉悦的景色。出了一道门，沿了灰色的宫墙根，向西北走，或向东北走，你便可以见到护城河里的水是那末绿得可爱。太庙或中山公园后面的柏树林是那末苍苍郁郁的，有如见到深山古墓。和你同道走着的，有许多走得比你还慢，还没有目的的人物；他们穿了大袖的过时的衣服，足上登着古式的鞋，手上托着一只鸟笼，或臂上栖着一只被长链锁住的鸟，懒懒散散的在那里走着。有时也可遇到带着一群小哈巴狗的人，有气势的在赶着路。但你如果到了东华门或西华门而折回去时，你将见他们也并不曾往前走，他们也和你一样的折了回去。他们是在这特殊幽静的水边溜达着的！溜达，是北平人生活的主要的一部分；他们可以在这同一的水边，城墙下，溜达整个半天，天天如此，年年如此，除了刮大风，下大雪，天气过于寒冷的时候。你将永远猜想不出，他们是怎样过活的。你也许在幻想着，他们必定是没落的公子王孙，也许你便因此凄怆的怀念着他们的过去的豪华和今日的沦落。

啪的一声响，惊得你一大跳，那是一个牧人，赶了一群羊走过，长长的牧鞭打在地上的声音。接着，一辆一九三四年式的汽车呜呜的飞驰而过。你的胡思乱想为之撕得粉碎。——但你得知道，你的凄怆的情感是落了空。那些臂鸟驱狗的人物，不一定是没落的王孙，他们多半是以驯养鸟狗为生活的商人们。

你再进了那座门，向南走，仍走到天安门内。这一次，你得继续的向南走。大石板地，没有车马的经过，前面的高大的城楼，作为你的目标。左右全都是高及人头的灌木林子。

在这时候，黄色的迎春花正在盛开，一片的喧闹的春意。红刺梅也在含苞。晚开的花树，枝头也都有了绿色。在这灌木林子里，你也许可以徘徊个几个小时。在红刺梅盛开的时候，连你的脸色和衣彩也都会映上红色的笑影。散步在那白色的阔而长的大石道，便是一种愉快。心胸阔大而无思虑。昨天的积闷，早已忘得一干二净。你将不再对北平有什么诅咒。你将开始发生留恋。

你向南走，直走到前门大街的边沿上，可望见东西交民巷口的木牌坊，可望见你下车来的东车站或西车站，还可望见屹立在前面的很宏伟的一座大牌楼。乱纷纷的人和车，马和货物；有最新式的汽车，也有最古老的大车，简直是最大的一个运输物的展览会。

你站了一会，觉得看腻了，两腿也有点发酸了，你便可以向前走了几步，极廉价的雇到一辆洋车，在中山公园口放下。

这公园是北平很特殊的一个中心。有过一个时期，当北海还不曾开放的时候，她是北平唯一的社交的集中点。在那里，你可以见到社会上各种各样的人物。——当然无产者是不在内，他们是被几分大洋的门票摈在园外的。你在那里坐了一会，立刻便可以招致了许多熟人。你不必家家拜访或邀致，他们自然会来。当海棠盛开时，牡丹，芍药盛开时，菊花盛开时的黄昏，那里是最热闹的上市的当儿。茶座全塞满了人，几乎没有一点空地。一桌人刚站了起来，立刻便会有候补的挤了上去。老板在笑，伙计们也在笑。他们的收入是如春花似的繁多。直到菊花谢后，方才渐渐的冷落了下来。

你坐在茶座上，舒适的把身体堆放在藤椅里，太阳光满晒在身上，棉衣的背上，有些热起来。前后左右，都有人在走动，在高谈，在低语。坛上的牡丹花，一朵朵总有大碗粗细。说是赏花，其实，眼光也是东溜西溜的。有时，目无所瞩，心无所思的，可以懒懒的待在那里，整整的待个大半天。

一阵和风吹来，遍地白色的柳絮在团团的乱转，渐转成一个球形，被推到墙角。而漫天飞舞着的棉状的小块，常常扑到你面上，强塞进你的鼻孔。

如果你在清晨来这里，你将见到有几堆的人，老少肥瘦俱齐，在大树下空地上练习打太极拳。这运动常常邀引了患肺痨者去参加，而因此更促短了他们的寿命。而这时，这公园里也便是肺痨病者们最活动的时候。瘦得骨立的中年人们，倚着杖，蹒跚的在走着，——说是呼吸新鲜空气——走了几步，往往咳得伸不起腰来，有时，喀的一声，吐了一大块浓痰在地上。为了这，你也许再不敢到这园来。然而，一到了下午，这园里却仍是拥挤着人。谁也不曾想到天天清晨所演的那悲剧。

园后的大柏树林子，也够受糟蹋的。茶烟和瓜子壳，熏得碧绿的柏树叶子都有点显出枯黄色来，那林子的寿命，大约也不会很长久。

和中山公园的热闹相陪衬的是隔不几十步的太庙的冷落。不知为了什么，去太庙的人到底少。只有年轻的情人们，偶尔一对两对的避人到此密谈。也间有不喜追逐在热闹之后的人，在这清静点的地方散步。这里的柏树林，因为被关闭了数百年之后，而新被开放之故，还很顽健似的，巢在树上的“灰鹤”也还不曾搬家他去。

太庙所陈列的清代各帝的祭殿和寝宫，未见者将以为是如何的辉煌显赫，如何的富丽堂皇，其实，却不值一看。一色黄缎绣花的被褥衣垫，并没有什么足令人羡慕。每张供桌上所列的木雕的杯碗及烛盘等等，还不如豪富人家的祖先堂的讲究。从前读一明人笔记，说，到明孝陵参观上供，见所供者不过冬瓜汤等等极淡薄贱价的菜。这里在皇帝还在宫中时，祭供时，想也不过如此。是帝王和平民，不仅在坟墓里同为枯骨，即所馨享的也不过如此如此而已。

你在第二天可以到北城去游览一趟，那一边值得看的东西很不少。后门左近有国子监，钟楼及鼓楼。钟鼓楼每县都有之，但这里，却显得异常的宏伟。国子监，为从前最高的学府，那里边，藏有石鼓——但现在这著名的石鼓却已南迁了。由后门向西走，有什刹海；相传《红楼梦》所描写的大观园就在什刹海附近。这海是平民的夏天的娱乐场。海北，有规模极大的冰窖一区。海的面积，全都是稻田和荷花荡。（北平人的养荷花是一业，和种水稻一样）夏天，荷花盛开时，确很可观。倚在会贤堂的楼栏上，望着骤雨打在荷盖上，那喷人的荷香和刹刹的细碎的响声，在别处是闻不到、听不到的。如果在芦席棚搭的茶座上听着，虽显得更亲切些，却往往棚顶漏水，而水点落在芦席上，那声音也怪难听的，有喧宾夺主之感。最佳的是夏已过去，枯荷满海，什刹海的闹市已经收场，那时，如果再到会贤堂楼上，倚栏听雨，便的确不含糊的有"留得残荷听雨声"之妙，不过，北平秋天少雨，这境界颇不易逢。

什刹海的对面，便是北海的后门。由这里进北海，向东走，经过澄心斋、松坡图书馆、仿膳、五龙亭，一直到极乐世界，没有一个地方不好。惟惜五龙亭等处，夏天人太闹。极乐世界已破坏得不堪，没有一尊佛像能保得不断胆折臂的。而北海之饶有古趣者，也只有这个地方。那个地方，游人是最少进去的。如果由后面向南走，你便可以走到北海董事会等处，那里也是开放的，有茶座，却极冷落。在五龙亭坐船，渡过海——冬天是坐了冰船滑过去——便是一个圆岛，四面皆水，以一桥和大门相通。

岛的中央，高耸着白塔。依山势的高下，随意布置着假山、庙宇、游廊、小室，那曲折的工程很足供我们作半日游。

如果，在晴天，倚在漪澜堂前的白石栏杆上，静观着一泓平静无波的湖水，受着太阳光，闪闪的反射着金光出来，湖面上偶然泛着几只游艇，飞过几只鹭鸶，惊起一串的嘎嘎的野鸭，都足够使你留恋个若干时候。但冬天，那是最坏的时候了，这场面上将辟为冰场，红男绿女们在那里奔走驰驶，叫闹不堪。你如果已失去了少年的心，你如果爱清静，爱独游，爱默想，这场面上你最好是不必出现。

出了北海的前门，向西走，便是金鳌玉蛛桥。这座白石的大桥，隔断了中南海和北海。北海的白日，如画的映在水面上，而中南海的万善殿的全景，也很清晰的可看到。中南海本亦为公园，今则又成了“禁地”。只有东部的一个小地方，所谓万善殿的，是开放着。这殿很小，游人也极冷落，房室却布置得很好。龙王堂的一长排，都是新塑的泥像，很庸俗可厌。但你要是一位细心的人，你便可在一个殿旁的小室里，发现了倚在墙角无人顾问的两尊木雕的菩萨像。那形态面貌，无一处不美，确是辽金时代的遗物；然一尊则双臂俱折，一尊则胆部只剩了半边。谁还注意到他们呢？报纸上却在鼓吹着龙王堂的神像塑得有精神，为明代的遗物。却不知那是民国三四年间的新物！仍由中南海的后门走出，那斜对过便是北平图书馆，这绿琉璃瓦的新屋，建筑费在一百四十万以上，每年的购书费则不及此数之十二。旧书是并合了方家胡同京师图书馆及他处所藏的，新书则多以庚款购入。在中国可称是最大的图书馆。馆外的花园，邻于北海者，亦以白色栏杆围隔之；惟为廉价之水门汀所制成，非真正的白石也。

由北平图书馆再过金鳌玉蝀桥，向东走，则为故宫博物院。由神武门入院，处处觉得寥寂如古庙，一点生气都没有。想来，在还是“帝王家”的时代，虽聚居了几千宫女、太监们在内，而男旷女怨，也必是“戾气”冲天的。所藏古物，重要者都已南迁，游人们因之也寥落得多。

神武门的对门是景山。山上有五座亭，除当中最高的一亭外，多被破坏。东边的山脚，是崇祯自杀处。春天草绿时，远望景山，如铺了一层绿色的绣毡，异常的清嫩可爱。你如果站在最高处，向南望去，宫城全部，俱可收在眼底。而东交民巷使馆区的无线电台，东长安街的北京饭店，三条胡同的协和医院都因怪不调和而被你所注意。而其余的千家万户则全都隐藏在万绿丛中，看不见一瓦片，一屋顶，仿佛全城便是一片绿色的海。不到这里，你无论如何不会想象得到北平城内的树木是如何的繁密；大家小户，哪一家天井不有些绿色呢。你如站在北面望下时，则钟鼓楼及后门也全都耸然可见。

三大殿和古物陈列所总得耗费你一天的工夫。从西华门或从东华门入，均可。古物陈列所因为古物运走得太多，现在只开放武英殿，然仍有不少好东西。仅李公麟的《击壤图》便足够消磨你半天。那人物，几乎没有一个没精神的，姿态各不相同，却不曾有一懈笔。

三大殿虽空无所有，却宏伟异常。在殿廊上，下望白石的“丹墀”，不能不令你想到那过去的充满了神秘气象的“朝廷”和叔孙通定下的“朝仪”如何能够维持着常在的神秘的尊严性。你如果富于幻想，闭了眼，也许还可以如见那静穆而紧张的随班朝见的文武百官们的精灵的往来。这里有很舒适的茶座。坐在这里，望着一列一列的雕镂着云头的白石栏杆和雕刻得极细致的陛道，是那末样的富于富丽而明朗的美。

你还得费一两天的工夫去游南城。出了前门，便是商业区和会馆区。从前汉人是不许住在内城的，故这南城或外城，便成了很重要的繁盛区域。但现在是一天天的冷落了。却还有几个著名的名胜所在，足供你的流连、徘徊。西边有陶然亭，东边有夕照寺、拈花寺和万柳堂。从前都是文士们雅集之地，如今也都败坏不堪，成为工人们编麻索、织丝线之地。所谓万柳也都不存一株。只有陶然亭还齐整些。不过，你游过了内城的北海、太庙、中山公园，到了这些地方，除了感到“野趣”之外，他便全无所得的了。你或将为汉人们抱屈；在二十几年前，他们还都只能局促于此一隅。而内城的一切名胜之地，他们是全被摈斥在外的。别看清人诗集里所歌咏的是那末美好，他们是不得已而思其次的呢！

而现在，被摈斥于内城诸名胜之外的，还不依然是几十百万人么？

南城的娱乐场所，以天桥为中心。这个地方倒是平民的聚集之所；一切民间的玩意儿，一切廉价的旧货物，这里都有。

先农坛和天坛也是极宏伟的建筑。天坛的工程尤为浩大而艰巨。全是圆形的；一层层的白石栏杆，白石阶级，无数的参天的大柏树，包围着一座圆形的祭天的圣坛。坛殿的建筑，是圆的，四围的阶级和栏杆也都是圆的。这和三大殿的方整，恰好成一最有趣地对照。在这里，在大树林下徘徊着，你也便将勾引起难堪的怀古的情绪的。

这些，都只是游览的经历。你如果要在北平多住些时候，你便要更深刻的领略到北平的生活了。那生活是舒适、缓慢、吟味、享受，却绝对的不紧张。你见过一串的骆驼走过么？安稳、和平，一步步的随着一声声丁当丁当的大颈铃向前走；不匆忙，不停顿；那些大动物的眼里，表现的是那末和平而宽容，负重而忍辱的性情。这便是北平生活的象征。

和这些宏伟的建筑，舒适的生活相对照的，你不要忘记掉，还有地下的黑暗的生活呢。你如果有一个机会，走进一所“杂合院”里，你便可见到十几家老少男女紧挤在一小院落里住着的情形：孩子们在泥地上爬，妇女们是脸多菜色，终日含怒抱怨着，不时的，有咳嗽的声音从屋里透出。空气是恶劣极了；你如不是此中人，你便将不能作半日留。这些“杂合院”便是劳工、车夫们的居宅。有人说，北平生活舒服，第一件是房屋宽敞，院落深沉，多得阳光和空气。但那是中产以上的人物的话。百分之八九十以上的人口，是住着龌龊的“杂合院”里的，你得明白。

更有甚的，在北城和南城的僻巷里，听说，有好些人家，其生活的艰苦较住“杂合院”者为尤甚，常有一家数口合穿一条裤或一衣的。他们在地下挖了一个洞。有一人穿了衣裤出外了，家中裸体的几人便站在其中。洞里铺着稻草或破报纸，借以取暖。这是什么生活呢！

年年冬天，必定有许多无衣无食的人，冻死在道上。年年冬天，必定有好几个施粥厂开办起来。来就食的，都是些可怕的窘苦的人们。然也竟有因为无衣而不能到粥厂来就吃的！

“九渊之下，更有九渊。”北平的表面，虽是冷落破败下去，尚未减都市之繁华。而其里面，却想不到是那样的破烂、痛苦、黑暗。

终日徘徊于三海公园乃至天桥的，不是罪人是什么！而你，游览的过客，你见了这，将有动于中，而怏怏的逃脱出这古城呢，还是想到“我不入地狱谁入地狱”一类的话呢？

二十三年十一月三日写

郑振铎的这篇《北平》，发表在1934年《中学生》杂志第50期的“地方印象记”栏目。当时，作者是以“西谛”为笔名发表的。

郑振铎于1918年来到北平求学。在校期间，作为学生领袖，他积极投身“五四”运动，也与北平这座城市结下了不解之缘，成为了一个“新北平人”。在这短短的一趟北平之旅中，郑振铎通过第二人称视角，带领着读者游览了北平的各处风光。他对北平生活细节的把握和描摹，使读者仿佛置身于北平城中，切身体会到游玩北平的乐趣，同时也能从北平各阶级人民的生活图景中，感受到作者深切的忧国之情。

——霍安琪

北平的四季

郁达夫

对于一个已经化为异物的故人，追怀起来，总要先想到他或她的好处；随后再慢慢的想想，则觉得当时所感到的一切坏处，也会变作很可寻味的一些纪念，在回忆里开花。关于一个曾经住过的旧地，觉得此生再也不会第二次去长住了，身处入了远离的一角，向这方向的云天遥望一下，回想起来的，自然也同样地只是它的好处。

中国的大都会，我前半生住过的地方，原也不在少数；可是当一个人静下来回想起从前，上海的闹热，南京的辽阔，广州的乌烟瘴气，汉口武昌的杂乱无章，甚至于青岛的清幽，福州的秀丽，以及杭州的沉着，总归都还比不上北京——我住在那里的时候，当然还是北京——的典丽堂皇，幽闲清妙。

先说人的分子吧，在当时的北京——民国十一二年前后——上自军财阀政客名优起，中经学者名人，文士美女教育家，下而至于负贩拉车铺小摊的人，都可以谈谈，都有一艺之长，而无憎人之貌；就是由荐头店荐来的老妈子，除上炕者是当然以外，也总是衣冠楚楚，看起来不觉得会令人讨嫌。

其次说到北京物质的供给哩，又是山珍海错，洋广杂货，以及萝卜白菜等本地产品，无一不备，无一不好的地方。所以在北京住上两三年的人，每一遇到要走的时候，总只感到北京的空气太沉闷，灰沙太暗淡，生活太无变化；一鞭出走，出前门便觉胸舒，过芦沟方知天晓，仿佛一出都门，就上了新生活开始的坦道似的；但是一年半载，在北京以外的各地——除了在自己幼年的故乡以外——去一住，谁也会得重想起北京，再希望回去，隐隐地对北京害起剧烈的怀乡病来。这一种经验，原是住过北京的人，个个都有，而在我自己，却感觉得格外的浓，格外的切。最大的原因或许是为了我那长子之骨，现在也还埋在郊外广谊园的坟山，而几位极要好的知己，又是在那里同时毙命的受难者的一群。

北平的人事品物，原是无一不可爱的，就是大家觉得最要不得的北平的天候，和地理联合上一起，在我也觉得是中国各大都会中所寻不出几处来的好地。为叙述的便利起见，想分成四季来约略地说说。

北平自入旧历的十月之后，就是灰沙满地，寒风刺骨的节季了，所以北平的冬天，是一般人所最怕过的日子。但是要想认识一个地方的特异之处，我以为顶好是当这特异处表现得最圆满的时候去领略；故而夏天去热带，寒天去北极，是我一向所持的哲理。北平的冬天，冷虽则比南方要冷得多，但是北方的生活的伟大幽闲，也只有在冬季，使人感受得最彻底。

先说房屋的防寒装置吧，北方的住屋，并不同南方的摩登都市一样，用的是钢骨水泥，冷热气管；一般的北方人家，总只是矮矮的一所四合房，四面是很厚的泥墙；上面花厅内都有一张暖炕，一所回廊；廊子上是一带明窗，窗眼里糊着薄纸，薄纸内又装上风门，另外就没有什么了。在这样简陋的房屋之内，你只教把炉子一生，电灯一点，棉门帘一挂上，在屋里住着，却一辈子总是暖炖炖像是春三四月里的样子。尤其会得使你感觉到屋内的温软堪恋的，是屋外窗外面乌乌在叫啸的西北风。天色老是灰沉沉的，路上面也老是灰的围障，而从风尘灰土中下车，一踏进屋里，就觉得一团春气，包围在你的左右四周，使你马上就忘记了屋外的一切寒冬的苦楚。若是喜欢吃吃酒，烧烧羊肉锅的人，那冬天的北方生活，就更加不能够割舍；酒已经是御寒的妙药了，再加上以大蒜与羊肉酱油合煮的香味，简直可以使一室之内，涨满了白蒙蒙的水蒸温气。玻璃窗内，前半夜，会流下一条条的清汗，后半夜就变成了花色奇异的冰纹。

到了下雪的时候哩，景象当然又要一变。早晨从厚棉被里张开眼来，一室的清光，会使你的眼睛眩晕。在阳光照耀之下，雪也一粒一粒的放起光来了，蛰伏得很久的小鸟，在这时候会飞出来觅食振翎，谈天说地，吱吱的叫个不休。数日来的灰暗天空，愁云一扫，忽然变得澄清见底，翳障全无；于是年轻的北方住民，就可以营屋外的生活了，溜冰，做雪人，赶冰车雪车，就在这一种日子里最有劲儿。

我曾于这一种大雪时晴的傍晚，和几位朋友，跨上跛驴，出西直门上骆驼庄去过过一夜。北平郊外的一片大雪地，无数枯树林，以及西山隐隐现现的不少白峰头，和时时吹来的几阵雪样的西北风，所给与人的印象，实在是深刻，伟大，神秘到了不可以言语来形容。直到了十余年后的现在，我一想起当时的情景，还会得打一个寒颤而吐一口清气，如同在钓鱼台溪旁立着的一瞬间一样。

北平的冬宵，更是一个特别适合于看书，写信，追思过去，与作闲谈说废话的绝妙时间。记得当时我们兄弟三人，都住在北京，每到了冬天的晚上，总不远千里地走拢来聚在一道，会谈少年时候在故乡所遇所见的事事物物。小孩们上床去了，佣人们也都去睡觉了，我们弟兄三个，还会得再加一次煤再加一次煤地长谈下去。有几宵因为屋外面风紧天寒之故，到了后半夜的一二点钟的时候，便不约而同地会说出索性坐坐到天亮的话来。像这一种可宝贵的记忆，像这一种最深沉的情调，本来也就是一生中不能够多享受几次的昙花佳境，可是若不是在北平的冬天的夜里，那趣味也一定不会得像如此的悠长。

总而言之，北平的冬季，是想赏识赏识北方异味者之唯一的机会；这一季里的好处，这一季里的琐事杂忆，若要详细地写起来，总也有一部《帝京景物略》那么大的书好做；我只记下了一点点自身的经历，就觉得过长了，下面只能再来略写一点春和夏以及秋季的感怀梦境，聊作我的对这日就沦亡的故国的哀歌。

春与秋，本来是在什么地方都属可爱的时节，但在北平，却与别的地方也有点儿两样。北国的春，来得较迟，所以时间也比较得短。西北风停后，积雪渐渐地消了，赶牲口的车夫身上，看不见那件光板老羊皮的大袄的时候，你就得预备着游春的服饰与金钱；因为春来也无信，春去也无踪，眼睛一眨，在北平市内，春光就会得同飞马似的溜过。屋内的炉子，刚拆去不久，说不定你就马上得去叫盖凉棚的才行。

而北方春天的最值得记忆的痕迹，是城厢内外的那一层新绿，同洪水似的新绿。北京城，本来就是一个只见树木不见屋顶的绿色的都会，一踏出九城的门户，四面的黄土坡上，更是杂树丛生的森林地了；在日光里颤抖着的嫩绿的波浪，油光光，亮晶晶，若是神经系统不十分健全的人，骤然间身入到这一个淡绿色的海洋涛浪里去一看，包管你要张不开眼，立不住脚，而昏厥过去。

北平市内外的新绿，琼岛春阴，西山挹翠诸景里的新绿，真是一幅何等奇伟的外光派的妙画！但是这画的框子，或者简直说这画的画布，现在却已经完全掌握在一只满长着黑毛的巨魔的手里了！北望中原，究竟要到哪一日才能够重见得到天日呢？

从地势纬度上讲来，北方的夏天，当然要比南方的夏天来得凉爽。在北平城里过夏，实在是并没有上北戴河或西山去避暑的必要。一天到晚，最热的时候，只有中午到午后三四点钟的几个钟头，晚上太阳一下山，总没有一处不是凉阴阴要穿单衫才能过去的；半夜以后，更是非盖薄棉被不可了。而北平的天然冰的便宜耐久，又是夏天住过北平的人所忘不了的一件恩惠。

我在北平，曾经过过三个夏天；像什刹海，菱角沟，二闸等暑天游耍的地方，当然是都到过的；但是在三伏的当中，不问是白天或是晚上，你只教有一张藤榻，搬到院子里的葡萄架下或藤花阴处去躺着，吃吃冰茶雪藕，听听盲人的鼓词与树上的蝉鸣，也可以一点儿也感不到炎热与熏蒸。而夏天最热的时候，在北平顶多总不过九十四五度，这一种大热的天气，全夏顶多顶多又不过十日的样子。

在北平，春夏秋的三季，是连成一片；一年之中，仿佛只有一段寒冷的时期，和一段比较得温暖的时期相对立。由春到夏，是短短的一瞬间，自夏到秋，也只觉得是过了一次午睡，就有点儿凉冷起来了。因此，北方的秋季也特别的觉得长，而秋天的回味，也更觉得比别处来得浓厚。前两年，因去北戴河回来，我曾在北平过过一个秋，在那时候，已经写过一篇《故都的秋》，对这北平的秋季颂赞过了一遍了，所以在这里不想再来重复；可是北平近郊的秋色，实在也正像是一册百读不厌的奇书，使你愈翻愈会感到兴趣。

秋高气爽，风日晴和的早晨，你且骑着一匹驴子，上西山八大处或玉泉山碧云寺去走走看；山上的红柿，远处的烟树人家，郊野里的芦苇黍稷，以及在驴背上驮着生果进城来卖的农户佃家，包管你看一个月也不会看厌。春秋两季，本来是到处都好的，但是北方的秋空，看起来似乎更高一点，北方的空气，吸起来似乎更干燥健全一点。而那一种草木摇落，金风肃杀之感，在北方似乎也更觉得要严肃，凄凉，沉静得多。你若不信，你且去西山脚下，农民的家里或古寺的殿前，自阴历八月至十月下旬，去住它三个月看看。古人的“悲哉秋之为气”以及“胡笳互动，牧马悲鸣”的那一种哀感，在南方是不大感觉得到的，但在北平，尤其是在郊外，你真会得感至极而涕零，思千里兮命驾。所以我说，北平的秋，才是真正的秋；南方的秋天，不过是英国话里所说的Indian Summer或叫作小春天气而已。

统观北平的四季，每季每节，都有它的特别的好处；冬天是室内饮食奄息的时期，秋天是郊外走马调鹰的日子，春天好看新绿，夏天饱受清凉。至于各节各季，正当移换中的一段时间哩，又是别一种情趣，是一种两不相连，而又两都相合的中间风味，如雍和宫的打鬼，净业庵的放灯，丰台的看芍药，万牲园的寻梅花之类。

五六百年来文化所聚萃的北平，一年四季无一月不好的北平，我在遥忆，我也在深祝，祝她的平安进展，永久地为我们黄帝子孙所保有的旧都城！

一九三六年五月廿七日

《北平的四季》创作于1936年，发表于1936年第20期的《宇宙风》杂志的“北平特辑”栏目，后被收入宇宙风杂志社出版发行的文集《北平一顾》。当时的郁达夫正在福建开展抗日救亡的工作。

在郁达夫笔下，北平的一切都被附上了一层温柔的滤镜，因为对他而言，北平已经成为一个“化为异物的故人”。然而美好的回忆，却与惨淡的现实形成对比。彼时的北平，被掌握在“满长着黑毛的巨魔”手里，危在旦夕。这篇散文通过书写四季的生活细节，以写意的手法突出北平人与风物的特征，可见作者对于这座城市的眷恋和对于民族未来的忧思。

——霍安琪

卢沟晓月

王统照

"苍凉自是长安日，呜咽原非陇头水。"

这是清代诗人咏卢沟桥的佳句，也许，长安日与陇头水六字有过分的古典气息，读去有点碍口？但，如果你们明了这六个字的来源，用联想与想象的力量凑合起、提示起这地方的环境，风物，以及历代的变化，你自然感到像这样"古典"的应用确能增加卢沟桥的伟大与美丽。

打开一本详明的地图，从现在的河北省、清代的京兆区域里你可找得那条历史上著名的桑干河。在往古的战史上，在多少吊古伤今的诗人的笔下，桑干河三字并不生疏。但，说到治水，隰水，㶟水这三个专名似乎就不是一般人所知了。还有，凡到过北平的人，谁不记得北平城外的永定河——即不记得永定河，而外城的正南门，永定门，大概可说是"无人不晓"罢。我虽不来与大家谈考证，讲水经，因为要叙叙卢沟桥，却不能不谈到桥下的水流。

治水，隰水，㶟水，以及俗名的永定河，其实都是那一道河流——桑干。

还有，河名不甚生疏，而在普通地理书上不大注意的是另外一道大流——浑河。浑河源出浑源，距离著名的恒山不远，水色浑浊，所以又有小黄河之称。在山西境内已经混入桑干河，经怀仁，大同，委弯曲折，至河北的怀来县。向东南流入长城，在昌平县境的大山中如黄龙似的转入宛平县境，二百多里，才到这条巨大雄壮的古桥下。

原非陇头水，是不错的，这桥下的汤汤流水，原是桑干与浑河的合流；也就是所谓治水，㶟水，灅水，永定河与浑河，小黄河，黑水河（浑河的俗名）的合流。

桥工的建造既不在北宋的时代，也不开始于蒙古人的占据北平。金人与南宋南北相争时，于大定二十九年六月方将这河上的木桥换了，用石料造成。这是见之于金代的诏书，据说："明昌二年三月桥成，敕命名广利，并建东西廊以便旅客。"

马哥孛罗来游中国，服官于元代的初年时，他已看见这雄伟的工程，曾在他的游记里赞美过。

经过元明两代都有重修，但以正统九年的加工比较伟大，桥上的石栏，石狮，大约都是这一次重修的成绩。清代对此桥的大工也有数次，乾隆十七年与五十年两次的动工，确为此桥增色不少。

"东西长六十六丈，南北宽二丈四尺，两栏宽二尺四寸，一百四十，桥孔十有一，第六孔适当河之中流。"

按清乾隆五十年重修的统计，对此桥的长短大小有此说明，使人（没有到过的）可以想象它的雄壮。

从前以北平左近的县分属顺天府，也就是所谓京兆区。经过名人题咏的，京兆区内有八种胜景：例如西山霁雪、居庸叠翠、玉泉垂虹等，都是很幽美的山川风物。卢沟不过有一道大桥，却居然也与西山居庸关一样刊入八景之一，便是极富诗意的“卢沟晓月”。

本来，“杨柳岸晓风残月”是最易引动过去时代行旅者的感喟与欣赏的凌晨早发的光景；何况在茫茫远来的巨流上有这一道雄伟壮丽的石桥；又是出入京都的孔道，多少官吏、士人、商贾、农、工，为了事业，为了生活，为了游览，他们不能不到这名利所萃的京都，也不能不在夕阳返照，或东方未明时打从这古代的桥上经过。你想：在交通工具还没有如今迅速便利的时候，车马，担簦，来往奔驰，再加上每个行人谁没有忧、喜、欣、戚的真感横在心头，谁不为“生之活动”在精神上负一份重担？盛景当前，把一片壮美的感觉移入渗化于自己的忧喜欣戚之中，无论他是有怎样的观照，由于时间与空间的变化错综，面对着这个具有崇高美的压迫力的建筑物，行人如非白痴，自然以其鉴赏力的差别，与环境的相异，生发出种种的触感。于是留在他们的中心，或留在借文字绘画表达出的作品中，对于卢沟桥三字真有很多的酬报。

不过，单以“晓月”形容卢沟桥之美，据传说是另有原因：每当旧历的月尽头（晦日），天快晓时，下弦的钩月在别处还看不分明，如有人到此桥上，他偏先得清光。这俗传的道理是否可靠，不能不令人疑惑。其实，卢沟桥也不过高起一些，难道同一时间在西山山顶，或北平城内的白塔（北海山上）上，看那晦晓的月亮，会比卢沟桥上不如？不过，话还是不这么拘板说为妙，用“晓月”陪衬卢沟桥的实是一位善于想象而又身经的艺术家的妙语，本来不预备后人去作科学的测验。你想“一日之计在于晨”，何况是行人的早发。朝气清蒙，烘托出那钩人思感的月亮——上浮青天，下嵌白石的巨桥。京城的雉堞若隐若现，西山的云翳似近似远，大野无边，黄流激奔……这样光，这样色彩，这样地点与建筑，不管是料峭的春晨，凄冷的秋晓，景物虽然随四时而有变迁，但若无雨雪的降临，每月末五更头的月亮，白石桥，大野，黄流，总可凑成一幅佳画，渲染飘浮于行旅者的心灵深处，发生出多少样反射的美感。

你说：偏以“晓月”陪衬这“碧草卢沟”（清刘履芬的《鸥梦词》中有《长亭怨》一阕，起语是：叹销春间关轮铁，碧草卢沟，短长程接），不是最相称的“妙境”么？

无论你是否身经其地，现在，你对于这名标历史的胜迹，大约不止于“发思古之幽情”罢？其实，即以思古而论也尽够你深思，咏叹，有无穷的兴感！何况血痕染过那些石狮的鬈鬣，白骨在桥上的轮迹里腐化，漠漠风沙，呜咽河流，自然会造成一篇悲壮的史诗。就是万古长存的“晓月”也必定对你惨笑，对你冷觑，不是昔日的温柔，幽丽，只引动你的“清念”。

桥下的黄流，日夜呜咽，泛挹着青空的灏气，伴守着沉默的郊原……

他们都等待着有明光大来与洪涛冲荡的一日——那一日的清晓！

王统照的《卢沟晓月》发表于1938年第5期的《少年读物》杂志上，发表时名为《芦沟桥》，后在其他刊物刊载时更名为《芦沟晓月》或《卢沟晓月》。1918年，正是历史风云涌动之际，王统照来到北平求学。在北平求学期间，他曾亲身参与“五四”运动，与郑振铎等人组织发起文学研究会，从事新文学创作。

自“七七”事变起，卢沟桥在中国人心目中开始有了别样的意义，对于曾在北平求学的王统照而言更是如此。因此，这篇散文不仅仅是一篇写景散文，更是一篇咏史怀古的散文。美景中蕴含的历史关怀，使这篇文章拥有了厚重的历史底蕴，充满了古典的力与美。

——霍安琪

五月的北平

张恨水

能够代表东方建筑美的城市，在世界上，除了北平，恐怕难找第二处了。描写北平的文字，由国文到外国文，由元代到今日，那是太多了，要把这些文字抄写下来，随便也可以出百万言的专书。现在要说北平，那真是一部二十四史，无从说起。若写北平的人物，就以目前而论，由文艺到科学，由最崇高的学者到雕虫小技的绝世能手，这个圈子里，也俯拾即是，要一一介绍，也是不可能。北平这个城，特别能吸收有学问、有技巧的人才，宁可在北平为静止得到生活无告的程度，他们也不肯离开。不要名，也不要钱，就是这样穷困着下去。这实在是件怪事。你又叫我写哪一位才让圈子里的人过瘾呢？

静的不好写，动的也不好写，现在是五月（旧历的清和四月），我们还是写点五月的眼前景物吧。北平的五月，那是一年里的黄金时代。任何树木，都发生了嫩绿的叶子，处处是绿荫满地。卖芍药花的担子，天天摆在十字街头。洋槐树开着其白如雪的花，在绿叶上一球球的顶着。街上，人家院落里，随处可见。柳絮飘着雪花，在冷静的胡同里飞。枣树也开花了，在人家的白粉墙头，送出兰花的香味。北平春季多风，但到五月，风季就过去了（今年春季无风）。市民开始穿起夹衣，在不暖的阳光里走。北平的公园，既多又大。只要你有工夫，花不成其为数目的票价，你可以在锦天铺地、雕栏玉砌的地方消磨一半天。

照着上面所谈，这范围还是太广，像看《四库全书》一样。虽然只说个提要，也觉得应接不暇。让我来缩小范围，只谈一个中人之家罢。北平的房子，大概都是四合院。这个院子，就可以雄视全国建筑。洋楼带花园，这是最令人羡慕的新式住房。可是在北平人看来，那太不算一回事了。北平所谓大宅门，哪家不是七八上十个院子？哪个院子里不是花果扶疏？这且不谈。就是中产之家，除了大院一个，总还有一两个小院相配合。这些院子里，除了石榴树、金鱼缸，到了春深，家家由屋里度过寒冬搬出来。而院子里的树木，如丁香、西府海棠、藤萝架、葡萄架、垂柳、洋槐、刺槐、枣树、榆树、山桃、珍珠梅、榆叶梅，也都成人家普通的栽植物，这时，都次第地开过花了。尤其槐树，不分大街小巷，不分何种人家，到处都栽着有。在五月里，你登景山之巅，对北平城作个鸟瞰，你就看到北平市房全参差在绿海里。这绿海大部分就是槐树造成的。

洋槐传到北平，似乎不出五十年，所以这类树，虽也有高到五六丈的，都是树干还不十分粗。刺槐却是北平的土产，树兜可以合抱，而树身高到十丈的，那也很是平常。洋槐是树叶子一绿就开花，正在五月，花是成球地开着，串子不长，远望有些像南方的白绣球。刺槐是七月开花，都是一串串有刺，像藤萝（南方叫紫藤）。不过是白色的而已。洋槐香浓，刺槐不大香，所以五月里草绿油油的季节，洋槐开花，最是凑趣。

在一个中等人家，正院子里可能就有一两株槐树。或者是一两株枣树。尤其是城北，枣树逐家都有，这是“早子”的谐音，取一个吉利。在五月里，下过一回雨，槐叶已在院子里着上一片绿荫。白色的洋槐花在绿枝上堆着雪球，太阳照着，非常的好看。枣子花是看不见的，淡绿色，和小叶的颜色同样，而且它又极小，只比芝麻大些，所以随便看不见。可是它那种兰蕙之香，在风停日午的时候，在月明如昼的时候，把满院子都浸润在幽静淡雅的境界。假使这人家有些盆景（必然有），石榴花开着火星样的红点，夹竹桃开着粉红的桃花瓣，在上下皆绿的环境中，这几点红色，娇艳绝伦。北平人又爱随地种草本的花籽，这时大小花秧全都在院子里拔地而出，一寸到几寸长的不等，全表示了欣欣向荣的样子。北平的屋子，对院子的一方面，照例下层是土墙，高二三尺，中层是大玻璃窗，玻璃大得与百货店的货窗相等，上层才是花格活窗。桌子靠墙，总是在大玻璃窗下。主人翁若是伏案读书写字，一望玻璃窗外的绿色，映人眉宇，那实在是含有诗情画意的。而且这样的点缀，并不花费主人什么钱的。

北平这个地方，实在适宜于绿树的点缀，而绿树能亭亭如盖的，又莫过于槐树。在东西长安街，故宫的黄瓦红墙，配上那一碧千株的槐林，简直就是一幅彩画。在古老的胡同里，四五株高槐，映带着平正的土路，低矮的粉墙。行人很少，在白天就让人觉得其意幽深，更无论月下了。在宽平的马路上，如南北池子，如南北长街，两边槐树整齐划一，连续不断，有三四里之长，远远望去，简直是一条绿街。在古庙门口，红色的墙，半圆的门，几株大槐树在庙外拥立，把低矮的庙整个罩在绿荫下，那情调是肃穆典雅的。在伟大的公署门口，槐树分立在广场两边，好像排列着伟大的仪仗，又加重了几分雄壮之气。太多了，我不能把它一一介绍出来，有人说五月的北平是碧槐的城市，那却是一点没有夸张。

当承平之时，北平人所谓“好年头儿”，在这个日子，也正是故都人士最悠闲舒适的日子。在绿荫满街的当儿，卖芍药花的平头车子整车的花蕾推了过去。卖冷食的担子，在幽静的胡同里叮当作响，敲着冰盏儿，这很表示这里一切的安定与闲静。渤海来的海味，如黄花鱼、对虾，放在冰块上卖，已是别有风趣。又如乳油杨梅、蜜饯樱桃、藤萝饼、玫瑰糕，吃起来还带些诗意。公园里绿叶如盖，三海中水碧如油，随处都是令人享受的地方。但是这一些，我不能也不愿往下写。现在，这里是邻近炮火边沿，对南方人来说这里是第一线了。北方人吃的面粉，三百多万元一袋；南方人吃的米，卖八万多元一斤。穷人固然是朝不保夕，中产之家虽改吃糙粮度日，也不知道这糙粮允许吃多久。街上的槐树虽然还是碧净如前，但已失去了一切悠闲的点缀。人家院子里，虽是不花钱的庭树，还依然送了绿荫来，这绿荫在人家不是幽丽，乃是凄凄惨惨的象征。谁实为之？孰令致之？我们也就无从问人。《阿房宫赋》前段写得那样富丽，后面接着是一叹："秦人不自哀。"现在的北平人，倒不是不自哀，其如他们哀也无益何！

好一座富于东方美的大城市呀，他整个儿在战栗！好一座千年文化的结晶呀，他不断地在枯萎！呼吁于上天，上天无言；呼吁于人类，人类摇头。其奈之何！

从1919年来到北平起，张恨水就一直在观察北平、体验北平、书写北平，并在写作中不断地使自己和这座城市融为一体。

张恨水的小说创作，深受白话小说传统影响。而当这位小说家写起散文来时，也依稀有着中国古典散文的影子。《五月的北平》中，作者由北平的建筑写起，接着写到了北平的各类树木花草，然后写到了北平街头各色小吃……在作者的铺陈下，北平城被描写得如同人间天堂。然而此刻，作者却笔锋一转，写到北平城在战乱的摧残下“战栗”“枯萎”，并呼吁人们从历史中吸取教训。这种“劝百讽一，曲终奏雅”的行文，有着古代文赋的影子。

——霍安琪

香山红叶

杨　朔

早听说香山红叶是北京最浓最浓的秋色，能去看看，自然乐意。我去的那日，天也作美，明净高爽，好得不能再好了；人也凑巧，居然找到一位刘四大爷。这位刘四大爷就住在西山脚下，早年做过四十年的向导，胡子都白了，还是腰板挺直，硬朗得很。

我们先邀刘四大爷到一家乡村小饭馆里吃饭。几盘野味，半杯麦酒，老人家的话来了，慢言慢语说："香山这地方也没别的好处，就是高，一进山门，门坎跟玉泉山顶一样平。地势一高，气也清爽，人才爱来。春天人来踏青，夏天来消夏，到秋天——"一位同游的朋友急着问："不知山上的红叶红了没有？"

刘四大爷说："还不是正时候。南面一带向阳，也该先有红的了。"于是用完酒饭，我们请刘四大爷领我们顺着南坡上山。好清静的去处啊。沿着石砌的山路，两旁满是古松古柏，遮天蔽日的，听说三伏天走在树荫里，也不见汗。

刘四大爷交叠着两手搭在肚皮上，不紧不慢走在前面，总是那么慢言慢语说：“原先这地方什么也没有，后面是一片荒山，只有一家财主雇了个做活的给他种地、养猪。猪食倒在一个破石槽里，可是倒进去一点食，猪怎么吃也吃不完。那做活的觉得有点怪，放进石槽里几个铜钱，钱也拿不完，就知道这是个聚宝盆了。到算工账的时候，做活的什么也不要，单要这个石槽。一个破石槽能值几个钱？财主乐得送个人情，就给了他。石槽太重，做活的扛到山里，就扛不动了，便挖个坑埋好，怕忘了地点，又拿一棵松树和一棵柏树插在上面做记号，自己回家去找人帮着抬。谁知返回来一看，满山都是松柏树，数也数不清。”谈到这儿，老人又慨叹说：“这真是座活山啊。有山就有水，有水就有脉，有脉就有苗，难怪人家说下面埋着聚宝盆。”

这当儿，刘四大爷早带我们走进一座挺幽雅的院子，里边有两眼泉水。石壁上刻着“双清”两个字。老人围着泉水转了转说：“我有十年不上山了，怎么有块碑不见了？我记得碑上刻的是‘梦赶泉’。”接着又告诉我们一个故事，说是元朝有个皇帝来游山，倦了，睡在这儿，梦见身子坐在船上，脚下翻着波浪，醒来叫人一挖脚下，果然冒出股泉水，这就是“梦赶泉”的来历。

刘四大爷又笑笑说：“这都是些乡村野话，我怎么听来的，怎么说，你们也不必信。”

听着这个白胡子老人絮絮叨叨谈些离奇的传说，你会觉得香山更富有迷人的神话色彩。我们不会那么煞风景，偏要说不信。只是一路上山，怎么连一片红叶也看不见?

老人说:“你先别急，一上半山亭，什么都看见了。”

我们上了半山亭，朝东一望，真是一片好景。莽莽苍苍的河北大平原就摆在眼前，烟树深处，正藏着我们的北京城。也妙，本来也算有点气魄的昆明湖，看起来只像一盆清水。万寿山、佛香阁，不过是些点缀的盆景。我们都忘了看红叶。红叶就在高头山坡上，满眼都是，半黄半红的，倒还有意思。可惜叶子伤了水，红的又不透。要是红透了，太阳一照，那颜色该有多浓。

我望着红叶，问:“这是什么树？怎么不大像枫叶?”

刘四大爷说:“本来不是枫叶嘛。这叫红树。”就指着路边的树，说:“你看看，就是那种树。”

路边的红树叶子还没红，所以我们都没注意。我走过去摘下一片，叶子是圆的，只有叶脉上微微透出点红意。

我不觉叫:“哎呀！还香呢。”把叶子送到鼻子上闻了闻，那叶子发出一股轻微的药香。

另一位同伴也嗅了嗅，叫:“哎呀！是香。怪不得叫香山。”

刘四大爷也慢慢说:“真是香呢。我怎么做了四十年向导，早先就没闻见过?”

我的老大爷，我不十分清楚你过去的身世，但是从你脸上密密的纹路里，猜得出你是个久经风霜的人。你的心过去是苦的，你怎么能闻到红叶的香味？我也不十分清楚你今天的生活，可是你看，这么大年纪的一个老人，爬起山来不急，也不喘，好像不快，我们可总是落在后边，跟不上。有这样轻松脚步的老年人，心情也该是轻松的，还能不闻见红叶香？

刘四大爷就在满山的红叶香里，领着我们看了“森玉笏”、“西山晴雪”、昭庙，还有别的香山风景。下山的时候，将近黄昏。一仰脸望见东边天上现出半轮上弦的白月亮，一位同伴忽然记起来，说：“今天是不是重阳？”一翻身边带的报纸，原来是重阳的第二日。我们这一次秋游，倒应了重九登高的旧俗。

也有人觉得没看见一片好红叶，未免美中不足。我却摘到一片更可贵的红叶，藏到我心里去。这不是一般的红叶，这是一片曾在人生中经过风吹雨打的红叶，越到老秋，越红得可爱。不用说，我指的是刘四大爷。

一九五六年

《香山红叶》发表于1956年11月21日的《北京日报》。杨朔以一种平淡自然的笔调，记叙了一次充满闲适意趣的香山之行。

这是典型的游记散文，记的是所见之景、所遇之人、所闻之事。香山最出名的，就是它的红叶，而作者此行也正是为了观香山红叶而来。虽然没看到红叶，但作者也并不遗憾。因为他遇见了刘四大爷这样可爱的老人。本文中写到的登山向导刘四大爷，是典型的老北京，虽然七十七岁了，却精神矍铄，脚步轻盈，十分健谈，能遇到这样有趣的老大爷，就让这趟旅程得以圆满。

——霍安琪

我与地坛

史铁生

一

我在好几篇小说中都提到过一座废弃的古园，实际上就是地坛。许多年前旅游业还没有开展，园子荒芜冷落得如同一片野地，很少被人记起。

地坛离我家很近。或者说我家离地坛很近。总之，只好认为这是缘分。地坛在我出生前四百多年就坐落在那儿了，而自从我的祖母年轻时带着我父亲来到北京，就一直住在离它不远的地方——五十多年间搬过几次家，可搬来搬去总是在它周围，而且是越搬离它越近了。我常觉得这中间有着宿命的味道：仿佛这古园就是为了等我，而历尽沧桑在那儿等待了四百多年。

它等待我出生，然后又等待我活到最狂妄的年龄上忽地残废了双腿。四百多年里，它一面剥蚀了古殿檐头浮夸的琉璃，淡褪了门壁上炫耀的朱红，坍圮了一段段高墙又散落了玉砌雕栏，祭坛四周的老柏树愈见苍幽，到处的野草荒藤也都茂盛得自在坦荡。这时候想必我是该来了。十五年前的一个下午，我摇着轮椅进入园中，它为一个失魂落魄的人把一切都准备好了。那时，太阳循着亘古不变的路途正越来越大，也越红。在满园弥漫的沉静光芒中，一个人更容易看到时间，并看见自己的身影。

自从那个下午我无意中进了这园子，就再没长久地离开过它。我一下子就理解了它的意图。正如我在一篇小说中所说的："在人口密聚的城市里，有这样一个宁静的去处，像是上帝的苦心安排。"

两条腿残废后的最初几年，我找不到工作，找不到去路，忽然间几乎什么都找不到了，我就摇了轮椅总是到它那儿去，仅为着那儿是可以逃避一个世界的另一个世界。我在那篇小说中写道："没处可去我便一天到晚耗在这园子里。跟上班下班一样，别人去上班我就摇了轮椅到这儿来。""园子无人看管，上下班时间有些抄近路的人们从园中穿过，园子里活跃一阵，过后便沉寂下来。""园墙在金晃晃的空气中斜切下一溜阴凉，我把轮椅开进去，把椅背放倒，坐着或是躺着，看书或者想事，撅一杈树枝左右拍打，驱赶那些和我一样不明白为什么要来这世上的小昆虫。""蜂儿如一朵小雾稳稳地停在半空；蚂蚁摇头晃脑捋着触须，猛然间想透了什么，转身疾行而去；瓢虫爬得不耐烦了，累了，祈祷一回便支开翅膀，忽悠一下升空了；树干上留着一只蝉蜕，寂寞如一间空屋；露水在草叶上滚动，聚集，压弯了草叶轰然坠地摔开万道金光。”“满园子都是草木竞相生长弄出的响动，窸窸窣窣窸窸窣窣片刻不息。”这都是真实的记录，园子荒芜但并不衰败。

除去几座殿堂我无法进去，除去那座祭坛我不能上去而只能从各个角度张望它，地坛的每一棵树下我都去过，差不多它的每一米草地上都有过我的车轮印。无论是什么季节，什么天气，什么时间，我都在这园子里待过。有时候待一会儿就回家，有时候就待到满地上都亮起月光。记不清都是在它的哪些角落里了，我一连几小时专心致志地想关于死的事，也以同样的耐心和方式想过我为什么要出生。这样想了好几年，最后事情终于弄明白了：一个人，出生了，这就不再是一个可以辩论的问题，而只是上帝交给他的一个事实；上帝在交给我们这件事实的时候，已经顺便保证了它的结果，所以死是一件不必急于求成的事，死是一个必然会降临的节日。这样想过之后我安心多了，眼前的一切不再那么可怕。比如你起早熬夜准备考试的时候，忽然想起有一个长长的假期在前面等待你，你会不会觉得轻松一点儿？并且庆幸并且感激这样的安排？

剩下的就是怎样活的问题了。这却不是在某一个瞬间就能完全想透的，不是能够一次性解决的事，怕是活多久就要想它多久了，就像是伴你终生的魔鬼或恋人。所以，十五年了，我还是总得到那古园里去，去它的老树下或荒草边或颓墙旁，去默坐，去呆想，去推开耳边的嘈杂理一理纷乱的思绪，去窥看自己的心魂。十五年中，这古园的形体被不能理解它的人肆意雕琢，幸好有些东西是任谁也不能改变它的。譬如祭坛石门中的落日，寂静的光辉平铺的一刻，地上的每一个坎坷都被映照得灿烂；譬如在园中最为落寞的时间，一群雨燕便出来高歌，把天地都叫喊得苍凉；譬如冬天雪地上孩子的脚印，总让人猜想他们是谁，曾在哪儿做过些什么，然后又都到哪儿去了；譬如那些苍黑的古柏，你忧郁的时候它们镇静地站在那儿，你欣喜的时候它们依然镇静地站在那儿，它们没日没夜地站在那儿从你没有出生一直站到这个世界上又没了你的时候；譬如暴雨骤临园中，激起一阵阵灼烈而清纯的草木和泥土的气味，让人想起无数个夏天的事件；譬如秋风忽至，再有一场早霜，落叶或飘摇歌舞或坦然安卧，满园中播散着熨帖而微苦的味道。味道是最说不清楚的，味道不能写只能闻，要你身临其境去闻才能明了。味道甚至是难于记忆的，只有你又闻到它你才能记起它的全部情感和意蕴。所以我常常要到那园子里去。

二

现在我才想到，当年我总是独自跑到地坛去，曾经给母亲出了一个怎样的难题。

她不是那种光会疼爱儿子而不懂得理解儿子的母亲。她知道我心里的苦闷，知道不该阻止我出去走走，知道我要是老待在家里结果会更糟，但她又担心我一个人在那荒僻的园子里整天都想些什么。我那时脾气坏到极点，经常是发了疯一样地离开家，从那园子里回来又中了魔似的什么话都不说。母亲知道有些事不宜问，便犹犹豫豫地想问而终于不敢问，因为她自己心里也没有答案。她料想我不会愿意她跟我一同去，所以她从未这样要求过，她知道得给我一点儿独处的时间，得有这样一段过程。她只是不知道这过程得要多久和这过程的尽头究竟是什么。每次我要动身时，她便无言地帮我准备，帮助我上了轮椅车，看着我摇车拐出小院；这以后她会怎样，当年我不曾想过。

有一回我摇车出了小院，想起一件什么事又返身回来，看见母亲仍站在原地，还是送我走时的姿势，望着我拐出小院去的那处墙角，对我的回来竟一时没有反应。待她再次送我出门的时候，她说："出去活动活动，去地坛看看书，我说这挺好。"许多年以后我才渐渐听出，母亲这话实际上是自我安慰，是暗自的祷告，是给我的提示，是恳求与嘱咐。只是在她猝然去世之后，我才有余暇设想。当我不在家里的那些漫长的时间，她是怎样心神不定坐卧难宁，兼着痛苦与惊恐与一个母亲最低限度的祈求。现在我可以断定，以她的聪慧和坚忍，在那些空落的白天后的黑夜，在那不眠的黑夜后的白天，她思来想去最后准是对自己说："反正我不能不让他出去，未来的日子是他自己的，如果他真的在那园子里出了什么事，这苦难也只好我来承担。"在那段日子里——那是好几年前的一段日子，我想我一定使母亲做过最坏的准备了，但她从来没有对我说过："你为我想想。"事实上我也真的没为她想过。那时她的儿子还太年轻，还来不及为母亲想，他被命运击昏了头，一心以为自己是世上最不幸的一个，不知道儿子的不幸在母亲那儿总是要加倍的。她有一个长到二十岁上忽然截瘫了的儿子，这是她惟一的儿子；她情愿截瘫的是自己而不是儿子，可这事无法代替；她想，只要儿子能活下去哪怕自己去死呢也行，可她又确信一个人不能仅仅是活着，儿子得有一条路走向自己的幸福；而这条路呢，没有谁能保证她的儿子最终能找到——这样一个母亲，注定是活得最苦的母亲。

有一次与一个作家朋友聊天，我问他学写作的最初动机是什么？他想了一会儿说："为我母亲。为了让她骄傲。"我心里一惊，良久无言。回想自己最初写小说的动机，虽不似这位朋友的那般单纯，但如他一样的愿望我也有，且一经细想，发现这愿望也在全部动机中占了很大比重。这位朋友说："我的动机太低俗了吧？"我光是摇头，心想低俗并不见得低俗，只怕是这愿望过于天真了。他又说："我那时真就是想出名，出了名让别人羡慕我母亲。”我想，他比我坦率。我想，他又比我幸福，因为他的母亲还活着。而且我想，他的母亲也比我的母亲运气好，他的母亲没有一个双腿残废的儿子，否则事情就不这么简单。

在我的头一篇小说发表的时候，在我的小说第一次获奖的那些日子里，我真是多么希望我的母亲还活着。我便又不能在家里待了，又整天整天独自跑到地坛去，心里是没头没尾的沉郁和哀怨，走遍整个园子却怎么也想不通：母亲为什么就不能再多活两年？为什么在她儿子就快要碰撞开一条路的时候，她却忽然熬不住了？莫非她来此世上只是为了替儿子担忧，却不该分享我的一点点快乐？她匆匆离我去时才只有四十九岁呀！有那么一会儿，我甚至对世界对上帝充满了仇恨和厌恶。后来我在一篇题为《合欢树》的文章中写道：“坐在小公园安静的树林里，我闭上眼睛，想：上帝为什么早早地召母亲回去呢？很久很久，迷迷糊糊地，我听见了回答：‘她心里太苦了。上帝看她受不住了，就召她回去。’我似乎得到一点儿安慰，睁开眼睛，看见风正从树林里穿过。”小公园，指的也是地坛。

只是到了这时候，纷纭的往事才在我眼前幻现得清晰，母亲的苦难与伟大才在我心中渗透得深彻。上帝的考虑，也许是对的。

摇着轮椅在园中慢慢走，又是雾罩的清晨，又是骄阳高悬的白昼，我只想着一件事：母亲已经不在了。在老柏树旁停下，在草地上在颓墙边停下，又是处处虫鸣的午后，又是鸟儿归巢的傍晚，我心里只默念着一句话：可是母亲已经不在了。把椅背放倒，躺下，似睡非睡挨到日没，坐起来，心神恍惚，呆呆地直坐到古祭坛上落满黑暗然后再渐渐浮起月光，心里才有点儿明白，母亲不能再来这园中找我了。

曾有过好多回，我在这园子里待得太久了，母亲就来找我。她来找我又不想让我发觉，只要见我还好好地在这园子里，她就悄悄转身回去，我看见过几次她的背影。我也看见过几回她四处张望的情景，她视力不好，端着眼镜像在寻找海上的一条船，她没看见我时我已经看见她了，待我看见她也看见我了我就不去看她，过一会儿我再抬头看她就又看见她缓缓离去的背影。我单是无法知道有多少回她没有找到我。有一回我坐在矮树丛中，树丛很密，我看见她没有找到我；她一个人在园子里走，走过我的身旁，走过我经常待的一些地方，步履茫然又急迫。我不知道她已经找了多久还要找多久，我不知道为什么我决意不喊她——但这绝不是小时候的捉迷藏，这也许是出于长大了的男孩子的倔强或羞涩？但这倔强只留给我痛悔，丝毫也没有骄傲。我真想告诫所有长大了的男孩子，千万不要跟母亲来这套倔强，羞涩就更不必，我已经懂了可我已经来不及了。

儿子想使母亲骄傲，这心情毕竟是太真实了，以致使

“想出名”这一声名狼藉的念头也多少改变了一点儿形象。这是个复杂的问题，且不去管它了罢。随着小说获奖的激动逐日暗淡，我开始相信，至少有一点我是想错了：我用纸笔在报刊上碰撞开的一条路，并不就是母亲盼望我找到的那条路。年年月月我都到这园子里来，年年月月我都要想，母亲盼望我找到的那条路到底是什么。母亲生前没给我留下过什么隽永的哲言，或要我恪守的教诲，只是在她去世之后，她艰难的命运、坚忍的意志和毫不张扬的爱，随光阴流转，在我的印象中愈加鲜明深刻。

有一年，十月的风又翻动起安详的落叶，我在园中读书，听见两个散步的老人说：“没想到这园子有这么大。”我放下书，想，这么大一座园子，要在其中找到她的儿子，母亲走过了多少焦灼的路。多年来我头一次意识到，这园中不单是处处都有过我的车辙，有过我的车辙的地方也都有过母亲的脚印。

三

如果以一天中的时间来对应四季，当然春天是早晨，夏天是中午，秋天是黄昏，冬天是夜晚。如果以乐器来对应四季，我想春天应该是小号，夏天是定音鼓，秋天是大提琴，冬天是圆号和长笛。要是以这园子里的声响来对应四季呢？

那么，春天是祭坛上空漂浮着的鸽子的哨音，夏天是冗长的蝉歌和杨树叶子哗啦啦地对蝉歌的取笑，秋天是古殿檐头的风铃响，冬天是啄木鸟随意而空旷的啄木声。以园中的景物对应四季，春天是一径时而苍白时而黑润的小路，时而明朗时而阴晦的天上摇荡着串串杨花；夏天是一条条耀眼而灼人的石凳，或阴凉而爬满了青苔的石阶，阶下有果皮，阶上有半张被坐皱的报纸；秋天是一座青铜的大钟，在园子的西北角上曾丢弃着一座很大的铜钟，铜钟与这园子一般年纪，浑身挂满绿锈，文字已不清晰；冬天，是林中空地上几只羽毛蓬松的老麻雀。以心绪对应四季呢？春天是卧病的季节，否则人们不易发觉春天的残忍与渴望；夏天，情人们应该在这个季节里失恋，不然就似乎对不起爱情；秋天是从外面买一棵盆花回家的时候，把花搁在阔别了的家中，并且打开窗户把阳光也放进屋里，慢慢回忆慢慢整理一些发过霉的东西；冬天伴着火炉和书，一遍遍坚定不死的决心，写一些并不发出的信。还可以用艺术形式对应四季，这样春天就是一幅画，夏天是一部长篇小说，秋天是一首短歌或诗，冬天是一群雕塑。以梦呢？以梦对应四季呢？春天是树尖上的呼喊，夏天是呼喊中的细雨，秋天是细雨中的土地，冬天是干净的土地上的一只孤零的烟斗。

因为这园子，我常感恩于自己的命运。

我甚至现在就能清楚地看见，一旦有一天我不得不长久地离开它，我会怎样想念它，我会怎样想念它并且梦见它，我会怎样因为不敢想念它而梦也梦不到它。

四

现在让我想想，十五年中坚持到这园子来的人都是谁呢？好像只剩了我和一对老人。

十五年前，这对老人还只能算是中年夫妇，我则货真价实还是个青年。他们总是在薄暮时分来园中散步，我不大弄得清他们是从哪边的园门进来，一般来说他们是逆时针绕这园子走。男人个子很高，肩宽腿长，走起路来目不斜视，胯以上直至脖颈挺直不动，他的妻子攀了他一条胳膊走，也不能使他的上身稍有松懈。女人个子却矮，也不算漂亮，我无端地相信她必出身于家道中衰的名门富族；她攀在丈夫胳膊上像个娇弱的孩子，她向四周观望似总含着恐惧，她轻声与丈夫谈话，见有人走近就立刻怯怯地收住话头。我有时因为他们而想起冉阿让与柯赛特，但这想法并不巩固，他们一望即知是老夫老妻。两个人的穿着都算得上考究，但由于时代的演进，他们的服饰又可以称为古朴了。他们和我一样，到这园子里来几乎是风雨无阻，不过他们比我守时。我什么时间都可能来，他们则一定是在暮色初临的时候。刮风时他们穿了米色风衣，下雨时他们打了黑色的雨伞，夏天他们的衬衫是白色的裤子是黑色的或米色的，冬天他们的呢子大衣又都是黑色的，想必他们只喜欢这三种颜色。他们逆时针绕这园子一周，然后离去。他们走过我身旁时只有男人的脚步响，女人像是贴在高大的丈夫身上跟着漂移。我相信他们一定对我有印象，但是我们没有说过话，我们互相都没有想要接近的表示。十五年中，他们或许注意到一个小伙子进入了中年，我则看着一对令人羡慕的中年情侣不觉中成了两个老人。

曾有过一个热爱唱歌的小伙子，他也是每天都到这园中来，来唱歌，唱了好多年，后来不见了。他的年纪与我相仿，他多半是早晨来，唱半小时或整整唱一个上午，估计在另外的时间里他还得上班。我们经常在祭坛东侧的小路上相遇，我知道他是到东南角的高墙下去唱歌，他一定猜想我去东北角的树林里做什么。我找到我的地方，抽几口烟，便听见他谨慎地整理歌喉了。他反反复复唱那么几首歌。“文化革命”没过去的时候，他唱“蓝蓝的天上白云飘，白云下面马儿跑……”我老也记不住这歌的名字。“文革”后，他唱《货郎与小姐》中那首最为流传的咏叹调。“卖布——卖布嘞，卖布——卖布嘞！”我记得这开头的一句他唱得很有声势，在早晨清澈的空气中，货郎跑遍园中的每一个角落去恭维小姐。“我交了好运气，我交了好运气，我为幸福唱歌曲……”然后他就一遍一遍地唱，不让货郎的激情稍减。依我听来，他的技术不算精到，在关键的地方常出差错，但他的嗓子是相当不坏的，而且唱一个上午也听不出一点儿疲惫。太阳也不疲惫，把大树的影子缩小成一团，把疏忽大意的蚯蚓晒干在小路上。将近中午，我们又在祭坛东侧相遇，他看一看我，我看一看他，他往北去，我往南去。日子久了，我感到我们都有结识的愿望，但似乎都不知如何开口，于是互相注视一下终又都移开目光擦身而过；这样的次数一多，便更不知如何开口了。终于有一天——一个丝毫没有特点的日子，我们互相点了一下头，他说："你好。"我说："你好。"他说："回去啦？"我说："是，你呢？"他说："我也该回去了。"我们都放慢脚步（其实我是放慢车速），想再多说几句，但仍然是不知从何说起，这样我们就都走过了对方，又都扭转身子面向对方。他说："那就再见吧。"我说："好，再见。"便互相笑笑各走各的路了。但是我们没有再见，那以后，园中再没了他的歌声，我才想到，那天他或许是有意与我道别的，也许他考上了哪家专业的文工团或歌舞团了吧？真希望他如他歌里所唱的那样，交了好运气。

还有一些人，我还能想起一些常到这园子里来的人。有一个老头，算得一个真正的饮者；他在腰间挂一个扁瓷瓶，瓶里当然装满了酒，常来这园中消磨午后的时光。他在园中四处游逛，如果你不注意你会以为园中有好几个这样的老头，等你看过了他卓尔不群的饮酒情状，你就会相信这是个独一无二的老头。他的衣着过分随便，走路的姿态也不慎重，走上五六十米路便选定一处地方，一只脚踏在石凳上或土埂上或树墩上，解下腰间的酒瓶，解酒瓶的当儿眯起眼睛把一百八十度视角内的景物细细看一遭，然后以迅雷不及掩耳之势倒一大口酒入肚，把酒瓶摇一摇再挂向腰间，平心静气地想一会儿什么，便走下一个五六十米去。还有一个捕鸟的汉子，那岁月园中人少，鸟却多，他在西北角的树丛中拉一张网，鸟撞在上面，羽毛戗在网眼里便不能自拔。他单等一种过去很多而现在非常罕见的鸟，其他的鸟撞在网上他就把它们摘下来放掉，他说已经有好多年没等到那种罕见的鸟了，他说他再等一年看看到底还有没有那种鸟，结果他又等了好多年。早晨和傍晚，在这园子里可以看见一个中年女工程师，早晨她从北向南穿过这园子去上班，傍晚她从南向北穿过这园子回家，事实上我并不了解她的职业或者学历，但我以为她必是学理工的知识分子，别样的人很难有她那般的素朴并优雅。当她在园子穿行的时刻，四周的树林也仿佛更加幽静，清淡的日光中竟似有悠远的琴声，比如说是那曲《献给艾丽丝》才好。我没有见过她的丈夫，没有见过那个幸运的男人是什么样子，我想象过却想象不出，后来忽然懂了想象不出才好，那个男人最好不要出现。她走出北门回家去，我竟有点儿担心，担心她会落入厨房，不过，也许她在厨房里劳作的情景更有另外的美吧，当然不能再是《献给艾丽丝》，是个什么曲子呢？还有一个人，是我的朋友，他是个最有天赋的长跑家，但他被埋没了。他因为在“文革”中出言不慎而坐了几年牢，出来后好不容易找了个拉板车的工作，样样待遇都不能与别人平等，苦闷极了便练习长跑。那时他总来这园子里跑，我用手表为他计时，他每跑一圈向我招一下手，我就记下一个时间。每次他要环绕这园子跑二十圈，大约两万米。他盼望以他的长跑成绩来获得政治上真正的解放，他以为记者的镜头和文字可以帮他做到这一点。第一年他在春节环城赛上跑了第十五名，他看见前十名的照片都挂在了长安街的新闻橱窗里，于是有了信心。第二年他跑了第四名，可是新闻橱窗里只挂了前三名的照片，他没灰心。第三年他跑了第七名，橱窗里挂前六名的照片，他有点儿怨自己。第四年他跑了第三名，橱窗里却只挂了第一名的照片。第五年他跑了第一名——他几乎绝望了，橱窗里只有一幅环城赛群众场面的照片。那些年我们俩常一起在这园子里待到天黑，开怀痛骂，骂完沉默着回家，分手时再互相叮嘱：先别去死，再试着活一活看。现在他已经不跑了，年岁太大了，跑不了那么快了。最后一次参加环城赛，他以三十八岁之龄又得了第一名并破了纪录，有一位专业队的教练对他说：“我要是十年前发现你就好了。”他苦笑一下什么也没说，只在傍晚又来这园中找到我，把这事平静地向我叙说一遍。不见他已有好几年了，现在他和妻子和儿子住在很远的地方。

　　这些人现在都不到园子里来了，园子里差不多完全换了一批新人。十五年前的旧人，现在就剩我和那对老夫老妻了。有那么一段时间，这老夫老妻中的一个也忽然不来，薄暮时分惟男人独自来散步，步态也明显迟缓了许多，我悬心了很久，怕是那女人出了什么事。幸好过了一个冬天那女人又来了，两个人仍是逆时针绕着园子走，一长一短两个身影恰似钟表的两支指针；女人的头发白了许多，但依旧攀着丈夫的胳膊走得像个孩子。“攀”这个字用得不恰当了，或许可以用“搀”吧，不知有没有兼具这两个意思的字。

五

我也没有忘记一个孩子——一个漂亮而不幸的小姑娘。十五年前的那个下午，我第一次到这园子里来就看见了她，那时她大约三岁，蹲在斋宫西边的小路上捡树上掉落的“小灯笼”。那儿有几棵大栾树，春天开一簇簇细小而稠密的黄花，花落了便结出无数如同三片叶子合抱的小灯笼，小灯笼先是绿色，继而转白，再变黄，成熟了掉落得满地都是。小灯笼精巧得令人爱惜，成年人也不免捡了一个还要捡一个。小姑娘咿咿呀呀地跟自己说着话，一边捡小灯笼；她的嗓音很好，不是她那个年龄所常有的那般尖细，而是很圆润甚或是厚重，也许是因为那个下午园子里太安静了。我奇怪这么小的孩子怎么一个人跑来这园子里？我问她住在哪儿？她随指一下，就喊她的哥哥，沿墙根一带的茂草之中便站起一个七八岁的男孩，朝我望望，看我不像坏人便对他的妹妹说："我在这儿呢！"又伏下身去，他在捉什么虫子。他捉到螳螂、蚂蚱、知了和蜻蜓，来取悦他的妹妹。有那么两三年，我经常在那几棵大栾树下见到他们，兄妹俩总是在一起玩，玩得和睦融洽，都渐渐长大了些。之后有很多年没见到他们。我想他们都在学校里吧，小姑娘也到了上学的年龄，必是告别了孩提时光，没有很多机会来这儿玩了。这事很正常，没理由太搁在心上，若不是有一年我又在园中见到他们，肯定就会慢慢把他们忘记。

那是个礼拜日的上午。那是个晴朗而令人心碎的上午，时隔多年，我竟发现那个漂亮的小姑娘原来是个弱智的孩子。我摇着车到那几棵大栾树下去，恰又是遍地落满了小灯笼的季节；当时我正为一篇小说的结尾所苦，既不知为什么要给它那样一个结尾，又不知何以忽然不想让它有那样一个结尾，于是从家里跑出来，想依靠着园中的镇静，看看是否应该把那篇小说放弃。我刚刚把车停下，就见前面不远处有几个人在戏耍一个少女，做出怪样子来吓她，又喊又笑地追逐她拦截她，少女在几棵大树间惊惶地东跑西躲，却不松手揪卷在怀里的裙裾，两条腿袒露着也似毫无察觉。我看出少女的智力是有些缺陷，却还没看出她是谁。我正要驱车上前为少女解围，就见远处飞快地骑车来了个小伙子，于是那几个戏耍少女的家伙望风而逃。小伙子把自行车支在少女近旁，怒目望着那几个四散逃窜的家伙，一声不吭喘着粗气，脸色如暴雨前的天空一样一会儿比一会儿苍白。这时我认出了他们，小伙子和少女就是当年那对小兄妹。我几乎是在心里惊叫了一声，或者是哀号。世上的事常常使上帝的居心变得可疑。小伙子向他的妹妹走去。少女松开了手，裙裾随之垂落了下来，很多很多她捡的小灯笼便撒落了一地，铺散在她脚下。她仍然算得上漂亮，但双眸迟滞没有光彩。她呆呆地望着那群跑散的家伙，望着极目之处的空寂，凭她的智力绝不可能把这个世界想明白吧？大树下，破碎的阳光星星点点，风把遍地的小灯笼吹得滚动，仿佛喑哑地响着无数小铃铛。哥哥把妹妹扶上自行车后座，带着她无言地回家去了。

无言是对的。要是上帝把漂亮和弱智这两样东西都给了这个小姑娘，就只有无言和回家去是对的。

谁又能把这世界想个明白呢？世上的很多事是不堪说的。你可以抱怨上帝何以要降诸多苦难给这人间，你也可以为消灭种种苦难而奋斗，并为此享有崇高与骄傲，但只要你再多想一步你就会坠入深深的迷茫了：假如世界上没有了苦难，世界还能够存在么？要是没有愚钝，机智还有什么光荣呢？要是没了丑陋，漂亮又怎么维系自己的幸运？要是没有了恶劣和卑下，善良与高尚又将如何界定自己又如何成为美德呢？要是没有了残疾，健全会否因其司空见惯而变得腻烦和乏味呢？我常梦想着在人间彻底消灭残疾，但可以相信，那时将由患病者代替残疾人去承担同样的苦难。如果能够把疾病也全数消灭，那么这份苦难又将由（比如说）相貌丑陋的人去承担了。就算我们连丑陋，连愚昧和卑鄙和一切我们所不喜欢的事物和行为，也都可以统统消灭掉，所有的人都一样健康、漂亮、聪慧、高尚，结果会怎样呢？怕是人间的剧目就全要收场了，一个失去差别的世界将是一潭死水，是一块没有感觉没有肥力的沙漠。

看来差别永远是要有的。看来就只好接受苦难——人类的全部剧目需要它，存在的本身需要它。看来上帝又一次对了。

于是就有一个最令人绝望的结论等在这里：由谁去充任那些苦难的角色？又有谁去体现这世间的幸福、骄傲和快乐？只好听凭偶然，是没有道理好讲的。

就命运而言，休论公道。

那么，一切不幸命运的救赎之路在哪里呢？

设若智慧或悟性可以引领我们去找到救赎之路，难道所有的人都能够获得这样的智慧和悟性吗？

我常以为是丑女造就了美人。我常以为是愚氓举出了智者。我常以为是懦夫衬照了英雄。我常以为是众生度化了佛祖。

六

设若有一位园神，他一定早已注意到了，这么多年我在这园里坐着，有时候是轻松快乐的，有时候是沉郁苦闷的，有时候优哉游哉，有时候恓惶落寞，有时候平静而且自信，有时候又软弱，又迷茫。其实总共只有三个问题交替着来骚扰我，来陪伴我。第一个是要不要去死，第二个是为什么活，第三个，我干吗要写作。

现在让我看看，它们迄今都是怎样编织在一起的吧。

你说，你看穿了死是一件无需乎着急去做的事，是一件无论怎样耽搁也不会错过的事，便决定活下去试试？是的，至少这是很关键的因素。为什么要活下去试试呢？好像仅仅是因为不甘心，机会难得，不试白不试，腿反正是完了，一切仿佛都要完了，但死神很守信用，试一试不会额外再有什么损失。说不定倒有额外的好处呢是不是？我说过，这一来我轻松多了，自由多了。为什么要写作呢？作家是两个被人看重的字，这谁都知道。为了让那个躲在园子深处坐轮椅的人，有朝一日在别人眼里也稍微有点儿光彩，在众人眼里也能有个位置，哪怕那时再去死呢也就多少说得过去了。开始的时候就是这样想，这不用保密，这些现在不用保密了。

我带着本子和笔，到园中找一个最不为人打扰的角落，偷偷地写。那个爱唱歌的小伙子在不远的地方一直唱。要是有人走过来，我就把本子合上把笔叼在嘴里。我怕写不成反落得尴尬。我很要面子。可是你写成了，而且发表了。人家说我写的还不坏，他们甚至说：真没想到你写得这么好。我心说你们没想到的事还多着呢。我确实有整整一宿高兴得没合眼。我很想让那个唱歌的小伙子知道，因为他的歌也毕竟是唱得不错。我告诉我的长跑家朋友的时候，那个中年女工程师正优雅地在园中穿行；长跑家很激动，他说好吧，我玩命跑，你玩命写。这一来你中了魔了，整天都在想哪一件事可以写，哪一个人可以让你写成小说。是中了魔了，我走到哪儿想到哪儿，在人山人海里只寻找小说。要是有一种小说试剂就好了，见人就滴两滴看他是不是一篇小说；要是有一种小说显影液就好了，把它泼满全世界看看都是哪儿有小说。中了魔了，那时我完全是为了写作活着。结果你又发表了几篇，并且出了一点儿小名，可这时你越来越感到恐慌。我忽然觉得自己活得像个人质，刚刚有点儿像个人了却又过了头，像个人质，被一个什么阴谋抓了来当人质，不定哪天被处决，不定哪天就完蛋。你担心要不了多久你就会文思枯竭，那样你就又完了。凭什么我总能写出小说来呢？凭什么那些适合做小说的生活素材就总能送到一个截瘫者跟前来呢？人家满世界跑都有枯竭的危险，而我坐在这园子里凭什么可以一篇接一篇地写呢？你又想到死了。我想见好就收吧。当一名人质实在是太累了太紧张了，太朝不保夕了。我为写作而活下来，要是写作到底不是我应该干的事，我想我再活下去是不是太冒傻气了？你这么想着你却还在绞尽脑汁地想写。我好歹又拧出点儿水来，从一条快要晒干的毛巾上。恐慌日甚一日，随时可能完蛋的感觉比完蛋本身可怕多了，所谓不怕贼偷就怕贼惦记，我想人不如死了好，不如不出生的好，不如压根儿没有这个世界的好。可你并没有去死。我又想到那是一件不必着急的事。可是不必着急的事并不证明是一件必要拖延的事呀？你总是决定活下来，这说明什么？是的，我还是想活。人为什么活着？因为人想活着，说到底是这么回事，人真正的名字叫做：欲望。可我不怕死，有时候我真的不怕死。有时候——说对了。不怕死和想去死是两回事，有时候不怕死的人是有的，一生下来就不怕死的人是没有的。我有时候倒是怕活。可是怕活不等于不想活呀！可我为什么还想活呢？因为你还想得到点儿什么，你觉得你还是可以得到点儿什么的，比如说爱情，比如说价值感之类，人真正的名字叫欲望。这不对吗？我不该得到点儿什么吗？没说不该。可我为什么活得恐慌，就像个人质？后来你明白了，你明白你错了，活着不是为了写作，而写作是为了活着。你明白了这一点是在一个挺滑稽的时刻。那天你又说你不如死了好，你的一个朋友劝你：你不能死，你还得写呢，还有好多好作品等着你去写呢。这时候你忽然明白了，你说：只是因为我活着，我才不得不写作。或者说只是因为你还想活下去，你才不得不写作。是的，这样说过之后我竟然不那么恐慌了。就像你看穿了死之后所得的那份轻松？一个人质报复一场阴谋的最有效的办法是把自己杀死。我看出我得先把我杀死在市场上，那样我就不用参加抢购题材的风潮了。你还写吗？还写。你真的不得不写吗？人都忍不住要为生存找一些牢靠的理由。你不担心你会枯竭了？我不知道，不过我想，活着的问题在死前是完不了的。

这下好了，您不再恐慌了不再是个人质了，您自由了。算了吧你，我怎么可能自由呢？别忘了人真正的名字是：欲望。所以您得知道，消灭恐慌的最有效的办法就是消灭欲望。可是我还知道，消灭人性的最有效的办法也是消灭欲望。那么，是消灭欲望同时也消灭恐慌呢？还是保留欲望同时也保留人性？

我在这园子里坐着，我听见园神告诉我：每一个有激情的演员都难免是一个人质。每一个懂得欣赏的观众都巧妙地粉碎了一场阴谋。每一个乏味的演员都是因为他老以为这戏剧与自己无关。每一个倒霉的观众都是因为他总是坐得离舞台太近了。

我在这园子里坐着，园神成年累月地对我说：孩子，这不是别的，这是你的罪孽和福祉。

七

要是有些事我没说，地坛，你别以为是我忘了，我什么也没忘，但是有些事只适合收藏。不能说，也不能想，却又不能忘。它们不能变成语言，它们无法变成语言，一旦变成语言就不再是它们了。它们是一片朦胧的温馨与寂寥，是一片成熟的希望与绝望，它们的领地只有两处：心与坟墓。比如说邮票，有些是用于寄信的，有些仅仅是为了收藏。

如今我摇着车在这园子里慢慢走，常常有一种感觉，觉得我一个人跑出来已经玩得太久了。有一天我整理我的旧相册，看见一张十几年前我在这园子里照的照片——那个年轻人坐在轮椅上，背后是一棵老柏树，再远处就是那座古祭坛。我便到园子里去找那棵树。我按着照片上的背景找很快就找到了它，按着照片上它枝干的形状找，肯定那就是它。但是它已经死了，而且在它身上缠绕着一条碗口粗的藤萝。有一天我在这园子里碰见一个老太太，她说："哟，你还在这儿哪？"她问我："你母亲还好吗？""您是谁？""你不记得我，我可记得你。有一回你母亲来这儿找你，她问我您看没看见一个摇轮椅的孩子？……"我忽然觉得，我一个人跑到这世界上来玩真是玩得太久了。有一天夜晚，我独自坐在祭坛边的路灯下看书，忽然从那漆黑的祭坛里传出一阵阵唢呐声；四周都是参天古树，方形祭坛占地几百平方米空旷坦荡独对苍天，我看不见那个吹唢呐的人，惟唢呐声在星光寥寥的夜空里低吟高唱，时而悲怆时而欢快，时而缠绵时而苍凉，或许这几个词都不足以形容它，我清清醒醒地听出它响在过去，响在现在，响在未来，回旋飘转亘古不散。

必有一天，我会听见喊我回去。

那时您可以想像一个孩子，他玩累了可他还没玩够呢，心里好些新奇的念头甚至等不及到明天。也可以想像是一个老人，无可置疑地走向他的安息地，走得任劳任怨。还可以想像一对热恋中的情人，互相一次次说“我一刻也不想离开你”，又互相一次次说“时间已经不早了”，时间不早了可我一刻也不想离开你，一刻也不想离开你可时间毕竟是不早了。

我说不好我想不想回去。我说不好是想还是不想，还是无所谓。我说不好我是像那个孩子，还是像那个老人，还是像一个热恋中的情人。很可能是这样：我同时是他们三个。我来的时候是个孩子，他有那么多孩子气的念头所以才哭着喊着闹着要来，他一来一见到这个世界便立刻成了不要命的情人，而对一个情人来说，不管多么漫长的时光也是稍纵即逝，那时他便明白，每一步每一步，其实一步步都是走在回去的路上。当牵牛花初开的时节，葬礼的号角就已吹响。

但是太阳，它每时每刻都是夕阳也都是旭日。当它熄灭着走下山去收尽苍凉残照之际，正是它在另一面燃烧着爬上山巅布散烈烈朝辉之时。那一天，我也将沉静着走下山去，扶着我的拐杖。有一天，在某一处山洼里，势必会跑上来一个欢蹦的孩子，抱着他的玩具。

当然，那不是我。

但是，那不是我吗？

宇宙以其不息的欲望将一个歌舞炼为永恒。这欲望有怎样一个人间的姓名，大可忽略不计。

原载于《上海文学》1991年第1期

《我与地坛》的初稿形成于1989年5月，经作者多次修改，于1991年发表在《上海文学》1月号。当时,《上海文学》编辑部对这篇稿子的文体难以界定，便与史铁生商量稿子能否发布在他们的小说栏目，但史铁生本人坚称这是一篇散文。最后,《我与地坛》既不是发表在小说栏目，也不是散文栏目，而是发表在了“史铁生近作”这一栏目。有意思的是，作品一经发表，便深受读者喜爱，被视为当代最重要的散文收获，而地坛也因此成为了北京的热门旅游景点之一。

在《我与地坛》中，史铁生将他自身的生命经验与地坛这座园子融为一体。他对生命与存在的思考，启发并鼓舞了一代又一代读者。可以说,《我与地坛》是一部刷新散文文体边界的作品。它的出现，推动了人们散文文体观念的更新。

——霍安琪

紫禁红

周晓枫

珍宝馆

身处天子脚下的北京人总是一副见多识广的样子，懒散而处变不惊。四十多年生活在这里，我把整个北京都当作一座旧宫殿……建筑它，出自时间的手笔。我像廊柱的蠹虫，默默啃食并消化其中微小的残渣。尽管，我猜测天堂有着紫禁城那样的金色屋顶，但居京三十多年，使我习惯了故宫的华丽。从摇晃、拥塞的103路汽车里，我看见角楼，并对它遗世独立的美无动于衷。

我想我唯独没有克服对钟表馆的敬畏。它坐落在故宫东南角，进入时需单独缴费。这里椽檩高大，光线低暗，收藏各种各样的报时器和天文钟，大多由伦敦和巴黎的名匠制造。不由自主，我把脸按扁在玻璃上，想看得更清楚。基座上的大象镶珠嵌玉，精巧的小人围绕着轴心旋转……这些钟表遵循共同的审美原则：繁复和对称。过分装饰，使之超出作为钟表的必要，观赏价值远远大于实用价值。也许，美，正是扩大在实用性之外浪费的部分。

漫长的成长阶段里，表都是我唯一随身携带的机械。事实上我对机械怀有或多或少的恐惧，从未像其他孩子那样，好奇地拆开后盖，偷窥一只钟表犬牙交错的精微的内脏。记得伴随多年的那只黑猫闹钟，它的眼珠左右错动，鬼鬼祟祟，但我喜欢它在黑暗中扩散开来的甜蜜尾音。有一天，它终于停了，我拒绝修理，把它完整地放到床下抽屉里，和先前坏掉的那只鸡啄米的闹钟搁在一起。

我的童年就是被几只闹钟集体偷走的。一个巍然王朝同样遭到钟表馆的劫掠。钟表是穿在时间脚上的鞋，它使时间走动时发出声响。沙漏和日晷带有典型的东方色彩，含蓄，无声，包含优美的比喻。而钟表，最早的西方文明象征物，作为昂贵的礼物和奢侈的玩具，它进驻一个国家的心脏……一个五千年以来信奉农业、诗歌、礼仪和慢节奏的古老国家。紫禁城，檐瓦灿烂，宫墙血红，数不清的房间里，轮流上演明明暗暗的阴谋和闪闪烁烁的爱情。当夜晚到来，月光一点点把宫殿和人影一同淹没，只有时钟一丝不苟，继续向前。精确的机械装置嘀嗒嘀嗒地响着，听起来，像有什么危险地进入了倒计时。

我参观的时候，钟表馆里的钟表早已停滞。电视录像里，反复演示着其中一件的神奇之处，小人可以提笔写下“万寿无疆”，起承转合，字字蕴含笔锋。流逝的是钟表的应用功能，留下的是欣赏价值。或者说，当事物不再流入使用过程，它面对迥异的命运：被废弃，或被珍藏。

我流连忘返。那天忘了戴表，欣赏和赞叹过后，我想知道几点了。这才发现，这座钟表馆丝毫不能给予我的恰恰是时间提示。表盘上的指针朝向各个方向，我被无数错乱的箭头包围了，无所适从。平时对表，我们习惯找到两只相对一致的手表，从而使自己的时间趋于准确。现在这种经验完全失效。尊贵的钟表们，一无用处，标识时间的事物自己死在时间深处。在过去的某个时刻停止，今天，我却难以理解它们从往事中提炼的暗示。站在空旷的大厅，我茫然，或许那个时刻体会到的叫虚无。

一切都被时间浸泡：乡村年画上破损的灶王神，熟睡的婴儿，朱红立柱上正在起泡的漆皮，我们自己，此刻的钟表……生者被催促着衰老，催促着靠近死亡，死去的，还要继续死。

也许它们停止运转出于更高的智慧。相对格林尼治的标准时间，我们身边即使最精确的表也难免存在误差。但只要表不走，就至少能保证一个时间绝对正确。钟表馆里的时钟拒绝与时俱进，拒绝像今天的大多数事物所参与生活的方式。也许这些钟表注重的是质：与其错误一生，不如追求哪怕只发生于瞬间的真理。

想起中学春游，骑几个小时车到圆明园，为了看废墟。废墟比完整的建筑更让人震撼，因为前者具有后者尚还缺乏的东西：时间的参与感。多年后，我又来到圆明园，万花阵已修复完成。这是一座石墙组成的圆形迷宫，我在其中不断迷路，一会儿顺时针，一会儿逆时针，越焦灼越找不到出口。石墙不高，我几次攀上墙，借以判断方向。站在万花阵中间的亭子上，我发现这里就像一个巨大表盘。圆是所有几何图形中唯一没有遭到线条分割的图形，但这个大圆内部，充满错杂路线，以致让人产生一种缓慢的眩晕。也许，时间本身正是如此，它并非稳定而匀速的涡流，每时每刻，朝着统一的流向。我看到游客在迷宫中走失，相互呼唤，听得见声音看不见人影。走散的，还有进行比赛的两个孩子，她们一个早在出口等待，另一个，一直在顺时针、逆时针中领受教训；日渐黄昏，等落后的那个几乎含着眼泪走出迷宫，领先的那个耐不住过久的孤单前去寻找她的朋友，重新置身迷宫，她不知其中已全是陌生人。孩子个子小，不能像大人那样攀墙，她们身陷其中，不知所至。

谁也不能嘲笑无助的孩子，浩大时空面前，我们谁又不是孩子？岁月的墙太高，想做骑墙派？根本是不自量力的奢望。

游乐场

我认识一个平凡的老阿姨，平凡到即使和她如此熟悉，我每次回忆起来都有一点微弱的吃力。后来得知她令人惊讶的显赫身世：如果清朝还在延续，多少疆土和人命都可以在她手下轻易折叠。这双手，现在，在柴米油盐之间，不过一件平凡的劳动工具。

我对中山公园的印象与此相似。这里原来叫社稷坛，是皇帝用来祭土地和五谷之神的地方……王与神衔接，人间与天上的最高权力在此传递。但光阴流逝，减弱了它的威严，如同它的名称由宏大而抽象的“社稷”，落实到对一个人间领袖的纪念。

在我看来，中山公园是北京最有平民乐趣的名胜古迹，以至令人感觉不到它是个名胜古迹。举办各种花展、书展、热带鱼展，这里还有音乐堂、来今雨轩餐厅。上世纪80年代这里的英语角和恋爱角格外有名，集中了要在前途和爱情上碰碰运气的人。绿树红墙下走走，散漫随意，可以想想小得不值一提的心事。日常的情欲也是得当的，看长椅上那些情侣，一个塌陷在另一个怀里，把公共场所变成私属的乐园。所以我很难把中山公园当作一个古迹，尽管它的态度的确像是温和老者，已失去刺探他人秘密的兴趣。

之所以对中山公园抱有别样的亲切，因为一个人。他的单位离公园近，我们常选在这儿见面。喜欢他的眼睛，凝视的时候，他的瞳仁形同漾动水波的陷阱……我会及时转移视线，顾左右而言他。胸腔里有低暗的回响，我不知怎么才能克制对他的向往而不露痕迹。那时候我太崇仰他，觉得我的爱情对他来说都是冒犯。由于不奢望结果，我把它手法简洁地处理成一场暗恋。

他聪颖过人，但未能识破我的伪装。我习惯与众多异性关系良好，准确地说，是我们彼此作为中性关系良好。我看起来如此任性不羁，天马行空的感情处理方式里，他不了解我从未松开内心的缰绳。他想自己只是分母之一，除此之外，我肯定还有其他寄托。这种误读，有助于我把静水深流的爱，藏进文字里杜撰的艳遇。我太羞怯，害怕表达和承担表达的后果，宁可把冲动处理得近于儿童时代的性：携带而不作用。多年之后，我才发现，和他见面的地点几乎带有象征含义：中山公园的游乐场——成人难以在游乐场中持续孩子的娱乐兴奋，他们放弃，远离；而我，依然醉心于模拟的享受和刺激。

独自坐在旋转木马上，它比真马华丽，生有坚硬的波浪状鬃毛和短翼。这匹最笨的飞马，只会沿着既定轨道，从低处浮升……音符叮咚作响，不带我上天堂。旋转木马的轴心由几扇落地镜组成，在镜面变暗的银色里，在失重与超重极其微弱的变幻里，我看见夹紧双腿的自己置身于秘密的喜悦。记得在一本偶然翻到的诗集里那个女性的低语：“我们不知道，该怎样打发剩下的时间，在有生之年不沦落为无聊者。激情在哪儿？我们呼唤，直到，在人民公园坐上木马。静静地听着机械的摩擦声。平稳地悬空，降落，有点缓慢。我们双手抓牢它小小的耳朵，转了一圈又一圈。两个成年人，人们已经开始注意：一动也不敢动，双脚套在铁环内。”

而他在外围，双肘靠在铁栅上，笑容流露了对儿童游艺的轻讽……在我的余光中形成暗蓝的斑影，像一条深在河床的鱼。我比任何人都清楚他是不咬钩的，不过，也可能因为我并非值得的诱饵。他会在其他女人的嘴唇上，但他会在我心里。一进中山公园的门，往右走，常年举办金鱼展览，还有温室花房——全是没有声带的命。那些总在张嘴却喊不出来的哑巴鱼，被囚禁在一个个玻璃格子里。我像鱼一样，幻想飞跃，但永远被玻璃格子般冰冷坚固的纪律管教——我的氧气只能从水里获取，即使这是一个囚禁我的世界。中山公园里的鱼，演绎着我：无以表达，不含行动，我深怀一贫如洗的爱情。木马缓缓旋转，我如同进入洗衣机的内胆，徒劳地，不断试图甩干心里那点湿润的东西。

最后一次见他是在中山公园的黄昏。满天灿若云锦，他是我逆光中的天使。仿佛彼此坐在跷跷板的两端，他因我的低落而飞升。他太优秀，让我感到某种来自等级的压迫。那天我们坐得很晚，直到，抬头望到月亮的沉船。我愈发体会他孤寂中的美，在深蓝的、深蓝的大浪之下……深知他将离开我的版图，成为我无法收复的山河。在黑到无涯的世界，他是我禁锁中的珠宝，散发唯有我知晓的光泽。这微弱的幽光，不足以减少黑暗的重量，但足以将我照彻。我觉得自己是一个摸索者，在他离开的漫无际涯的甬道。为了捍卫一点可怜的有可能被忽略的深情，我所付出的代价非他可以想象，他也将永不知晓。

“爱情”始终是个让我畏惧的词。曾经深入墓道，一对古代夫妇合葬于此，我看到他们朽空的眼眶、蚀空的腿，看到衣服上金丝银线的纹饰，已经变成蒙尘的褴褛。这就是爱情，海枯石烂，我不再逃开。那么，我是不是该显得无惧无畏？我爱，我将收藏你如同盗墓者的财富。

来中山公园，我每次的出口还是会选择当初的入口——返回原点，不露痕迹，内心的旅途没有任何里程记录。公园入口处，有个著名的并生现象：槐树与柏树相抱而生，仿佛暗喻爱情的珠联璧合、甘苦与共。然而仔细观察，它们各自的树叶注定不能活在对方枝头——离得这么近，只是为了看清彼此的不能。

游　廊

我偏爱花朵硕大的植物，荷花、马蹄莲、郁金香……都是结实的，花瓣里有种坚硬的质地，好像流溢其间的汁液里，夹杂了部分脂肪乃至固体的颗粒，它们才能显现接近石膏或象牙的质感。小型花虽然精致，但看它们微风中的细碎摇摆，显然不及前者那样易于唤起对美的敬畏。我喜欢荷花，可惜家庭养植并不普及，常人难以提供池塘。观荷宜在户外，辽阔水域更显气象。我的一个去处是河北白洋淀，还有一个，是颐和园里的别景：谐趣园。

花瓣连绵不绝。在知鱼桥上凭栏观荷，层层叠叠的荷叶上，每朵莲花都是一座寂静而华丽的独立舞台。这盛大的夏日之花，色泽柔润，逆光中有着矿物质般的通透质地。莲具备稀有的从容品质，连凋败时每片花瓣都能相对保持完整清洁。到秋末，池塘里全是残荷，断梗和残垂的枯莲蓬……远望水面，如同旧歌本上的五线谱。

没有比它更具信仰感的植物，莲花在佛教中具重要象征意义。清水之荷能否赢得同等的赞誉？是否只有穿越污泥的尘世考验，我们才能增加承纳的勇气，做到觉而不迷、正而不邪、净而不染？是否只有让不洁之物烂在自己的根底，我们才能无辜绽放，然后被菩萨普度和接引？难道所有的圣洁之花，都需要秘而不宣的底层淤泥作为营养吗？

颐和园，这座优雅的皇家园林和行宫，难道不像一朵硕艳的荷花？想起那个珠帘后的老妇，疆土沦陷，但她依然坚守着不可救药的浪漫主义，以至巧立名目，从海军经费中提取银两来复建亭台楼阁。生长在国耻的淤泥上，颐和园绽放。国运昌隆的朝代，我们只能在历史教科书上找到用文字记载的抽象的辉煌；而今天令人骄傲的文明，无论长城、故宫还是颐和园，哪个不是暴政与特权的产物？这是烂泥里哺育的美，以及孤独的奇迹。

甲午战争，清朝海军覆没，捍卫国家海岸线的战舰再也不能起航。具有嘲讽意义的是，不沉的，却见昆明湖畔的石舫。在这条华贵的石雕船上，帝后或览胜，或宴乐，而修筑石舫的用意原是“凛载舟之戒，奠磐石之安”。永远不会在水面移动寸毫，晨昏如涟漪从石舫的船头漾开。

一切都是停滞的，从此岸的石船，到隔岸的镇水铜牛——它的脊背经年累月被游人触摸而愈显光润。一切都是停滞，包括，这里的夏天。不仅因为英译名为Summer Palace，我才会觉得这里的夏日漫无际涯，不知为什么，感觉颐和园的夏天就像在回忆里那样取之不竭。对于夏季，习惯中的形容是灼热，但颐和园之夏永远给人清凉之感，像游廊立柱上那种幽绿色。

我迷恋幽深的长廊，梁枋上方浓墨重彩，绘制着传统苏式彩画：风景胜迹、神话传说、英雄列传、吉祥花鸟……少数是清代著名宫廷画师之作，多数，出自20世纪80年代以后修缮时的乡村艺匠之手。延伸的游廊让人置身绿荫的遮护。颐和园的夏天似乎永远度不到尽头——那种绿，漫长而懒散，有一种大青蛇的傲慢，它的凉意几乎是不能被惊扰的。那些图案就是大青蛇的鳞彩吧？美得剧烈，令人生畏；一条巨蟒，鳞彩斑斓。

我斜靠在游廊坐凳上。昆明湖的微风吹拂而来。和故宫不同，故宫辽阔，而颐和园体现了太多曲折与隐藏之美。工匠正为彩画补色，包括图案的流云边框。刚刷的油漆黏稠，然后缓慢地凝固、缓慢地风干……风吹雨淋，直至漆色再次剥落，泛起一层层斑驳鳞皮。

蜿蜒迂回，状若龙蛇，可我从来不能把覆在游廊上的红瓦当作巨龙的火焰状脊鳍。颐和园既是优雅典范，又是清政府腐败无能的见证，它无法不在尴尬之中。游廊啊游廊，它不像龙，它是蛇：已退去角爪。妥协的协约，割让的条款——为了求生可以断臂，它熄灭身体周围的火求得苟安。大清帝国不再是一条在天之龙，它变成俯地的蛇。没有神奇的角，没有圆睁的怒目，没有遒劲有力的指爪，没有腾云驾雾、电闪雷劈的本领，它卸掉了威悍的样貌、暴力的可能，卸掉它神话中的王位，在威胁下沦为一具匍匐在地的肉身。

手心里，是一片游廊剥蚀下来的漆，它让我联想起二胡琴筒两侧蒙着的蟒皮。仔细观察几何形的斑块，蛇鳞有着近于六角形的蜂巢形状。六角形似乎是以直线来维护的圆，这种圆满，其实已在每条边界上都有所退缩。我们愿意把龙比拟为寂寞的英雄，蛇为隐者。作为隐者，蛇似乎有消极甚至是邪恶的倾向，也有被误传甚至被污损的声誉。蛇可以被看作卸去铠甲、解除武装的龙吗？传说中神异的龙能隐能显：春分时登天，秋分时潜渊，这屈伸之道能否为清政府的卑从提供衣不蔽体的借口？

昆明湖的风吹拂荷叶，吹拂漂浮的游船和不动的石桥。玉带桥呈现动人倒影，孔洞在对称中形成优美的圆形。有时候，我觉得我们的世界是由无穷无尽的对称组成。这并非意味数学意义的绝对之美，有时暗示着：当我们不小心破坏了什么，一定有什么，在不为人知的侧面，被对称地摧毁。

就像母性的长江和父性的黄河是对称的河流，我的祖国也育养着两条大蛇。一条是颐和园游廊里的大青蛇，软得无骨，在深锁的庭院之中，戏剧般华丽，它让人享乐，带有女性的淫逸感。另一条，是长城，灰色的，没有任何装饰，刚性的，抵抗的，战争的……没有装饰任何鳞彩，被蚀尽血肉的巨蟒，它只剩脊椎，只剩风干的骨骼。

塔

西方教堂旁边常常矗立着一座塔楼，沿着窄梯攀缘，那种幽暗的上升，仿佛让人模拟着回到圣母的子宫。塔顶的钟，将福音更辽阔地送抵。中国唐代以前的建筑群以塔为中心，唐代以后，转而以殿为中心。我不了解这种变化的因由，只觉得塔的高度，使它具有强烈的地标意义的指示作用。

参观过许多塔，我记得砌面上的琉璃雕饰如何反射着残阳，佛像法相庄严、风雨不侵，或者木质的角檐如何被蛀蚀，留下让风穿过的孔隙。登塔，躬身绕着旋转的梯子，直至顶部——仿佛进入一只锥螺的壳，感觉自己是受到攻击而回缩的肉体。透过高处的窄窗眺望，四野无极。

我们难以追及古代工匠的智慧，他们建造宫殿不用半根铆钉，到处充满玄奥的榫接，为了翻修而进行的拆除使建筑师也陷入尴尬，因为不能将拆散的它们复原。而千百年的一座塔，亦如定海神针般不移，捍固在历史的沙床。置身塔顶，我得以在某种保护里，被古老的辉煌之光映照，感受高瞻远瞩的文明。

……翻阅线装书，西风雁行，清溪渔唱，吹恨入沧浪；碑帖上，书法狂狷；服用中药，名称优美的配方被一只耐心的药壶煎煮；龙、凤凰、麒麟、貔貅，那些藏身想象、永不显现的大动物，各怀逼真的品德；宫墙血红，印玺之下生杀予夺的权力；隐入烟岚的长城，渐行渐远——这些闪逝的片断，如同塔内一层一层的梯级，让人从窄黑的入口，登临令人目眩的高度。大约只有来自祖先的遗赠，能让我们无愧于心地领受；大约只有来自祖先的骄傲，能让家境败落的子孙在炫耀之中不被伤害。登塔不仅象征对旧文明的膜拜，一座塔同时成为提供保护的寄居壳……当灵肉受到威胁，我们可以凭借自身的收缩回到悠久文明的记忆深处，回到可以睥睨天下的高度。复述辉煌给人美妙的错觉，仿佛是自身正散射出辉煌之光。尽管，我们不认识繁体字和狂草；尽管我们只有履历上的简化人生，并且希望它们是用字母打印；尽管，尽管我们已不能重组一座被自己亲手拆散的旧宫殿。

在河北正定，我曾在空心的凌霄塔内壁上发现一张刚刚张贴的手写经文：纸幅尺余，大多似以梵文书写，除了那句六字真言。墨迹未干，已找不到那个神秘的僧侣。两只漆黑的燕子，宛若从玄机中孵化的精灵，飞鸣翻转，沿着塔内有限的空间上升。

我仿佛领会了某种玄机，因此慑服于塔的威力之下。无论是男童哪吒还是女妖白蛇，这些挑衅中的角色必须用塔来镇压：塔的内部更接近牢笼，让受惩者不能翻转身体；塔的外部更接近纪念碑，具有从天而降不可撼动的正义感。我有个偏见：相较于其他，塔更像有腹腔或深藏心脏的建筑。事实如此，塔里常藏着经卷、舍利，以及许多不可轻易触碰之物，包括它自身的阴影。

许多时候，北海的白塔作为背景存在，它是照相机中的远方。我最为珍贵的几张旧照是在北海拍的，白塔总是在中景以外，显得有点矮小。九岁的我坐在船尾，从父亲的肩膀后面露出头来，脸上挂着小鬼般的诡黠神情。由于拍摄的瞬间船身突然晃动，照片的水平线倾斜，白塔恰巧出现在我额角的位置，既像一个镇妖之宝，又像从我头上长出一根怪异的角。

我记得拍照片的那个四月，春光如织，空气中仿佛有能被指头拨弄的金丝弦。我记得书包里提前准备的野餐：从糖水罐头里捞出光滑的黄桃；午餐肉带着不健康的浅粉色；面包上结痂似的硬皮。我记得在岸上采摘的蒲公英，风把它们蓬松的球冠吹散，葬在粼粼碧波之中。依照常识课要求，我收集过多种植物标本，把花叶压在字典里，它们枯死过程中会顺便弄脏几个词条。但蒲公英虚幻主义者的头部，导致它们难以制作成标本。多年后，当我阅读众口一词的历史，悲观地发现，史册中充斥着大量投机分子，多数理想主义者已被时间的风葬送于无名的中途……我就会隐约想起，蒲公英曾经消失在我指端的隐喻。

我唱过那首著名的歌儿："让我们荡起双桨，小船儿推开波浪。水中倒映着美丽的白塔，四周环绕着绿树红墙。小船儿轻轻，漂荡在水中，迎面吹来了凉爽的风。”恍惚之中，我并未发觉，正午的白塔，作为日晷上的秘密指针在移动。

是的，只有对比隔了数年的北海留影，我才能认出，白塔已是成长中的标记。当时的四月，划桨而行，父母既是指引又是阻挡，我努力摆渡自己，穿越湖面与逝水而去的光阴……在求剑的舟楫上，白塔留下一道清晰有力的刻痕。

回音壁

只有寂静时分，魔法才能降临，声音沿着青灰色的墙壁内弧反射，一句低语被清晰传递到相隔数十米的耳朵里。然而盛名之下，这里经常游客嘈杂，为了盖过他人，大家争相叫喊更高的分贝，却是徒劳无功、彼此淹没。所以，为了体验神秘的回音壁，我选择黄昏。当众人散尽，只有船锚形状的燕子，穿梭在夕照下的圜丘。

和诸多名胜一样，天坛用于皇帝祭天祈福。据说在回音壁倾诉能被神听见，从中可以印证神明伟大的听觉，坐临云端却能声声入耳。皇帝仿佛苍生的代言者，作为万众之舌，他向绝对统治者祈祷山河安稳、岁月丰收，祈祷远离灾变和兵燹……这时候，皇帝的身份其实也不过一个求乞者。

皇帝常常虚拟神的血统，既可以恩宠，也可以杀伐，那要看子民如何取悦于他。自恋的皇帝，在连绵不断跪拜着的

“万岁”中，体会的，反而是自己的声场在辽远地传播。权力多大，他隐形的回音壁就建造得有多远。他的旨意像种粒一样，能够发芽、生长，然后在枝头的果实里被千万次地重复。当然，掌权者必须提防角落里的忤逆之声，因此皇帝需要告密者，听到不祥的回音，他可以随时卸下仁义的微笑，成为有一千只耳朵的暴君。

祈祷，一再祈祷，表面上是期待神不负众望施展他万能的解决手段，其实希望神明事事回音般响应我们的要求。这无异于把造物主贬抑为低微的仆役，让他的决定变成人类愿望的回音。其实这是渎神，也许这种潜在侵犯让我们付出了巨大代价。我们发现，历史总以某种数学循环模式一再重复，体现出回音般的相似效果，尤其，阴谋和暴行。而古老文明里那些由手工精湛的艺匠所创造的奇迹，却仿佛沦陷在失效的回音壁，被吞没了华丽的尾音。

西方神话传说中，爱上美少年的厄科，是一个命运受到惩罚的仙女，她没有形体，只会单调复述他人的话语。未被科学启蒙的世纪里，许多人以为回声就是山林中的厄科在淘气回应；也有人因此想象，世界上第一个科学家是发现回声并非精灵的人。

在无法判断现实疆界的童年，我也曾把回声想象为一个真实的隐形人。各国都有类似的童话，当某人不能独自消化秘密，他寻找树洞说出来，就释放了心里沉积的压力；但他不曾预料，洞口里的回声将他出卖，秘密以几何倍数迅速扩散。

作为一个害羞的孩子，我对藏在洞口里的隐形窃密者也是警觉的。当学校组织春游天坛，同学们纷纷进行回音壁里的声场实验，我只是把脸贴在微凉的墙壁上，倾听他人残碎的只言片语。我难以想象公共场合自己会大声喊些什么内容，又选择谁在彼岸接收消息。

直到多年之后，人迹寥寥，我在回音壁喊出自己的名字。我体会着自己的名字，声音追逐着声音，一个踩着另一个的脚踵……从那连环的呼唤里，我看到多米诺牌的自己，逐一倒向岁月的墙根。黑夜即将旗帜般降下，黑燕子融入回音壁上方的夜色，像船锚沉到海底，很奇怪此时我会想起跳海自杀的诗人哈特·克莱恩的句子："我问自己：你的手指有没有足够的长度，去弹奏仅仅是回音的琴键；沉默有没有强大到，可以把音乐送回它的源头……"

时间流逝，秒针跟在分针后面亦步亦趋，像个碎步的仆人……听，它紧张中不忘蹑手蹑脚的小步子。回声，就像钟表动听而又凄楚的尾音。

我构思过一个微型小说，是在观看天坛出售给旅游者的画册中得到的灵感。它有些故弄玄虚，却缺乏结实的内在支撑，所以迟迟停留在梗概阶段，下面是其中片段。

早衰者醒来，感到自己的疲倦和萧条。他的头颈生硬，膝盖也像上了铁箍，从双膝的缝隙间他看着自己灰白的脚指甲，似乎没有入睡前尚存的一丝血色。

在回音城里，每个人的心脏都是一个闹钟。大部分人一出生，就会马上经过自己主神的校正——钟表走时准确，或者说，每颗心都相当于一个倒计时的计时器，以既定的速度前往墓碑。而早衰者发现，自己的心脏又多转了两圈，这在最近已是常事了，让人疑惧。早衰者决定立即去找修表匠，也就是兼作外科医生的泰姆先生修修，唯有他，能够了解问题出在哪儿。

医生发现，早衰者有个与众不同的热情的长腿分针，对世界充满了难以克制的好奇，它总是急于赶路，想去及早发现蕴藏在未来里的变化。有什么办法能让分针稳定在正常的节奏呢？如果它被永恒之妙吸引，会不会就此停住频摆的轴，不再让它的主人陷入慌乱呢？

医生说，他只能检查而不能调整心脏钟，当初拧紧发条的主神或许能够想出办法。早衰者努力寻找自己分针的设计者和装配者：他的主神，他想去追问，到底什么原因使主神对自己如此粗心。据说为了找到那个不知名的小神，早衰者还皈依了一种据说能够与神通灵的奇异宗教。他跋山涉水、风雨兼程，除了尽快找到拯救者他忘记了世间的一切。

早衰者没有醒悟，自己急迫的寻找和分针对结果的好奇是完全一致的。分针更快地转动，似乎尽快跑完它已不耐烦的马拉松，才能及时完成早衰者焦渴中的心愿。他的分针从由竞走变成慢跑，然后疾驰，和秒针并驾齐驱。

不久，早衰者走到了命运的终点，气力像游丝一样离开他多褶的皮囊。分针的耐心从来有限，现在它甚至对自己的好奇心都不耐烦了，终于和秒针折叠在一起并停下。早衰者把最后的气力用来流下最后一滴眼泪，他幡然领悟：是他自问的旅程使自己徒耗一生，而他自己的好奇就是分针的好奇。早衰者无力回到故乡，回到回音城与泰姆医生重逢。早衰者在死寂前的恍惚中，想起泰姆医生……是的，他，很像。据说由于粗心，某个小神曾经被贬人间，就隐身于回音城。早衰者最后一次，想起泰姆医生瞳孔中精确至微的刻度。

幼稚的小习作，是个雏形的寓言体，它似乎又在残缺里自足，因为始终抗拒我去完善它。曾经连续几天中午，我都半梦半醒地想起它；等午后醒来，我就像一个掉落的分针那样笔直地躺在床上，停在自己的表盘，停在回音壁般的空旷里。室内，唯有挂钟的秒针之声在耳畔，它不断吃掉自己摆动中的阴影。窗外下雨了，我变换了一下姿势，继续躺着，听任秒针和雨滴声将时间里的我拆解。

雨声不息……洞穴里一滴清凉的水滴下来，其他的，都像是这滴水的回音。回音壁所藏纳的最初源头，恐怕永远不会重现，仿若匿身宗教之中慈悲或严厉的神。

废　墟

第一次到圆明园，我还是个热衷郊游的小学生。记得那辆被临时征用的22路公共汽车，记得我们在颠簸中奋力的合唱，还有书包里的火腿肠持续造成的肉香诱惑。学校每年组织一次户外出行，香山、陶然亭、樱桃沟等。我记得某年杨絮漫天漫地飞舞，在这盛大而温暖的雪团之后，隐隐看到故宫一片华丽的檐瓦——那次春游，几乎让我产生凄迷而早熟的伤感，觉得自己正被什么柔软地摧毁。去圆明园活动，冠名为“爱国主义教育”，然而来自历史的耻辱并不能在孩子的心里累积重量，我们只是惊讶于自己被汽车倾泻到一堆断壁残垣旁边。

我们没有耐心听从老师语气庄重的讲解，没有兴致辨识图像混沌的黑白照片，连圆明园大石头上浮雕的植物和异兽也不能吸引我们——何况，它们只剩下片断的花纹。除了能在荒凉开阔的野地里追逐奔跑，这里毫无乐趣。留下来的印象，唯有残石上，西式雕凿像生硬的石膏花，泛着与材质不符的脏奶油色；还有夕照中的一片芦苇，诗意萧索……殉葬的植物。

第二次去圆明园，我迷失在万花阵之中。这座用四尺高的雕花砖墙组成的迷宫，复建不久。我不断碰壁，气馁不已。尽管，“迷宫”是个分外魅惑的概念。我知道，在古老的中秋之夜，宫妃们曾手执莲灯在万花阵里嬉戏，笑靥生动。月光，如同弥散整个世界的金色花药；在这圆瓣的巨型石头花里，藏匿着绝色的歌伶与舞姬……迥异于今天，那是已逝的情怀。在讲求效率的工业社会中，需要的是直截、简明、不走弯路；万花阵相反，它是一座自我封闭的娱乐场，没有暗示和标志，在蓄意的误导中，在重复的缭绕中，迷宫制造智力和体能上的惩罚，从而使身陷其中的人获得乐趣。

……我丧失方向感，越走越焦灼，很长时间没找到万花阵的出口。我觉得自己笨，像只慢蜗牛。万花阵也像封建社会遗留下来的一只蜗壳吧？石形圆阵，移走不动，中间被蚀空全部的血肉。很奇怪，我恰巧在镂刻的石纹间发现了一只附着其上的真蜗牛：壳体脆薄，行动迟疑，对它来说砖墙上的图案已是阻碍前行的迷宫。天线般的触角，那么细，在空气中小心试探——触角是蜗牛的行动指南，因为它已如维纳斯丧失双臂。这个带有残疾的幼婴，它匍匐在自己黏稠的体液里。当它胆怯、疲倦，就蜷缩进完美的螺旋之中……进入由一条线组成的迷宫。

圆明园曾作为艺术村盛极一时，集中着渐渐声名鹊起的画家和诗人，也不乏以艺术为名的骗子——骗子首先是成功骗过了自己，为自己加冕了伪造的身份和荣誉。当代艺术品被天价拍卖的神话时代尚未到来，彼时彼境，这些被生活腌出咸味的底层艺术家多在困顿中挣扎和坚持——圆明园艺术村，体现着20世纪最后的浪漫。几年之后，树倒猢狲散。圆明园艺术村就像现代迷宫，凭借金羊毛找到出口的人成为英雄，也有无名者被无名的怪兽吞噬。

潮涌潮退，圆明园的名字就像遗留在沙滩一枚罕世珍贵的鹦鹉螺，无论拥有多少旧武士的尊严，也与我的生活无关。及至中年，我对圆明园的了解才略多于中学历史课本上普及的知识。

圆明园与北京众多古迹的不同之处在于：它是废墟。

世界上有些圣地，带有明显的废墟感，比如庞贝、吴哥窟、罗马斗兽场，空旷、盛大而神秘，远比新建筑令人尊重。所谓废墟，必然经过毁灭，但正是毁灭使之比完整之物更具力量。巨大的时间溶解在废墟里。如果说时间是有具体形状的，它就是骨殖、化石和连绵的废墟。废墟是所有伟大之物的终年，但我们甚至说不清废墟的生死。方死方生，方生方死，它漠然超越生死交界的那座短桥。废墟并非被魔鬼所摧毁，仿佛出于对时间的信仰而甘愿瓦解。作为废弃之地仍如此辉煌，废墟见识过杀戮、离乱、掠夺，见识过足够的眼泪、嘶喊，以及足够的鲜血和焦骸，却保持地老天荒般的沉静。

废墟荒寂，鸟雀乐于在此筑造新巢。对它们来说，这里提供众多借以庇护的孔穴；某些不为人知的隐秘角落，甚至已沦为蛇蝎乐园。废墟无人居住，因为没有凡人能够匹配和驾驭……荒凉到唯有神能居住其中。它们就像神的故居，由于偶然的原因被遗弃。我们看到暴雨后的残红，都不免惋惜：美被肆意破坏而不受吝惜；曾经至尊至美的建筑变为废墟，遭到无动于衷的摧毁——也唯有神，享有那样无情挥霍的资格。所以人神相遇，除了天堂，还有废墟。川端康成的隽语令人联想：“颓废貌似远离神，其实是捷径。”

夕阳下的圆明园，有着略带沉重的末日感和亡灵乐于沉入其中的寂静。废墟，这个词的意义在于，使建筑像花朵一样享有自己的凋谢；废墟的非凡也在于，置身于它的绝对寂静里，仿佛就能立即回到它的全盛时代。那是一种通过悠久的死亡而进入的永生。据说，圆明园是伟大的奇迹，其实它是从神明般不容怀疑的极权出发，由每个工匠身上的智慧来实现，如同夕阳下每粒尘埃都散发碎金的光芒。我从没想到美，还可以包括令人战栗的极权以及随后的摧残——或者说，只有不能被摧毁的才成为大美。我在废墟上看日落汹涌，看晚霞燎烈，无边席卷，就像许多年前的那场浩荡的火。

圆明园毁于大火。

燃烧的火焰，保持着不可思议的温顺和柔软，但它攻无不克，比锋刃更令人畏惧。火焰里有罕见的金色，有硫黄般的腐蚀力和溶解万物的热度。这个世界，有什么能作为盛纳火焰的绝对器皿？火象征光明，同时也能象征它的反面：黑暗。如果说原始人炙烤兽类的火，普罗米修斯盗自天堂的火，都象征文明；那么这种焚毁文明的火也象征野蛮和残暴。圆明园，繁复而浩大的工程，烧掉它，只需一把简单的火。这是历史上最奢华的火吧？因为它用尽天下最昂贵的燃料：从阿房宫到圆明园。

火焰过后，空无一物。然而，圆明园剩下的灰烬依然富可敌国。世间有什么东西，烧灼之后依然美得惊心动魄？“圆明园”，这几个字仿佛经过煅烧的绝世珠宝。美的生命力如此强大，甚至它的灰烬。圆明园，曾经的醉生梦死，曾经的国殇，它的来历与毁灭……到最后什么都不重要了，美的分量重于羞耻。

其实，圆明园的美正在于它的消失，在于它只剩下一个等同奇迹的名字。这朵不能从火焰里复活的玫瑰，这个我们从未目睹的地方，成为巨大而至美的幻境。它符合神话的所有气质：瑰丽而虚幻，悲伤而至尊，它像亡灵般拥有全部的褒义词。

美若深渊，不可测探。圆明园，一座成为神话的想象建筑，一个被经常谈论却从未彰显的奇迹……我想说，天堂的性质莫不如此。

枯　树

过度的炫耀，意味匮乏。景山，从字面上令人猜测它的卓越风光，但相较于北京的诸多名胜，景山面积袖珍、内容单薄。在我看来，由于地理位置毗邻故宫和北海，它才近水楼台，有几分仿若的声望。

景山纯粹是山，没有作为掩映的湖水；那座土丘曾叫煤山或万寿山，是当时开挖护城河的泥土堆积而成，爬起来毫无难度，体健者一口气跑完全程，无须中场休息。高度仅为四十多米——然而，这就是当时京城的最高峰。景山分布着均匀排列的五座亭子：欢妙亭、周赏亭、万春亭、富览亭、辑芳亭，除非看资料，否则我永远弄不清。旧时每座亭内均设有一尊佛像，统称为“五位神”，又有代表“甘、辛、苦、酸、咸”的“五味神”之称。对此我有自己的记忆方式，我秘密把五座亭子依次命名为宫、商、角、徵、羽，使之具有错落的音阶之美。

崇祯自缢于景山。我对历史所知甚少，但很小就知道明思宗这个倒霉的吊死鬼。不耽犬马、不惑女色，崇祯勤于政务而从无宴乐，只为守住气运渐弱的山河。结果颇具反讽，积弊深重的大明王朝倾覆在他的脚下；不仅如此，贵为君主的崇祯死得如此潦草。他自觉愧对基业、无颜祖先，因而取下皇冠，披发覆面，崇祯用腰带把自己吊死在一棵驼背的老槐树上。这种死法太不体面，缺乏遮羞的垂幕。吊死的崇祯两天后才被发现，他的衣裳下摆被风吹动，仿佛王朝用于谢幕的简陋布帘。

崇祯自缢之前，他的妃嫔已死，或依他的授意投缳而去，或被他的宝剑刺杀。甚至自己的女儿长平公主，也被崇祯剑斩双臂。这是皇权最后的威武。当钟声没能召唤文武百官，至少在亲人的范畴，他依然是绝对的王，有权御赐生死。

“朕非亡国之君，事事皆亡国之象。”悲怆的崇祯回天乏术，因为王朝之树的根系已朽烂。即使崇祯曾沥血浇灌，枯树再也不能养育什么——环绕左右的臣子与姬妾早如叶败，只剩他，还孤单吊在枝头。槐树是崇祯最后的栖枝，可惜他不能像鸟那样占有一个枝头并享有自由。一具皇帝的尸体：熟到发烂的果实，与枝头连接的梗是脆弱的；等帝王的头颅垂落的时候，一棵王朝的世树就彻底枯死。

一本关于死亡的科普书里说，自缢者临终的身体反应不同：有人在宁静的恍惚中离世，有人无法控制排泄物，有人却导致奇异的性兴奋。那么垂挂槐树的真龙天子，是否获得失重般轻盈的解脱？还是因失禁而失了体统，甚至虚张声势地勃起——有如那个王朝临终的迷狂与失范？

起义军浩荡而来，由远及近卷起的大风，吹荡这枚瘦果子……吹干水分，吹干一个人的血。世界喧哗，而枯树和它的残果将熄灭曾经的尊严。

宫殿的任何梁柱都承得住一个衰王的体重，崇祯为何选择景山？景山本身无景，但以此为坐标，登高，他可以鸟瞰紫禁城和地图般铺展眼前的疆土……可以，望尽最后的天涯路。

如今登上景山的制高点环望，拔地而起的参差建筑物阻隔视线，早不是帝王眼里的天地。我在一个黄昏登上万春亭，目睹的景象依然令人激动。夕光正穿过那些大体积的云朵，辉煌的金红色铺满天际；云阵排山倒海，层层叠叠，直到目力难以抵达的远方。通约的比喻把它们形容为峰峦或海浪，其实不，只要你在景山眺望过那样的晚霞、那样的云，你就会认同：云天浩荡，檐宇巍峨……它们是天上的宫殿，天上的紫禁城。辽阔的穹苍之下，是故宫低垂的重重瓦檐：起伏连绵的金色，鳞次栉比——在某个难以聚焦的瞬间，如同蜃气中的幻景，我看到一条卧龙巨大而发光的鳞甲。

遥想崇祯当年，即位不久就大力铲除阉党，决事果断。纵使面对的是疮痍满目的残局，他依然励精图治。每到重阳节，这个血气方刚的年轻皇帝在景山上登高远眺，也曾看到紫禁城的层叠檐瓦一如巨龙的护铠。龙，尊贵而永不寂灭的神话。那时的崇祯心怀远大，这条耀动光芒的龙在他的想象里，是否意味着一场辉煌的帝国梦？他在这里看过多少柳色的春天、柿色的秋？他是否从星宿的变幻中猜测大明的气数？投缳之前的崇祯是否曾爬上万春亭观望，城外烽火连天，他是否从烟与焰腾起的蜃气中遥望故宫的瓦檐……最后一次，遥望他金色的结痂的王朝?

宫墙如血。因为那个至尊的宝座，多少高潮迭起的戏剧在紫禁城里上演。宠臣爱妃，结党营私，争权夺利。多少皇帝衰老而荒淫，多少幼齿者被扶上圣殿，却注定成为被废黜的王。没有永固的江山。那里是阴谋丛生之地，有狐媚魅主，有妖言惑众，有狸猫换太子，有训教后的木偶臣子和刀斧加身的冤魂……那里有吉凶未卜的王。皇冠的金色非常沉稳，只有综合了血的力量，它的荣耀才能如此昂贵。多少朝代更迭，一切并不陌生：从刀刃下滴血的头颅，到绞刑架上钟摆般悬垂的身体。

崇祯走向他的绳索——无人不在命运的圈套里。此时，在遥远的北方，女真族的铁骑踏遍草原。这是狩猎季，这是弯弓下被压低的草原，某只被箭镞射中的雌兽咻咻喘息，不久将熄灭瞳仁里的水晶光芒。马背上这些努尔哈赤的后人，将击败短暂称王的李自成，建立清朝长达二百多年的统治。崇祯无从得知身后事，他闭上眼帘，像那只被弓弩所伤的赴死之兽，他渐灭眼里微弱的烛焰。

神　像

雍和宫，这个名字气象端庄，有种雄浑不迫的大美。雍正驾崩，曾在此停放灵柩，乾隆又诞生于此，两任皇帝使雍和宫成了传说中的“龙潜福地”。

我曾经就职的中国少年儿童出版社位于东四十二条，距雍和宫很近。数年时间，我每天都路过这里。空气中弥散着低回的藏香，为了强化效果，沿街一些店铺用的是尼泊尔香。下班时仓促的车行和人流中，我时常眯起眼睛，瞻望雍和宫的檐脊。它的宫殿在夕阳里，通体辉煌，琉璃瓦呈现一种通透的、令人窒息的琥珀色。与周围相比，它格格不入又超拔其上……有如沙漠中的海市蜃楼，彰显神迹。

我数次进入雍和宫，可即使身置其中，也感觉它的内部存在着永恒而盛大的远方。

走过三座牌楼，两侧种植银杏，无数把悬空的精巧折扇，荫护着中间清凉的辇道。到了雍和门前，是槐树：羽状复叶之间，密生月光色的碎花。北京常以槐为行道树，但寺庙中的槐似乎因其特性而另有寓意。它是重要的蜜源植物，供养最微小的昆虫。花蕾可以食用，它是饥饿时的粮食和营养；果实、根皮和枝叶均可药用，它是可以驱毒止血的清凉之物。与其他豆科植物不同，它的根部没有寄生的根瘤菌。它的果实是念珠形状的。弥散着沉静、古老、浸润万物的香气……雍和宫的槐树，与佛教有关。

万福阁的弥勒佛像由整根白檀香木所雕，高二十六米，法相庄严。我小心翼翼地仰头，看到来自拱顶的光，正照亮大佛金色的眼帘和肩臂上生长的莲花。大殿内部幽暗，越发衬出高处的照耀。我想象，那些僧侣如何清修自持，如莲，尘世浊气经过内心的吐纳，然后他们仰起从淤泥中开花的脸……佛依旧不语。对称于世间喧嚣的，是神隐身的宁静。仰望大佛，唯有习惯了太多灾难，才能有那样普度中无限安详的眼神。坚忍的修行者，如同蚌贝酝酿珠粒，他们毕其一生酝酿了骨殖里的舍利……以包容的态度来承受苦难，他们一生所求，只是为了理解佛像眼神里的宁静。

为什么，越高大的佛像越被尊重，越遥远的神越被敬畏？当我仰望垂得很低的夜空，群星蜂拥，多到不可思议，我会遐思天国的存在，并猜测神为何作为隐居者，栖身苍茫。祈祷必生起在我们的内心，神示必降自不可企及的远方……不知为何，我暗怀伤感。仰望星空时，我们有若沉入深井，并且难以分辨自身所在的井里，究竟盛满清凉的水还是早成干涸的枯底。安详和空虚都状若宁静……神的眼里渊深莫测。即使我们的脸上全是孤儿的表情，也难以被显灵的手所安慰。也许神的好处，就在于不被人类的自私所扰，漠然或是悲悯，他可以随时，独自行走在高处的清凉里。

人类具有某种奴性和贱性，只尊重伟大而不可触及之物。看到怒目横眉的造像，我曾疑惑，神为什么也需要金刚霹雳手段，而不是一味的菩萨慈悲心肠？或许，暴烈不是神的污点，而是我们的污点——因为亲昵生欺侮。假设没有制约和惩戒，我们会把主人践踏为奴。

雍和宫香火很盛，这里集中着参观的游客与各怀心事的男女。香客们或三叩九拜，或停留在法物流通处寻请庇护。求财求名，求有子嗣而无疾患，求事业通达、婚姻美好，求金榜题名、红运当头……求的，多是世俗利益。很少有谁去关心，如何把“贪嗔痴”转化为“戒定慧”。到处是人头晃动的许愿者。看似虔诚，但许愿有时是最懒惰的行为，因为无须付出格外而漫长的个人努力，人们燃香跪拜，花费最低廉的成本，运用最简易的行为——他们把庙宇当作神灵高效的办公地点，让心想事成。

是不是，当我们欲望频繁，神便忙碌？假设如此，神岂不沦为仆役？神的尊严，难道不包含着对我们的蔑视？我们的敬畏与恐惧，难道不正因为，神常常对我们的欣悦与痛楚无动于衷？而且因为，他具有隐而不发、狂欢般的暴力。或许神的沉默另有深意。如果善有善报、恶有恶报成为绝对的律条，那么所有人都会从善如流，从善就此转化为投机行为。只有非功利的善，只有坎坷无数而依然坚持的行善者，才怀有纯粹的慈悲。

中国境内有许多著名的大佛，巍峨如山。我有时想，神有没有可能是低微之物？当孔雀展开尾屏，用尽自身全部的华美去敬仰……对面，不过一只黯淡无光的雌鸟。有没有可能，神，朴素到赤贫，平易到低微？其实低微最具力量，如同巨兽也会屈从于细菌的统治。也许，神无处不在，从无穷大到无穷小……如同真理填满生活中的每道缝隙。

我想起那次边疆旅行。当地为了兴修水渠，要把阻碍在河道上的一座旧庙搬移新址。物什杂乱堆积，一副破败之象，看来这里的菩萨不能自保。我四处闲逛，看到一间顶部开窗的高大房屋，门上别着两道粗犷的铁锁。好奇心驱使下，我把脸贴向狭窄的门缝向里观望。最初，目力所及只是一团没有层次的黑暗，我嗅到从中溢出的木头微朽的霉味儿。当我的视线逐渐上升，穿透顶棚，一小束狭窄而强烈的光从天而降。尽管照亮的区域极为有限，但足以使我震撼。光带，从左颊延展到璎珞……那是一尊被部分损毁的佛像，散发着模糊的光彩。尽管周围的黑暗仿佛没有被驱散，而是凝结为更黏稠的物质，我依然从中渐渐辨识出堆积在地上两段神像的残肢。斑驳不已的造像，浑身的漆皮陈旧、起皱、打卷。在大神身体上潜伏的日月，软鳞般缓慢剥落……其实随便一片，都是我们沉浮此生的方舟。在那个灵光乍现的瞬间，我体会到，旧比新更加迷人，被囚的神比自在的神更具力量，残疾的神比万能的神更令人屈服。

另外一个相似的神迹故事，来自朋友的讲述。

朋友和我平日联系不多，所以我并不知道，怎样的浅爱与深恨渗入他的掌纹，只知道中年过后，他倍感消沉，药物治疗和心理帮助都不能使他重怀对生活的热爱与信心。往日的迷恋忽然失去意义，无论是谜语般布满悬念的文字，还是宴乐般的美女，全让他抗拒。厌恶，由衷的厌恶——从天上到地下，他看到的，都是腐烂。梦想，变得海市蜃楼般稀有，没有希望的等待变成一种习惯性的灾难。朋友甚至想过自行了断，主动摘除自己与世界勾连的那根绳索。出于潜意识里的自救，他开始游历山水，但愿道路有奇迹。

某天，朋友来到一座城外古庙。说是古庙，其实老得只剩个地址，建筑和文物多半毁于“文革”。外来商人动了承包的心思，重整河山，大修土木。维修偏殿的工匠正用砂纸打磨漆柱，噪声频繁，深红的漆色倒是慢慢养润起来，仿出几分古意。可惜，殿内刚刚草勾墨线的绘壁格调不高，匠师丢下画笔去讨要工钱了。朋友撇撇轻讽的嘴角，准备离去。轰的一声，地面剧烈摇晃……不知道爆炸还是地震，他体会到难以名状的惊恐，本能地奔逃到户外。

剧烈的摇晃很快结束。仅只数秒，偏殿的一面墙塌了。惊愕于意外来临的事件，朋友呆立在那里，直到烟尘散去……他看到摔裂在自己脚下那些有颜色的泥块。当朋友抬起头，完全怔住了。受到剧烈震动而剥落的表面墙体后面，竟出现半幅瑰丽绚艳的壁画。那是被信徒用假墙和草泥保护起来的始终隐匿真身的古老壁画……刚才的灾难中，菩萨彰显了宽恕中的一角襟袍。

数年后，我专程拜访那座古庙，得以目睹传说中的壁画。

也许是城市污染的后果，庙里的石雕积着一层可疑的粉尘和油垢。壁画绝无朋友描述中的鲜艳，历时漫长的矿物质颜料大量脱落，边角像病鱼起了满身的逆鳞。

……但我的朋友坚持，说他目睹了壁画显现瞬间那骤然抵达的光辉，身心被照彻。他流下泪，忽然初洗如婴。

墓 道

我印象最深的场景，是辽阔神道和两侧的石像生。皇帝灵驾必经此路，彰显威仪浩荡。我知道龙头、马身、鱼鳞的麒麟是神的坐骑，它头顶的鬃毛展开如旗；而獬豸披拂浓密的体毛，瞋目而视，样貌分外古怪。这种勇猛公正的独角兽，据说能够分辨曲直，可从争斗双方中做出判断，用角顶触坏人，然后将其吞噬。西方把独角兽视为纯洁的象征，看到獬豸以暴制恶的形象，很难与对纯洁的习见画上等号。或许，无知只能造就初级的纯洁，邪恶把它当小点心塞进牙缝；若有知而无畏，凛然不可侵，才是更高的纯洁，可以制衡这个世界诸多的不洁。不过我对獬豸的兴趣另在他处。原来，幻想是有重量的。獬豸和麒麟是存在于头脑的抽象之物，在十三陵的石雕中却以最结实的形态现身——这几乎支撑我对写作的某种信仰：要使自己的想象具备现实的重量。

十三陵，埋藏着十三位皇帝、二十三位皇后、两位太子、三十余位妃嫔和一位太监。隐没于此的人，看尽荣华，拥有终端肉食者令人胆寒的尊严。同时，权力之巅的王座，又是阴谋与杀戮的频生之地，甚至目标所指，正是宝座上的皇帝本人。宫闱之变如此寻常，从宦官专政、狐媚蛊主，到父子反目、兄弟相残。如今陵寝比邻，仿佛隔世抵达的温暖……他们活着的时候，也许牙撕扯着牙；好在死了以后，可以骨头挨着骨头。

定陵的地下宫殿被称为玄宫，由五座石结构的墓室组成。冰冷的花斑岩地面，顶部形成的拱券结构，以及空旷的内部……身置其中就像进入巨大的石棺之中。行走其间令人恍惚，我想如同水面折射倒影，有多少辽阔的王国就隐没在我们奔行的大地之下？埋藏，不可目视，它们就像这个世界腹腔里的内脏。正如我们的表情受到皮肤之下各种秘密系统的控制，一些遗址和遗迹依然指挥着今天的运行——亡灵之声我们无从听见，但他们通过遗言所汇聚而成的传统，继续完成对世界的统治。

玄宫主室在后殿，用于陈设帝后的棺椁及随葬品。我小时候看到那些“红漆木箱”时吃了一惊，不知道选择的颜色为什么如此喜庆，帝后的灵魂要赶到天国结婚吗？其实我所看到是仿制品，真品早不复存在。1966年，万历皇帝和两个皇后的棺椁被扔到外面的山沟里，遭到当地农民哄抢，拿去制作自家的棺材了。皇帝的东西肯定非凡，包括他们自己的身体。一个相似的例证，我想起西方画家曾推崇备至的颜料：普鲁士红。它近于褐色，风干缓慢，会为画面蒙上一层效果极佳的透明浅色。这种价格昂贵的颜料，配方里包括油、香料，以及尸体上分泌出的神秘有机物质。1793年，存放在教堂里的保护匣被捣毁以后，一些国王和王后的心脏流落于市。画家圣马丁和德洛林买下这些心脏，用以调制普鲁士红。人们至今可以在卢浮宫欣赏到德洛林一幅名为《厨房内》的油画，它的一部分颜料正是用王室成员的心脏调制而成。死亡剥夺了皇帝的尊严，他们的黑色结局带有嘲讽的意味，像从此堕入大比重的地狱……或许那是一种有关来世的法律。

我一贯畏惧丧仪之事，但我目睹过的精湛器物大多出自玄宫般的幽暗地下。忍不住流连博物馆的展柜前，欣赏那些玉蝉、象牙梳、漆匣、瓷盘、陶簋……难以言述的美可能盛开在任何之处，无论是礼器、工具或兵戈之上。皇帝们曾相信，死后虽然身体不能移动，但幽灵依然来去自由。他们愿意相信，对记忆的埋葬也意味着它被浇灌，意味着更为繁茂的重生，如同裸露出来的种子被埋进土里。然而，无数时代消失于地下的珠宝，一旦出土，更为价值连城，像奢华的种子结出数倍的果实……所以才会吸引抡动锄镐的盗墓者。复活的殉葬品枝繁叶茂，墓主却灰飞烟灭，甚至没能保留下一副骨架。即使贵为天子，显赫的背景也不过是为珠宝增值——那么，究竟谁才是谁的殉葬品？

随葬帝王的不仅只器物。我记得在西周燕都遗址博物馆，某位身材高大的墓主人旁边，陪葬的是个十岁左右的孩子——孩子的头骨已经破碎：旧黄色，呈现龟甲般的裂璺。至高的皇帝，理应索求更多的美、更多的沉沦。我想象那些陪葬的妃子，她们的美是否从未得到真正关注？或许，被发现、被欣赏的美反而意味提前到来的更大悲剧？我在定陵碑亭附近休息时，恰巧一只蝴蝶翩跹而过，然后它落在阴影斑驳的地面，像被秋风吹拂的落叶般振翅，这使蝶翅上耀目的眼斑形成扑朔迷离之美。一个兴致勃勃的少年赶来，他瞬间就用捕网袭获了蝴蝶——它将变成几分钟之后的标本。强迫动态的美静止下来，否则人们的心就无法安宁。我很早就从《巴黎圣母院》里看明白了这样的真理，艾丝美拉达必死，如同蝴蝶的命运一样，她身上那令人疯狂的美只有被强制停止下来，道德和宗教才不必继续支付体能上的代价。美人啊，她们身上的美牵动我们就像一道致命的绳索……所以，需要适时关闭她们发动世界的引擎。

赴死的妃嫔令人唏嘘，对她们来说，所追随的王甚至是无比陌生的。而凡人的婚姻其实也与死亡秘密相关。当我们在婚礼上信誓旦旦……什么叫白头偕老？无论是出于激情还是出于生存的惯性，所谓夫妻，所谓终身相许，不过是彼此选择安葬自己的人。没有比这更隆重的托付了，我们将把自己的死交代给对方处理，把短暂或漫长的睡眠都交予这个枕边人。无论谁，我们都将被某一个瞬间所摧毁，失去爱，失去恨，失去所有和汹涌有关的能力——死亡是最大的公平。

我们每个人都携带着死，携带着必然的个人末日。那是一种无法逆转的力量，它脊椎一样支撑在身体的内部。肋骨形成皮肤下的笼子，那些横置的栅条里面关着谁？我们的嘴不停开合，把食物咽下肠胃，一生努力，为了把每个人体内的死神喂养大，大得撑过我们的皮肤……最后死神张大嘴，把我们作为食物咽进混沌而黑暗的管道。原来每个生命，都是死亡的恩人。从另一个角度讲，只要活着，我们就需要吃掉什么用以完成及时的消化，所以我们不仅每天喂养自己体内的死神，同时自己也成为他物的死神。人类总是设想死神可怕的样貌，其实他的形象对我们来说如此熟悉——我们自己，正是死神的镜中人。

我认识一个胆大的乡村少年，他曾穿越荒郊野岭上的墓地来锻炼勇气。而我畏惧，那里全是不祥的气息，据说夜晚能够看到飘来飘去的磷光——也只有那里，能燃烧冰凉的火。白天十三陵游人如织，入夜之后，气氛沉重。当定陵上的月亮升起，如同受损的玉玺，我想象蝙蝠从洞穴中倾巢而出，卷起黑色风暴；而在更远的荒原，秃鹫受到死亡的鼓励，盘旋而上，开始了高处的舞蹈。

流星消逝，为了夜空恢复更疏朗的排列；我们死，为了腾空大地上一把窄小的座椅。

戏　台

那年电视剧《铁齿铜牙纪晓岚》热播，张国立饰演纪昀，王刚演和珅。看了几集之后，我重新翻了翻纪昀的《阅微草堂笔记》，又想，有时间去恭王府看看——那最初正是和珅的府第，后来才被御赐给纪昀。王刚版的和珅形象富态，但作为乾隆宠臣的和珅其实是眉清目秀、相貌出众的美男子。去恭王府我只是当时动念，转瞬就忘，直到我多年后做了个奇怪的梦。

我梦见自己的初中同学浆果。她梳着明媚的童花头，眼睛里流光溢彩。浆果是我们物理老师中年才得之不易的独生女，因此恃宠而骄，像个娇滴滴的洋娃娃。不知出于什么心理，我在梦里力劝她去贵州的偏远乡村工作。结果，她客死他乡。失独的父母绝望，我无动于衷，葬礼结束之后我才开始反省：如果没有我的劝说，她活着，健康地。我忽然因介入她的死而内疚，痛楚不已，难以面对她的家人。此时我所处之地变成了一个极为促狭的房间，像缩在黑蜗牛的背壳里。从窗口望出去，屋顶的灰瓦挂着蛛网；再向前望，看见远处一座高大的三层建筑，像是宫殿与教堂的结合体。乌云低低地压近，让人透不过气，我满怀恐慌。好像有画外音告诉我，一旦前往那座建筑，我就能解除心理障碍；但当我努力尝试站到屋顶、向神秘建筑物遥望……巨大的畏惧阻挡了我。有一天，我去妈妈的医院玩儿，抬头望见相似的场景，竟然就是那座建筑的侧影。我犹豫着来到它面前，绰约的人影在里面晃动，我不知道自己究竟到了教堂、宫殿还是医院。仔细辨别，令人难以置信，这竟然是一座戏楼！我的脚像蹼一样获得上升的浮力，我看见自己的身体渐渐悬起，我由此看到建筑的第二层和第三层，同样，是戏台，歌伶舞伎正走马灯似的旋转。

那个梦，笼罩着某种宗教的氛围和隐喻，以至醒来我依然恍惚。为什么偏偏是戏楼？由此又想起恭王府，那里，有建于同治年间、独一无二的全封闭大戏楼，也是至今唯一还在进行演出的王府戏楼。

每每到外地旅游，接待方通常把古戏楼和古戏台作为重要景点。印象深的有两次。一次是在山西境内一座名声大噪的戏台，我冒雨参观，场面却凄清。雨水渗进戏台瓦垄间，滋养了几蓬青草……空无一人，失去戏剧的舞台，除了雨声只有寂静。那个时候，我忽就觉得戏台的幕后就隐藏着时间的脸：它有旧书纸样的肤色、湿木头的体味。另外一次是在嘉峪关戏台，壁画潦草、粗陋，我不喜欢，还是那则楹联令人感慨："离合悲欢演往事，愚贤奸佞认当场。"关外的风沙，历史深处的嘶鸣，都无形无迹，这个暖金色的黄昏，有着母羊一样略带腥膻的安逸。从来如此，更大的戏剧远在舞台之外。

距离越近越陌生，区区数公里外的恭王府倒没去过，也算遗憾。于是我挑个秋日下午，想去恭王府的大戏楼看演出。

我童年听过不少折子戏，并非个人偏爱，因为姥爷是戏迷。我记得那个绿皮革外观、旅行箱似的电唱机，唱片或是黑胶，或是薄薄的塑料片——后者赛璐珞的脆质与水果糖般的艳色，与京剧的端庄形式不符，看起来源自后工业时代的设计风格。姥爷摇头晃脑，沉迷于密纹里略带颤抖的唱腔。我不喜欢听唱片，从那些深陷划痕的声音里，我无法目睹演员穿蟒着氅或璎珞披拂的华美戏服，以及油彩丰富的脸谱。即使坐在戏院里，我也难以忍受老生老旦，再铿锵也沉闷，他们了无生趣，站桩似的咿咿呀呀、没完没了；我有时也不倾心青衣的典雅，工整得缺乏诱惑，即使醉酒的贵妃在洒金折扇下徐徐弯下腰肢，给我的感觉只是雍容导致的行动不便。唱念做打，小孩子最爱武戏的热闹——武生耳畔点缀着孙悟空那样的绒球，且也有孙悟空那样的本事，把一杆枪棍舞动得像直升机的桨翼；刀马旦俏丽活泼，翎子像天牛的长触角神气地摆来摆去。然而，我知武行不易。戏班的童伶在街心公园里晨练，深蓝的运动衣上满是汗渍和土迹——他们把自己的身体弯折到不可思议的角度，几近酷刑。两个臂肌隆起的师傅同时骑坐在一个七八岁的幼童身上帮他压腿——孩子痛得五官变形，开始只无声挣扎，然后撕心裂肺地哭泣。这是日常的痛楚，没有安慰的怀抱用以缓解。武行演员，早在童年就懂得必须从持续的痛苦折磨里才能讨得不稳定的未来，他们是日复一日习惯对自身用刑的人。

到了恭王府才知道，大戏楼不接待散客。即使是团队，凑够两百人左右，才能在廊柱绘满藤萝的大戏楼里看上几分钟杂技之类的节目。演员在此献技，全凭戏台下的水缸传音，声效奇佳。而今窗门闭锁，缎黄的帘子牢牢实实地遮挡，我只能隐约看到高悬的宫灯。

这是秋暮，午后的暖阳照在大戏楼的檐脊。游人拥塞着进入石洞，去摸那块多子多才多寿多田的著名“福”字碑；咫尺之遥的大戏楼这边，人迹寥寥。我长久坐在戏楼旁边的沿廊里，忽然很想姥爷，想起他带我看过的那些戏，那些义臣与昏君、娇娘与妖异。

……许仙应该如恭王府的旧主和珅一样，都是风姿绰约的男人。但看着他的鸭尾巾和福字履，我怎么也想不明白，白蛇为何因他意乱情迷？许仙如此庸常，既不坦荡如山又非情深似海，只生了一副吃软饭的样貌。白蛇修炼千年的功力，竟敌不过皮相上的吸引？胡琴声声激越，许仙运用小生特有的真假嗓，尖细而高渺，引起戏迷一阵喝彩。小生往往有种内在的女气，如此更颠倒众生，就像能成为梨园巨擘的花旦都是男人。戏剧里的美学雌雄莫辨、令人迷惑。

还有包公戏《铡美案》。无法维护的平衡里，无法折中的恩义，令黑脸的包公内心辗转。曹操的白脸、包拯的黑脸、关羽的红脸，脸谱直接概括了主人公的性格。京剧的剧情不像其他故事需要刻意制造悬念，什么都昭然若揭，甚至人物一出场就既定乾坤。没有意外，只是重复。也许因为现实中频生无常与危机，对阴谋的恐惧，使我们做出戏剧化处理——简化阴谋，把它变得轻易发现和解读；令忠奸分明，使我们不致陷于负义与寡恩。我们为什么需要戏剧？局促的生活里，戏剧意味着某种可能的自由。在那个为想象所支撑和延伸的世界里，有着因果相报的公平、易于裁夺和执行的正义……真理因无辜而有力，并且情义永不会被辜负。作为成人以书面语写就的白日梦，戏剧里面藏着孩子的天真。

京剧的动作颇为写意，极简。扬鞭代马，摇桨行船，跑个圆场代表千里奔行，挥动几下毫无杀伤力的道具刀枪，就象征了万马齐喑的沙场。而在人物形象塑造方面，又精雕细琢，从戏服到妆容，繁密的美令人目眩。尤其旦角，妖异的桃花眼，云鬓旁珠翠环绕，璎珞上璀璨生辉。开鸾镜，整花钿，又着罗衣。什么样的春闺梦让她暗含珠泪，什么样的时空错让她重订鸳盟？她有蝶翼般华美对称的脸，罗裙下行云流水的步态宛如一条成精的游蛇。拥臂自揽，她身上已汇聚千般的爱宠。

……《霸王别姬》，虞姬上场，佩带着那把夺命的剑。这是美人的宿命吗？终将陪伴失败的英雄，见证彼此颈间汹涌而出的血。虞姬之美，具有深渊般的力量，足以让人半生沉沦。谁又是那不悔的英雄？即便曾战神一样集中着美与暴力，谁能抵抗那最后的沉沦？多数人的命运轻盈，死去的重量如一只昆虫的骨灰；那些绝世的英雄与美人，亦能如何？他们的死，不过为史书增加一点很快散去的余温。

或忠诚或阴险，或伶俐或憨直，五彩缤纷到失真的五官。镜前勾脸的演员，一笔一画地，把自己变成遥远的陌生人。生旦净末丑，神仙老虎狗。大神看戏，小鬼演出——我们所谓珍贵的生命，也不过小角色唯一而短暂的上台亮相。为什么世间有丑行和罪恶，至善者也要体会折磨与毁灭？因为若非如此，就难成一出好戏，神的娱乐需要远远大于他所谓的道德。

现在，所有关于戏剧的遐想都无从交流——姥爷过世十多年了。离开恭王府，我在附近的什刹海稍微转了转，天色渐晚，我的怀念将在渐凉的空气中散去余温。抬头看到海蓝色的夜空中，月亮已开始夜航……虽然能清晰地看到斑驳，月影就像被礁岩划伤漆面的底舱，但我想，这个有戏剧安慰的夜晚依然是幸运的。因为我知道，月亮常常像沉船一样彻底消失，满载青花瓷般完美而易碎的梦境。

《紫禁红》发表于《十月》2013年第2期。作为一个土生土长的北京人，周晓枫将她的成长经验融入了她对北京城的观察和书写之中。

《紫禁红》中，周晓枫将北京分成了十个碎片，这十个碎片分别是故宫钟表馆、中山公园、颐和园游廊、北海白塔、回音壁、圆明园、景山、雍和宫、十三陵墓道、恭王府戏台。以地点或象征着这些地点的事物来命名章节，从而串联起全篇，这篇散文充盈、复杂但又有内在逻辑。那些有着几百年历史的名胜古迹，在周晓枫笔下变成了承载着情感经验的场所，她笔下的北京城也由此变得鲜活而具有吸引力。

——霍安琪

后记

对于这本《散文中的北京》，我的定位首先是好读、好看，要追求平易近人，追求通俗易懂；其次，这里收录的篇目是优秀散文，值得学习、模仿、借鉴，对于年轻的写作者，可以从中看到不同类型的有关北京风物、人情、事理的写作方法。为了便于阅读和学习，我特意邀请我的三位研究生，霍安琪、吴旦、王禄可为每篇散文做了两百字左右的简单点评，主要是关于写作背景的介绍。毕竟这些作品有百年跨度，加入了时代介绍后，我们更容易了解作家何以如此写北京，何以如此表达对北京的感情。

从确定选题到今天编纂完成，已经过去了一年多时间，一年来，我和编辑一起，对篇目进行了多次筛选，最终呈现了二十七篇作品。我以为，这二十七篇作品从写作方法、写作类型及文学史跨度上，都深具代表性，代表了北京书写的不同审美维度，可以使初学写作者获得重要的写作滋养。

写序言时是北京的初夏，疫情居家办公期间。工作之余常在小区里散步，银杏叶绿得迷人，而月季也开得饱满，常常想，北京生活的美在于日常，每个城市的美，都在于日常。

特别致谢北京文联陈宁书记、老舍文学院周敏老师的帮助与信任，这些帮助与信任是我编纂此书最坚实的保证。感谢霍安琪同学的工作，作为工作助手，她的协调和统筹减轻了我的工作负担。感谢韩敬群总编辑的支持，感谢责任编辑李婧婧小姐的敬业和严谨，没有她的努力，就没有这本书的出版。

张莉

2022年6月14日，枫蓝

出版说明

《散文中的北京》所收录的散文多是一代大家书写北京的经典作品，本次编辑工作秉承尊重作家的写作习惯和遣词风格、尊重语言文字自身发展流变规律的原则，对于已经经典化的作品不进行现代汉语的规范处理，力求最大程度保存作品的本来面貌，为读者提供一个可靠的版本。在编辑出版过程中，我们得到了作者或作者亲属的大力支持与帮助，在此一并致谢。

北京十月文艺出版社

2022年4月7日

图书在版编目 (CIP) 数据

散文中的北京 / 张莉主编. — 北京 : 北京十月文艺出版社，2022.9（2025.1重印）
ISBN 978-7-5302-2230-0

Ⅰ. ①散… Ⅱ. ①张… Ⅲ. ①散文集—中国—现代②散文集—中国—当代 Ⅳ. ① I266

中国版本图书馆 CIP 数据核字 (2022) 第 063868 号

散文中的北京
SANWEN ZHONG DE BEIJING
张莉　主编

出　　版　北 京 出 版 集 团
　　　　　北京十月文艺出版社
地　　址　北京北三环中路 6 号
邮　　编　100120
网　　址　www.bph.com.cn
发　　行　新经典发行有限公司
　　　　　电话 010-68423599
经　　销　新华书店
印　　刷　河北鹏润印刷有限公司
版　　次　2022 年 9 月第 1 版
印　　次　2025 年 1 月第 4 次印刷
开　　本　850 毫米 ×1168 毫米 1/32
印　　张　12.25
字　　数　220 千字
书　　号　ISBN 978-7-5302-2230-0
定　　价　58.00 元
如有印装质量问题，由本社负责调换
质量监督电话　010-58572393